U0083866

古典詩歌研究彙刊

第十三輯

龔鵬程 主編

第 9 冊

黃庭堅讀書詩研究

王 秀 如 著

國家圖書館出版品預行編目資料

黃庭堅讀書詩研究／王秀如 著 — 初版 — 新北市：花木蘭文
化出版社，2013〔民 102〕
目 6+232 面；17×24 公分
（古典詩歌研究彙刊 第十三輯；第 9 冊）
ISBN 978-986-322-077-0（精裝）
1.（宋）黃庭堅 2. 宋詩 3. 詩評
820.91   102000927

ISBN-978-986-322-077-0

9 789863 220770

古典詩歌研究彙刊
第十三輯　第 九 冊
ISBN：978-986-322-077-0

黃庭堅讀書詩研究

作　　者　王秀如
主　　編　龔鵬程
總 編 輯　杜潔祥
出　　版　花木蘭文化出版社
發 行 所　花木蘭文化出版社
發 行 人　高小娟
聯絡地址　235 新北市中和區中安街七二號十三樓
　　　　　電話：02-2923-1455／傳眞：02-2923-1452
網　　址　http://www.huamulan.tw 信箱 sut81518@gmail.com
印　　刷　普羅文化出版廣告事業
初　　版　2013 年 3 月
定　　價　第十三輯 20 冊（精裝）新台幣 28,000 元

黃庭堅讀書詩研究

王秀如　著

作者簡介

王秀如，女，1971 年生，台中市人。1983 年畢業於國立臺灣師範大學教育與心理
輔導學系，選修國文學系為輔系，擔任國民中學國文教師迄今。2010 年畢業於國
立彰化師範大學國文學系國語文教學碩士班。

提　　要

　　黃庭堅的詩學理論來自對前人的繼承與借鑑，所謂的「無一字無來處」、「點
鐵成金」、「奪胎換骨」，都必須建立在深厚的積儲上。因此，本文將探論黃庭堅的
讀書詩，以瞭解其詩學主張的繼承與創新。

　　本論文分為六章：

　　第一章為緒論，敘述研究動機和目的，探討前人研究成果，說明研究範圍及
研究進路。

　　第二章論述宋代讀書詩興起的原因，主要從科舉制度發達、官私教育蓬勃、
出版文化事業興盛，及宋詩尚思理好議論的發展趨勢四個因素來探討。

　　第三章探討黃庭堅的家學淵源與學術經歷，主要論述黃氏書香門第的家學淵
源、學官教授與館職校書的經歷，以及與各地藏書家交往的情形。這些文化刺激
和學經歷使他在學詩歷程中，更易於獲得學識涵養。

　　第四章探論黃庭堅讀書詩的內蘊，將讀書詩分為讀經部詩及讀子部詩、讀史
部詩、讀集部詩三節，分別論述黃庭堅對於經典之闡釋與接受情形。

　　第五章探論黃庭堅的讀書詩的藝術技巧，將從詩歌體式、藝術技巧，以及章
法佈局三方面來進行分析。

　　第六章為結論。

目

次

圖表目次

第一章 緒 論

第一節 研究動機與目的

一、研究動機

唐朝是詩歌的黃金時代，詩歌發展到唐代，可說已經達到了顛峰，後人想要超越，恐怕是一項艱鉅任務。王安石曾說：「世間好語言，已被老杜道盡；世間俗言語，已被樂天道盡！」〔註1〕蔣士銓也曾說：「宋人生唐後，開闢真為難。」〔註2〕他們道盡宋人艱難的處境，可見唐朝詩人已經開創了宋人難以超越的詩歌成就。

面對這種艱難處境，唯有自闢蹊徑才能再創巔峰。在這種體認之下，宋人採取學古變古的策略，從書中蓄積智慧精研詩法，開創了宋詩的特色。例如：蘇軾（1037～1101）主張讀書要「博觀而約取，厚積而薄發」；〔註3〕黃庭堅（1045～1105）主張「詞意高勝，要從學問

〔註 1〕 胡仔：《漁隱叢話前集》（臺北：臺灣商務印書館，文淵閣《四庫全書》1480 冊），卷 14，〈杜少陵九〉，頁 120。

〔註 2〕 蔣士銓：《忠雅堂集校箋》（上海：上海古籍出版社，1993 年），卷 13，〈辨詩〉，頁 986。

〔註 3〕 孔凡禮點校：《蘇軾文集》（北京：中華書局，1996 年），卷 10，〈稼說送張琥〉，頁 339～340。

中來爾」。〔註4〕宋人取古人優長做為詩文創作的方法，他們視「讀書」為推陳出新、自成一家的快速便捷途徑。

　　黃庭堅的詩學主張特重「讀書」，他主張「詞意高勝，要從學問中來爾」，作詩「無一字無來處」，〔註5〕「古之能為文章者，真能陶冶萬物，雖取古人之陳言入於翰墨，如靈丹一粒，點鐵成金也」。〔註6〕他主張規摹古人，其具體表現即為「以學問為詩」、「以故為新」、「奪胎換骨」、「點鐵成金」、「無一字無來處」的詩法。黃庭堅在詩壇位居領導地位，他對於宋人的影響力自然不容小覷。呂本中以黃庭堅為江西詩派之開創人物，他說：「詩歌至於豫章始大，出而力振之，後學者同作並和，盡發千古之秘，亡餘蘊矣，錄其名字曰江西宗派，其源流皆出豫章也。宗派之祖曰山谷。」〔註7〕黃庭堅的詩法成為宋人競相學習的對象，蔚為江西詩派。黃庭堅的詩歌顯現了宋詩的特色，宋人「學黃」者眾，那麼，黃庭堅讀書學古的主張，必然也對宋人產生重大影響。

　　讀書學古及規摹古人詩法，既為黃庭堅超越前人的蹊徑，那麼黃庭堅對前人的接受情形，必然也顯現在其詩歌創作之中。因此，欲探究黃庭堅對前人的接受情形，最直接便捷的方法，便是研究黃庭堅的讀書詩了。

二、讀書詩的定義

　　所謂「書」，就廣義而言，天地萬物，無之而非書，這是無形的書籍。劉勰曾說：「物色之動，心亦搖焉。」〔註8〕人對於天地萬物時

〔註4〕 黃庭堅著，劉琳、李勇先、王蓉貴校點：《黃庭堅全集》（成都：四川大學出版社，2001年），別集卷11，〈論作詩文〉，頁1684。
〔註5〕 黃庭堅：《豫章黃先生文集》（臺北：商務印書館，1975年），卷19，〈答洪駒父書〉，頁204上。
〔註6〕 黃庭堅：《豫章黃先生文集》，卷19，〈答洪駒父書〉，頁204。
〔註7〕 趙彥衛：《雲麓漫鈔》（臺北：臺灣商務印書館，文淵閣《四庫全書》864冊），卷14，頁396。
〔註8〕 劉勰：《文心雕龍》（臺北：臺灣商務印書館，文淵閣《四庫全書》

有感悟觸發，人從自然與人事中常獲得心性的啓迪與感悟，因此詩人抒寫對自然或人事的感悟比興，皆可視爲讀書詩。但就狹義而言，書是具體的物件，是指用文字圖畫或其他符號，在一定材料上記錄知識並裝成卷冊的著作物。〔註9〕在中國古代，人們將知識、思想、感情，以文字記錄於布帛、竹簡、木牘或紙上，藉此將人類的知識、思想、感情流傳後世，彙爲卷冊，這是有形的書籍。讀者閱讀具體有形的書籍，以詩歌對其文本的內容加以闡釋，讀書詩於是誕生。

讀者閱讀文本的過程中，必須發揮想像力，運用各種思考能力，將作者創造的藝術形象和內涵復現出來，又加上讀者自身的人格、氣質、情感、思想，重新創造各種各具特色的藝術形象，因此，使文本的意義得到補充和開拓。本文所謂「讀書詩」，是指以有形的書籍作爲閱讀對象，其詩歌內容爲讀者對文本意義的補充和開拓，換言之，其詩歌篇題或詩序必須揭示閱讀的書名或篇章，且詩歌內容須就所讀文本加以闡釋、填補、議論、翻案、鑑賞、批評、仿作。

中國古代書籍分爲經、史、子、集四部，本文的讀書詩依照閱讀書籍分類，分爲讀經部詩、讀史部詩、讀子部詩和讀集部詩四類。本文的「讀史部詩」和「讀集部詩」的內容，雖與前人研究的「詠史詩」及「論詩詩」有相似之處，但其定義卻又不同。所謂「詠史詩」爲詩人「覽史書，詠其行事得失，或自寄情焉」的作品。〔註10〕在內容上，「讀史部詩」與「詠史詩」皆爲讀史有感之作，都以古人古事爲創作題材；在詩歌篇題上，「詠史詩」未必盡以閱讀的書目篇章爲篇題，但「讀史部詩」卻須以史籍書名或篇名爲詩歌篇題，且就其文本內容加以闡釋，方符合本文的定義。其次，所謂「論詩詩」是指以詩論詩的作品，其內容或闡說詩學的原理，或敘述學詩的經歷，或上下古今

1478 冊），卷 10，〈物色〉，頁 64。

〔註9〕　焦樹安：《中國藏書史話》（北京：商務印書館，1997 年），頁 10。

〔註10〕　李善等註，蕭統選編：《六臣註文選》卷 21（臺北：上海商務印書館，四部叢刊初編本），頁 368。

衡量前代的著作。〔註11〕凡討論詩作，品騭詩壇，進而晤談詩觀，述及詩人，或以自道詩心，闡說詩理之詩，皆可謂之「論詩詩」。〔註12〕因此，不論篇題爲何，只要是闡述論詩意見的作品，就屬於「論詩詩」。而本文所謂「讀集部詩」，其內容多抒發閱讀古今詩文的感悟，包含了對原作的評論、鑑賞、闡釋、塡補和仿作。本文「讀集部詩」與「論詩詩」的內涵重疊，兩者均以詩歌闡述其讀詩感受；但在篇題上，「讀集部詩」必須標明閱讀書目篇名，並就其文本內容加以闡釋，方符合本文「讀書詩」之定義。

三、研究目的

黃庭堅爲宋代引領詩壇風騷之人物，他提出了許多具體的詩學主張和論述，爲學詩者提供了具體而易學的學詩門徑，其影響所及，形成了宋代詩壇主流的江西詩派。在詩歌的創作上，黃庭堅注重規摹前人的詩法，並以之作爲創變的基礎以超越前人；在詩歌的內容上，黃庭堅從經、史、子、集等書中汲取學問識見，加以陶冶活化，其內容注重議論與理趣，開拓出與唐人注重意境的詩風截然不同的風格。這種「以學問爲詩」、「以議論爲詩」、「以文爲詩」的宋調特色，便是來自涵融前人學術，精研古人詩法的結果。換句話說，黃庭堅的詩學主張或詩歌實踐，主要是建構於讀書學古之上。所以，想要瞭解黃庭堅的詩學主張或理論源頭，必得先認識黃庭堅對前人的闡釋與接受情形；要瞭解黃庭堅對前人的接受情形，必得從黃庭堅的讀書詩著手。所以，從黃庭堅闡釋經典與批評詩文的讀書詩中，應可瞭解其復古與創新的思想脈絡，並約略窺見其詩學建構的情形。

黃庭堅的讀書詩數量並非宋人之冠，但他的詩學主張卻對江西詩派詩人及後代詩人產生重大影響。因此，黃庭堅讀書詩的思想與主

〔註11〕郭紹虞：《中國文學批評史》（臺北：文史哲出版社，1988年），上卷第六篇，頁396。
〔註12〕周益忠：《宋代論詩詩研究》（臺北：臺灣師範大學國文研究所博士論文，1988年），頁11。

張，必然有其時代意義。本文以黃庭堅的讀書詩爲研究對象，目的在於探論黃庭堅對所讀典籍的評論、鑑賞、品評、闡釋、塡補和仿作的情形，以及這些詩歌蘊含的思想論述與詩學主張；從這些讀書詩所表現的思想與藝術特色，探論黃庭堅「學古」的繼承對象爲何，以及「變古」的創變源頭爲何？在學古變古的創作實踐中，黃庭堅從前人之處繼承與創變的優長爲何？在前人未到處、不足處的開拓爲何？再則，研究者對於黃庭堅的讀書學古的論述，是否有未到之處？本文將藉黃庭堅的讀書詩的創作主張與創作實踐，探論其中所蘊含之思想及藝術特色，以考察黃庭堅的思想內蘊及詩學建構情形。

第二節　前人研究成果

　　黃庭堅與蘇軾並稱「蘇黃」，他又被推爲江西詩派的開創者，其詩學主張對於宋人及後世的影響深遠。因此，研究宋詩必論及黃庭堅的詩學理論及詩歌創作。

　　目前，研究黃庭堅詩論及詩歌的專著有：黃寶華《黃庭堅評傳》、黃篤書《黃山谷全傳》、吳晟《黃庭堅詩歌創作論》、楊慶存《黃庭堅與宋代文化》、錢志熙《黃庭堅詩學體系研究》、王琦珍《黃庭堅詩與江西詩派》、黃啓方《黃庭堅與江西詩派論集》等書。其餘資料則散布在研究宋詩專著的篇章中。另外，研究黃庭堅詩歌的碩士論文，則多達二十篇。以下分述之。

一、研究黃庭堅詩歌之專著

（一）書籍專著

研究黃庭堅詩歌的專著，依照出版先後次序，分別爲以下七者：

1、黃寶華：《黃庭堅評傳》（南京：南京大學出版社，1998 年）

此書全面述評黃庭堅的生平事蹟，力圖在歷史文化背景上，展現身兼藝術家與思想家的黃庭堅。評傳探討了黃庭堅融合儒佛道的哲學

思想，揭示他以心性論爲核心以重揚儒學，並促進新儒學形成。本書
也論述了黃庭堅的詩學理論與詩歌藝術，以及其他的藝術理論與成
就，作者並將其思想繫聯其藝術，闡釋其理論和作品的特色與矛盾。
本書還探討了黃庭堅對後世的影響，及著作版本源流。此書對於瞭解
黃庭堅的思想及詩歌，頗具參考價值。

2、黃篤書：《黃山谷全傳》（臺北：五洲出版社，1998 年）

本書以年譜爲經，以經歷事蹟爲緯，以兩者繫聯黃庭堅的詩作。
全文依傳主生命歷程分爲：〈時代背景與家世〉、〈求學與應試〉、〈仕
進〉、〈君子締交定休咎〉、〈三年吉州太和縣移監德州景平鎮〉、〈京城
修史秉春秋〉、〈哲宗親政，紹述新法〉、〈徽宗即位，恰似夕陽近黃昏〉、
〈江夏無雙，光耀千秋〉等階段。全書以詩作繫聯黃庭堅一生的經歷，
可大略瞭解其生平。

3、吳晟《黃庭堅詩歌創作論》（南昌：江西人民出版社，1998 年）

本書從詩論、感受、構思、傳達、風格、趣味、文化等七個範疇，
析論黃庭堅的詩學理論及創作成果。首先，黃庭堅的詩學觀乃是宋代
社會的必然產物，他主張詩歌能展現情性，且須以「比興」展現「詩
之美」，以避免「詩之禍」；他指示學詩者須精研前人詩法，以「句中
有眼」爲入門途徑，精熟詩法後須擺脫規矩，才可達到「意在無弦」
的妙境。第二，作者試著從感受的變異、挪移、深化，分析黃庭堅詩
歌的審美心理結構。其審美經驗引導他向新奇變異或理性深度轉化，
其藝術思維使他的審美取向呈現既尙「理趣」又不排斥「感悟」。第
三，黃庭堅的詩歌立意，以人格意識爲內核，以畏禍心理爲指向，以
創變精神爲驅力；其布局採平分式、交叉式、多層次式、跨躍式、反
差式等結構。第四，從對仗、句型、修辭三方面，分析黃庭堅獨特的
句法。第五，黃庭堅具有兀傲絕俗、清新奇峭、詼諧風趣、平淡老蒼
等風格；「黃庭堅體」具有亦莊亦諧娛人娛己、布局均勻層層轉折、
拗峭硬拙生新奇活等特色。第六，其詩歌展現諧趣、理趣與禪趣，以
及以俗爲雅的趣味。第七，黃庭堅的飲茶詩顯現了茶所代表的獨特文

化意象；他以歲寒三友爲題材，創造了特別的文化意義。

4、楊慶存：《黃庭堅與宋代文化》（開封：河南大學出版社，
2002年）

作者從黃庭堅的家學、生平、交遊、思想、創作，探論其藝術成
就和創造歷程。黃庭堅在詩歌、詞賦、散文、書法、史學、理學、釋
道哲學諸方面的精深造詣與成就，不僅有深厚的歷史淵源與文化淵
源，更有雄厚的社會基礎與人文基礎。黃庭堅悠遊於以人爲本、以人
爲核心的時代，以繼承前人爲基礎，積極倡導文化創新，在詩文書畫
等方面實踐了自己的主張，創造宋代優異的文化特色。

5、錢志熙：《黃庭堅詩學體系研究》（北京：北京大學出版社，
2003年）

作者從根本說、情性說、興寄說、學古說、法度說、分體說等範
疇，建構了黃庭堅的詩學體系。「根本說」是對詩人的倫理本質的確
認，「情性說」則是對詩歌本體的確認，二者爲黃庭堅詩學體系的基
石，且「根本說」最具決定性。「情性說」包含了「興寄說」的基本
要素，兩者是體用關係，亦即詩人以「興寄」的方式抒發情性。「學
古說」論述黃庭堅對傳統的態度，他不是一味擬古、復古，而是「轉
益多師」的創新與開拓。「法度說」探討其詩歌法度，作者將黃庭堅
取法前人的詩法和他的創作結合，縱向闡述其詩法的演進。「分體說」
則是分期研究各種體裁，論述其詩學的具體實踐。「根本說」和「情
性說」爲詩學理論的基礎，而「興寄說」、「學古說」、「法度說」、「分
體說」則爲詩學實踐方法，這六個範疇構成了完整的詩學體系。

6、王琦珍：《黃庭堅詩與江西詩派》（江西：江西高校出版社，
2006年）

王琦珍從地緣關係和文學世家間的關係，探討江西詩派的形成
和宋詩演變的軌跡。第一章從宗韓宗陶的風潮，論述宋詩的演變與
風貌的形成。第二章從「學蘇」與「學黃」熱潮，探論宋人接受黃

庭堅的原因，在於其詩法具體可學，其兀傲人格深受認同。第三章論述汴京、黃州及江右詩人群體與《江西詩社宗派圖》的關係。第四章論述其詩法理論：「以俗為雅」、「以故為新」是一種繼承與超越。學詩者以古人詩法為規矩，熟悉詩法後須拋掉規矩，才能達到「不煩繩削而自合」的境界；詩人以「興寄」方式表達諷諭與針砭，既可避免詩禍又可保有創作自由。第五章論述其詩歌創作分期，以及「黃庭堅體」的特點和典範作用。第六章探論傳統文學世家對詩派形成的影響，黃庭堅詩法的家學淵源，以及禪悅之風對江西詩派的影響。第七章分述陳師道、晁沖之等非江西籍詩人的創作。第八章論述江西詩派的江右詩人群體的創作活動。第九章論述江西詩派以自我超越精神及「活法」理論，走出了自身墙垣。第十章寫南渡後江西詩派詩風的轉變，總結南宋之後詩評家及方回對江西詩派的歷史評價。

7、黃啟方：《黃庭堅與江西詩派論集》（臺北：國家出版社，2006 年）

本書收錄八篇論文：〈論江西詩派〉論述江西詩派的形成及特色，以及改革和影響；〈黃庭堅詩的三個問題〉論述其詩作分期和詩體分析，以及詩論的建立；〈《全宋詩》黃庭堅卷補遺——兼介《豫章先生遺文》一書〉論述《全宋詩》的缺漏，並對《豫章先生遺文》做述要；〈黃庭堅的人生抉擇——「和塵同光」與「壁立千仞」〉論述黃庭堅的性格及自我觀照，說明他的處世原則，及內心「壁立千仞」外在「和塵同光」的智慧處世；〈黃庭堅《乙酉宜州家乘》疏證〉注疏黃庭堅晚年編管宜州的生活，書中所記極瑣細，無一語涉及政事或個人恩怨；〈黃庭堅父黃庶事跡考〉論述黃庶的思想才識、文學風格與文學觀，以及其《伐檀集》之史料價值；〈黃庭堅蘇軾與趙挺之——清畫堂〈論詩絕句〉第五十八首發微〉論述黃庭堅與趙挺之、蘇軾與趙挺之之恩怨；〈黃庭堅與《江西詩社宗派圖》〉論述《宗派圖》詩人生平補證、江西詩派形成之背景，及王直方和呂本中所營造之宗派圖的完成。

　　除了以上專著，研究宋詩的書籍，也對黃庭堅的詩歌論述頗多。
韓經太認為蘇軾尊韓而黃庭堅宗杜，所以黃庭堅傳承的是杜甫「用事
精巧、對偶親切」的詩法。蘇黃在詩美景象上均是誓脫常態、生新出
奇，但蘇軾是「遇物而奇」和「體悟而奇」，是一種「天然之眞」；黃
庭堅則是一種「自出新奇」，「物象由我裁」的主觀安排，是一種「人
工之奇」。蘇詩呈現一種形跡孟浪而精神蕭散的「通脫」，黃詩卻是形
跡混沌而精神奇峭的「執拗」。〔註13〕孫望、常國武認為黃庭堅論詩，
力主獨創、切忌塵俗，注重詩人的學養，以及重視詩歌的社會功能。
黃庭堅贊同文章經世，看重詩歌愉悅性情、陶冶襟懷的功用，但不贊
同詩歌直接干預現實。其詩歌較多表現自我之作品，富有思致理趣，
章法細密，講究句法、字法，長於點化鍛造，且語言色澤洗淨鉛華，
獨標雋旨。〔註14〕張海鷗認為黃庭堅對詩歌性質和功能的看法，源於
傳統詩學的「抒情言志」。黃庭堅主張詩歌具有修養性情、調節心志
的作用，提倡「不怨不怒」的主張；他尊崇陶淵明的人格美及陶詩平
淡美，學習杜甫的詩法句法，推崇蘇軾的才學和品行；其詩歌美學主
張為「以古為美」、「尙清反俗」；在創作上主張自成一家，注重讀書
積學及字句之法。〔註15〕許總認為黃庭堅注重詩法，主張鍛鍊而復歸
於自然，其創作理論有法可依，因此學黃者人數眾多。江西派的詩歌
表現範圍由社會轉向個人，由外界轉向內心，表現出內心淡泊自守，
注重人格完美的自我完善的祈向。〔註16〕

　　此外，周裕鍇所著之《宋代詩學通論》，〔註17〕雖未有專論黃庭

〔註13〕韓經太：《宋代詩歌史論》（長春：吉林教育出版社，1995 年），頁
　　　　194～240。
〔註14〕孫望、常國武主編：《宋代文學史》（北京：人民出版社，2006 年，3
　　　　版），頁332～335。
〔註15〕張海鷗：《北宋詩學》（開封：河南大學出版社，2007 年），〈黃庭堅
　　　　的詩學思想〉，頁188～231。
〔註16〕許總：《唐宋詩體派論》（南昌：江西人民出版社，2008 年），〈江西
　　　　詩派〉，頁276～293。
〔註17〕周裕鍇：《宋代詩學通論》（上海：上海古籍出版社，2007 年）。

堅詩論及詩作之章節，但書中論述宋詩特色時，則有頗多文字述及黃
庭堅的詩歌及詩論，亦值得參考。

（二）學位論文

台灣地區，研究黃庭堅詩歌的碩博士論文，有以下二十篇：﹝註18﹞

表 1-1　台灣地區研究黃庭堅詩歌之碩博士論文

編次	發表者	論　文　名　稱	學　校　院　所
1	李元貞	《黃山谷的詩與詩論》	台灣大學中文研究所碩士論文，1970 年
2	王源娥	《黃庭堅詩論探微》	東吳大學中文研究所碩士論文，1982 年
3	杜卉仙	《蘇黃唱和詩研究》	東吳大學中文研究所碩士論文，1985 年
4	徐裕源	《黃山谷詩研究》	政治大學中文研究所碩士論文，1985 年
5	金基炳	《黃山谷詩與書法研究》	文化大學中文研究所博士論文，1987 年
6	林錦婷	《蘇軾與黃庭堅詩論異同之比較》	中央大學中文研究所碩士論文，1993 年
7	吳幸樺	《黃庭堅律詩的語言風格研究——以詞彙的運用現象爲例》	成功大學中文研究所碩士論文，1995 年
8	蔡雅霓	《黃山谷贈物詩研究》	輔仁大學中文研究所碩士論文，1999 年
9	劉雅芳	《蘇軾黃庭堅之交游及唱和詩研究》	台灣師範大學中文研究所碩士論文，2000 年
10	李英華	《黃庭堅詠物詩研究》	高雄師範大學中文研究所碩士論文，2001 年
11	余純卿	《山谷詩論與詩的教學》	高雄師範大學國文研究所教學碩士班論文，2001 年
12	黃泓智	《山谷及其詩歌教學研究》	屏東師範學院國民教育研究所碩士論文，2003 年

﹝註18﹞ 資料來源：全國碩博士論文網。

13	陳裕美	《宋代對黃庭堅詩法之接受研究》	南華大學中文研究所碩士論文，2003年
14	張輝誠	《黃庭堅詩美學研究》	台灣師範大學國文研究所碩士論文，2003年
15	廖鳳君	《蘇軾與黃庭堅詩論及其比較》	東海大學中文研究所碩士論文，2003年
16	陳雋弘	《黃庭堅論詩意見之研究》	高雄師範大學國文研究所碩士論文，2004年
17	鍾美玲	《黃庭堅遷謫時期之生死智慧研究》	南華大學生死研究所碩士論文，2004年
18	黃銘鈺	《黃庭堅晚期詩歌研究》	雲林科技大學漢學資料整理研究所碩士論文，2005年
19	黎采綝	《黃庭堅七言律詩音韻風格研究》	政治大學國文教學碩士學位班碩士論文，2005年
20	廖羽屏	《黃山谷詠茶詩探析》	彰化師範大學國文研究所碩士論文，2006年

　　這二十篇論文大概可分為六類：一、整理歸納黃庭堅詩學理論；二、研究黃庭堅的詩歌題材；三、比較黃庭堅和蘇軾詩歌；四、研究黃庭堅詩歌之語言風格；五、研究黃庭堅詩學理論與詩歌教學之應用；六、研究黃庭堅的生死觀。

　　首先，研究黃庭堅詩論的論文佔了七篇，有李元貞《黃山谷的詩與詩論》、王源娥《黃庭堅詩論探微》、徐裕源《黃山谷詩研究》、陳裕美《宋代對黃庭堅詩法之接受研究》、張輝誠《黃庭堅詩美學研究》、陳雋弘《黃庭堅論詩意見之研究》、黃銘鈺《黃庭堅晚期詩歌研究》。由於黃庭堅並無完整的詩論專著，因此研究者大多藉由黃庭堅傳世詩文，研究黃庭堅的詩學淵源、創作主張、藝術技巧、創作意識、美學風格及其詩學流布和影響。其中，陳雋宏認為黃庭堅對於學問與創作的看法，和劉勰「文章在學，能在天資」相同。讀書關乎個人陶冶，而且與創作前的準備以及培養批評眼光有關，因此，學問可作為創作時挹取材料之寶庫。此論點和本文研究主題頗有相關。

　　其次，研究詩歌題材的論文共四篇，有金基炳《黃山谷詩與書法研究》、蔡雅霓《黃山谷贈物詩研究》、李英華《黃庭堅詠物詩研究》、廖羽屏《黃山谷詠茶詩探析》。此類論文的研究焦點在於：黃庭堅詩的題材所顯現的文化意涵、藝術技巧及思想情感。黃庭堅的詩作從日常生活中取材，賦予瑣碎事物獨特的文化意義，顯現宋型文化的特色。這一類論文中有一些述及筆、墨、紙、硯的書齋生活的研究，但尚未論及與讀書相關的書齋生活，是本文可以加以著墨之處。

　　第三，研究黃庭堅和蘇軾詩歌的比較的論文共四篇，有杜卉仙《蘇黃唱和詩研究》、林錦婷《蘇軾與黃庭堅詩論異同之比較》、劉雅芳《蘇軾黃庭堅之交游及唱和詩研究》、廖鳳君《蘇軾與黃庭堅詩論及其比較》。這一類研究著重於蘇黃的情誼、唱和詩所顯現的人生智慧、二人在唱和詩中所展現的才學，以及蘇黃詩歌理論的異同。蘇黃的創作觀均重視自然，但蘇軾主張「諷諫直言」的表達方式，而黃庭堅則主張「溫柔敦厚」的詩教。蘇黃在當代爲詩壇引領風騷、天才橫逸之詩人，對於時人及後代的影響不容忽視，但研究者未能將蘇黃詩歌在當代的接受情形列入研究範圍，爲其不足之處。

　　第四，研究黃庭堅詩歌之語言風格的論文有兩篇，有吳幸樺《黃庭堅律詩的語言風格研究——以詞彙的運用現象爲例》、黎采綝《黃庭堅七言律詩音韻風格研究》。此類論文是從語言學的觀點切入，析論黃庭堅詩歌的語言風格特色。吳幸樺的研究著重於詩歌理論和詩歌詞彙的關係：藉著「實詞」和「虛詞」的運用，達到新奇瘦硬的風格；藉由「色彩詞」和「數詞」的運用，達到詩句的靈動、有力。黎采綝的研究則從聲母、四聲、韻母及拗救的情形，論述黃庭堅七言律詩的音韻風格。黃庭堅對江西詩派的影響極大，因黃詩有法可學，因此學之者眾。所以，黃詩的語言風格對於江西詩派的影響爲何，是此類論文可以深加探論之處。

　　第五，研究黃庭堅詩歌與教學應用的論文有余純卿《山谷詩論與詩的教學》及黃泓智《山谷及其詩歌教學研究》兩篇。余純卿從

中國詩學的發展歷程中，探討山谷的詩論淵源，並將山谷的詩論運用於中學的現代詩和古典詩的詩歌教學上。黃泓智從黃庭堅的生平、學詩歷程及家學淵源，探論其善學前人精髓的原因；並從山谷詩歌內容與風格取向，探究其詩歌廣受後學尊崇的原因；山谷詩歌的盛行，與其善於因材施教有關。研究者比較了現代教學理論和山谷詩論的異同，探究其創造與傳承間的關係。這類論文將黃庭堅的詩法和詩論運用於教學活動中，企圖達到古典與現代的融合，但這種融合必須考慮現代詩歌和古典詩歌是截然不同的文體，其嘗試存在著相當的難度。

最後，研究黃庭堅思想的論文有鍾美玲《黃庭堅遷謫時期之生死智慧研究》。研究者以謫遷時期的詩歌、書信、交論、遊記、題跋，探究黃庭堅如何以儒道釋三家思想，面對生死的困境與挑戰。研究者又參照傅偉勳的生命十大層面理論，以及傅朗克「意義治療法」理論，以透視黃庭堅生死智慧在個體「終極真實」的體認、「終極關懷」上所達到的徹底解脫。意義治療法教導人們覺察死亡，藉此協助人們探索生活中的孤獨感、疏離感與無意義感，協助人們找到生命意義與目的，以及自我認同。〔註19〕意義治療法主要針對缺乏生命意義與人際疏離的病患，它致於協助那些在生活中很難找到生命的意義與目的，以及很難維持對自己的認定的人。而黃庭堅則是因黨禍史禍謫遷，被迫疏離親人，研究者以此理論研究謫遷詩人的生死思想，其適切性值得討論。

綜上所述，近人研究黃庭堅的詩歌多達二十篇，其範圍廣及詩論、題材、語言風格及蘇黃之比較研究，甚至包含其詩法主張在教學上的運用，研究範圍不可謂不廣。黃庭堅注重學識，每每勉勵後學多讀書；其詩歌特色乃為「以學問為詩」，善於化用典故，奪胎換骨；其詩學主張，莫不以「讀書」為基礎。關於黃庭堅讀書學古之主張，

〔註19〕王麗斐等：《諮商與心理治療的理論與實施》（臺北：心理出版社，1991 年），頁 253。

「規模取法前人之作」的學習方法，及其應用於創作實踐之作品，至此尚無人涉及。筆者乃就其不足，加以研究申論。

二、研究讀書詩之專著

目前研究宋代讀書詩的論文共有以下四篇：

表 1-2　台灣地區研究宋代讀書詩之論文

編次	發表者	論　文　名　稱	學　校　院　所
1	陳撫耕	《宋詩對經典的闡釋與呈現——以《全宋詩》中讀書詩爲考察對象》	東海大學中文研究所碩士論文，2004 年
2	陳逸珊	《北宋讀書詩研究——以讀史詩爲中心》	成功大學中文研究所碩士論文，2006 年
3	張高評	〈陸游讀詩詩與唐宋讀書詩之嬗變——從資書爲詩到比興寄託〉	國科會中文學門 90～94 研究成果發表論文，2006 年
4	張高評	〈北宋讀詩詩與宋代詩學——從傳播與接受之視角切入〉	《漢學研究》24 卷 24 期，2006 年 12 月，頁 191～223

陳撫耕《宋詩對經典的闡釋與呈現——以《全宋詩》中讀書詩爲考察對象》，從宋代重文輕武、文人重氣格、科舉與學術發達、「經世致用」和「知史博學」的文學觀，以及雕版印刷和印本文化的盛行的背景下，探論宋詩「以學問爲詩」、「資書爲詩」的特色。研究者擷選《全宋詩》中的讀書詩，分析宋人閱讀書籍的情形，其中讀史之作顯現宋人以詩建立史觀的企圖，詩中抒發了歷史興亡、懷才不遇之嘆，並確定宋人讀史的評述；而讀書詩中評「集」之作，顯現宋人閱讀前人詩作的情形，凸顯了宋人學古變古自闢蹊徑的努力。宋人讀書詩對經典的創作與詮釋，顯現宋人以讀書的方式與經典融通，獲得曠達的人生態度，展現生活情趣與多元的文化思考。由於宋人廣讀經典，使宋詩涵融理趣，產生文學哲學化的現象；宋人引經典入詩，使宋詩更具個性化，增加了思想性；宋人向民間文學取法，使宋詩「以俗爲雅」

的風格發揮到極致。宋人於古代經典中尋找題材，使詩歌與經典融通，增加了詩歌的思想性與審美藝術，是宋詩的獨特開創。

陳逸珊《北宋讀書詩研究──以讀史詩為中心》，考察宋代的閱讀景況，經史子集四類讀書詩的數量，並從宋人閱讀習慣的改變，分析其閱讀焦點和文風的改變。與唐代相比，宋代讀史詩的數量遠勝唐代，其主題多偏重於四史，其形式以五言古詩和七言絕句為主流。宋人有許多以通俗歷史故事為題材的讀史詩，顯現宋代文人「以俗為雅」的詩學主張。北宋讀史詩顯現了宋詩「以文為詩」、「以賦為詩」、「以議論為詩」、「以學問為詩」的特色；其題材取捨顯現「春秋書法」、「史家筆法」、「別生眼目」和「經世致用」等特色。宋人創作讀史詩，選擇「未經人道」之語言，追求「古所未有」之詩思，藉此擴大宋詩的風格、立意、命題，以達到變唐賢之所能為己能、精益求精的效果。但是此論文對於讀史詩的藝術技巧的探論則稍嫌不足。

張高評〈北宋讀詩詩與宋代詩學──從傳播與接受之視角切入〉，認為宋代圖書傳播繁盛，促使宋代讀書詩興起。從北宋的讀詩詩，可見宋人學唐變唐的現象有四：宋人對於李白詩的接受情形，與「李杜優劣」的討論；宋人對於白居易詩的接受，各家以之為粉本，再加筆墨功夫；宋人對韓愈詩的接受，並學習「以文為詩」、「以議論為詩」及「以奇崛為詩」的詩法；宋人對晚唐詩人的接受，並學習其「意新語工」的特色。此外，宋人學古變古之典範選擇，表現在尊陶與學杜兩方面：宋人尊陶，學習陶淵明的人格價值與平淡蕭散之詩美特徵；學杜，因杜甫之人格與詩歌風格符合宋人之審美期待，杜詩反映社會並集歷代詩法之大成，故為宋人「化通集成」之典範。宋代圖書傳媒興盛，宋人因能藉由閱讀，達到學古變古，超越唐人自成一家的成就。

張高評〈陸游讀詩詩與唐宋讀書詩之嬗變──從資書為詩到比興寄託〉，從宋代印刷傳媒興盛的觀點切入，由於刻書藏書發達印本文化繁盛，宋人得以遍覽群書出入諸家，因此使唐宋讀書詩產生顯著差異。北宋與南宋時期不僅讀書詩數量有明顯差異，其表現方法亦由「資

書爲詩」轉變爲「比興寄託」，這種轉變又以陸游爲其代表。陸游讀書詩的比興寄託有竊比追慕、寄情山水、興寄物外、斟酌出處、培養志節、現身說法（詩論）、感慨消長等七類。陸游的詩歌不僅顯現了宋代讀詩詩的嬗變，亦顯現其學唐變唐自成一家的歷程。

綜上所述，目前讀書詩的研究多聚焦於兩宋詩人藉閱讀經典、融通經典以爲詩的情形。讀書詩中數量最多的是讀史詩，反映了宋人從「未經人道」、「古所未有」的立意命題來尋求創新，以及企圖以詩建立史觀的努力。而陸游的讀書詩數量可謂宋人之冠，他反映宋人從「資書爲詩」的取材方式，逐漸轉變爲「寄託比興」的表現手法。

第三節　研究範圍與進路

一、研究範圍

（一）黃庭堅詩文的編輯與刊刻

黃庭堅生前已經有流傳作品集，有些是自編的作品集，有些是崇仰他的文人學子所編輯的。

首先，黃庭堅中年曾自編《焦尾集》、《敝帚集》；五十多歲時又自編《退聽堂錄》，但這些集子現已不傳。元豐三年（1080），黃庭堅赴任吉州太和縣，經過高郵與秦觀晤面，並出示《焦尾》、《敝帚》兩本詩集，秦觀大爲嘆服。秦觀說：「每覽《焦尾》、《弊帚》兩編，輒悵然終日，殆忘食事。」他又說：「其《弊帚》、《焦尾》兩編，文章高古，邈然有二漢之風。今時交游中，以文墨自業者，未見其比。」〔註20〕葉夢得曾引黃元明（黃庭堅之兄）的話：「魯直舊有詩千餘篇，中歲焚三之二，存者無幾，故自名《焦尾集》；其後稍自喜，以爲可

─────────────────

〔註20〕秦觀：《淮海集》（臺北：臺灣商務印書館，文淵閣《四庫全書》1115
　　　冊），卷30，〈與黃魯直簡〉，頁584；《淮海集》卷30，〈與李德叟簡〉，
　　　頁585。

傳，故復名《敝帚集》。晚歲復刊定，止三百八篇而不克成。今傳于
世者，尚幾千篇也。」〔註21〕由以上資料可知黃庭堅從諸多詩作之
中，刪去不滿意的作品，留下中年之前的創作精華，編成深受好評
的《焦尾》、《敝帚》兩集。

　　元祐初年（1086）至六年（1091）間，黃庭堅供職京師，除神
宗實錄院檢討官，曾自編《退聽堂錄》詩集。洪炎說：「炎元祐戊
辰、辛未歲（即三年與六年）兩試禮部，皆寓舅氏魯直廨中。魯直
出詩一編，曰《退聽堂錄》，云：『余作詩至多，不足傳；所可傳者，
皆百餘篇而已。』……初魯直為葉縣尉、北京教授、知太和縣、監
德平鎮，詩文已無慮千數，《退聽》所錄，太和止數篇，德平十得
四五，入館之後不合者蓋鮮。」〔註22〕任淵注《內集》，在目錄〈古
詩二首上蘇子瞻〉下說：「建炎中，山谷之甥洪炎玉父編其舅文集，
斷自退聽堂始，退聽以前蓋不復取，獨取〈古風〉二篇冠詩之首，
且云：『以見魯直受知於蘇公，有所自也。』今從之。退聽堂在汴
京醴池寺南，山谷作館職，寓筆硯於此。」〔註23〕《退聽堂錄》主
要收錄入館後的作品，元祐年間，《退聽堂錄》應在朋友間流傳，
但尚未印刷出版。

　　元祐九年（1094），新黨上台，黃庭堅預感迫害即將來臨，對《退
聽堂錄》作了一些修訂。在《黃山谷年譜》中，黃𩾃曾引趙伯山《中
外舊事》說：「先生少有詩名，未入館時，在葉縣、大名、德平詩名
已卓絕。後以史事待罪陳留，偶自編退聽堂詩，初無意盡去少作。胡
直孺少汲建炎初帥洪州，首為先生類詩文為《豫章集》，命洛陽朱敦
儒、山房李彤編集，而洪炎玉父專其事，遂以退聽為斷，以前好詩皆

〔註21〕葉夢得：《避暑錄話》（臺北：臺灣商務印書館，文淵閣《四庫全書》
　　　　863 冊），卷上，頁 664。
〔註22〕劉琳、李勇先、王蓉貴校點：《黃庭堅全集》附錄三，〈豫章黃先生
　　　　退聽堂錄序〉，頁 2379。
〔註23〕黃寶華點校：《山谷詩集注》（上海：上海古籍出版社，2003 年），
　　　　頁 1。

不收。」〔註24〕由此推知，黃庭堅初編《退聽堂錄》時，應保留了葉縣、大名、太和時期的作品，但後來爲了避禍，可能刪改了部分不滿新法的作品。

其次，還有他人編定的集子，這些集子往往會請他審定。黃庭堅的書信反映這種情況，例如：〈與明叔少府書〉云：「鄙文編已領略，一篇不踏駭，還多二十年前文字也。」〔註25〕〈答王觀復書〉說：「鄙文一編，所得何其多邪！其中多少時文字，氣嫩語艱，不足存者。此所無者，謾抄下以與門生兒姪輩；彼所無者，亦有三分之一，匆匆未果錄去，他日可寄也。」〔註26〕另外，李彤還提到了《南昌集》：「彤曩聞先生自巴陵取道通城，入黃龍山，盤礡雲窗，爲清禪師徧閱《南昌集》，自有去取，仍改定舊句。彤後得此本於交游間，用以是正，其言『非予詩』者五十餘篇，彤亦嘗見於他人集中，輒已除去。」〔註27〕可見黃庭堅生前已有時人爲他編輯作品集。

再者，家族也曾爲他編輯文集。根據《山谷年譜》記載：「營嘗聞先人言，先祖尙書少蒙先生友愛，蓋嘗編類詩文，今《家問》中先生晚年答書有云：『詩文久欲令寫寄，亦爲念九、三七書字多誤，故未能就，後有可委之信，或寄草，彼可自鈔也。』此帖尙有墨蹟可考，獨恨所編爲徐俯師川久假不歸，遂無別本可據。」〔註28〕所謂「先祖尙書」，即黃庭堅的堂弟黃叔敖。

黃庭堅生前雖有眾多文集流傳，但後來因元祐黨禁而未流傳下來。直到建炎二年才又作品集結。據《〈退聽堂錄〉序》載：「炎既手鈔《退聽錄》矣……炎每省觀，輒鈔所見，遂盈卷帙矣。……建

〔註24〕黃䔲：《黃山谷年譜》（臺北：學海出版社，1979 年），卷 1，〈嘉祐六年〉，頁 30。

〔註25〕劉琳、李勇先、王蓉貴校點：《黃庭堅全集》，別集卷 16，〈與明叔少府書〉，頁 1819。

〔註26〕劉琳、李勇先、王蓉貴校點：《黃庭堅全集》續集卷 4，〈答王觀復〉，頁 2004～2005。

〔註27〕黃䔲：《黃山谷年譜》，卷 1，〈嘉祐六年〉，頁 32。

〔註28〕黃䔲：《黃山谷年譜》，卷 1，〈嘉祐六年〉，頁 30～31。

炎戊申歲，時魯直之故人洪府連帥胡公少汲始屬炎撰次，以刻板傳世。……竊意少時所作雖或好詩傳播尚多，不若入館之後爲全粹也。今斷自《退聽》而後，雜以他文，得一千三百四十有三首。」〔註29〕胡少汲委託洪炎爲黃庭堅編集時，洪炎以他所抄錄的《退聽堂錄》詩爲基礎，增益其他作品，編成《豫章黃先生集》30卷。此書又稱《內集》，收錄黃庭堅入館後的作品。〔註30〕其後，宋人任淵爲《內集》作注，他在〈黃陳詩注序〉說：「始山谷來吾鄉，徜徉於巖谷之間，余得以執經焉。暇日因取二家（黃庭堅與陳師道）之詩略注其一二。第恨寡陋，弗詳其秘，姑藏於家，以待後之君子有同好者相與廣之。」〔註31〕任淵《山谷內集詩注》採用編年體例，標注詞語出處，還把創作立意的始末標注出來，價值甚高。

　　稍後，李彤以《南昌集》爲基礎，編定《外集》14卷，他說：「彤曩聞先生自巴陵取道通城，入黃龍山，盤礴雲窗，爲清禪師徧閱《南昌集》，自有去取，仍改定舊句。彤後得此本於交游間，用以是正。其言『非予詩』者五十餘篇，彤亦嘗見於他人集中，輒已除去。其稱『不用』者，後學安敢棄遺？今《外集》11卷止14卷是也。」〔註32〕李彤以黃庭堅刪定之《南昌集》爲基礎，刪汰黃庭堅所說的僞作，保留「其稱不用」的作品，編纂而成《外集》。其後，史容爲之作注，他在《山谷外集詩註引》說：「《焦尾》、《敝帚》即《外集》詩文。」〔註33〕可知黃庭堅入館前的詩文，大多在其中。目前通行的《外集詩注》有17卷，但並非史容注本原貌。民國17

〔註29〕劉琳、李勇先、王蓉貴校點：《黃庭堅全集》附錄三，〈豫章黃先生退聽堂錄序〉，頁2379～2380。

〔註30〕《四庫全書‧提要》認爲《內集》是洪炎根據黃庭堅手定內篇（即所謂的退聽堂本）編定的。

〔註31〕劉琳、李勇先、王蓉貴校點：《黃庭堅全集》附錄三，〈黃陳詩注序〉，頁2408～2409。

〔註32〕黃𥡴：《黃山谷年譜》，卷1，〈嘉祐六年〉，頁32。

〔註33〕劉琳、李勇先、王蓉貴校點：《黃庭堅全集》，附錄三，〈山谷外集詩註引〉，頁2412。

年，張元濟在日本訪見元至元年間（1264～1294）建安重雕蜀本，這是翻刻宋代的蜀本，保留了宋本的原貌。〔註34〕此本共14卷，每二卷即李彤《外集》一卷，所注的詩歌爲原《外集》的卷一至卷七，編目也依照《外集》原本，卷一至卷十是古體詩，卷十一至卷十四是律詩。

《內集》、《外集》問世後，黃營編輯了《別集》19卷。黃營曾祖即爲黃庭堅叔父黃廉。黃營編輯了《別集》，他撰寫的《年譜》更是行事考定極爲詳細嚴謹。他在《別集》跋說：「右先太史《別集》，皆今《豫章》前、後集未載。蓋李氏所編，多循洪氏定次舊本，故〈毀璧序〉所以不錄，而〈承天院塔記〉實兆晚年之禍者亦復逸遺。又曾大父《行狀》雖已上之史官，未著於世。營不肖，竊聞先訓，用是類次家所傳集，博求散亡，得八百六十八首……合爲十九卷。凡眞迹藏于士大夫家及見諸石刻者，咸疏于左，一時裒集，尚懼遺闕，嗣是有得，當附益之。」〔註35〕黃營蒐集家傳集子，並廣求士大夫家收藏的眞跡及石刻，編纂爲《別集》，對於黃庭堅詩文的流傳和保存貢獻良多。其後，史容之孫史季溫爲《別集》作注。《別集詩注》共上下兩卷，收錄詩61題82首，其中有45題出自黃營所編的《別集》原本，另外有16題是採自詩話、筆記、墨跡、石刻等材料。史季溫所注的別集有四分之一是新增的作品，另外又剔除黃營《別集》中的25題28首。

此外，尚有黃庭堅長孫黃然「持節東蜀，訪諸耆耋」，於黔、僰之間，訪得不見於內、外二集的若干詩文，黃銖分爲兩編刊刻，「詩曰《遺文》，簡曰《刀筆》」。〔註36〕《豫章先生遺文》有12卷，《山

〔註34〕黃寶華點校：《山谷詩集注》，〈前言〉，頁8。

〔註35〕劉琳、李勇先、王蓉貴校點：《黃庭堅全集》附錄三，〈豫章別集跋〉，頁2381～2382。

〔註36〕劉琳、李勇先、王蓉貴校點：《黃庭堅全集》附錄三，〈豫章先生遺文跋〉，頁2431。據周裕鍇〈黃庭堅家世考〉推測黃銖之祖父即爲黃然，他就是《遺文》的編纂者。

谷老人刀筆》有 20 卷。雖然這兩本集子與《別集》頗多重複，但收錄了三集中未收的篇目，亦有其價值。

表 1-3　黃庭堅詩文之集結

編次	書目名稱	編撰者	作品內容	備註
1	《焦尾》、《敝帚》	黃庭堅自編	入館前之作品，曾焚其三分之二，餘者編爲《焦尾集》；其後稍喜，以爲可傳，故復名《敝帚集》。	
2	《退聽堂錄》	黃庭堅自編	太和時期作品僅數篇，德平時期作品約有四、五成，入館後之大部分作品；後爲避史禍而刪改部份不滿新法之作品。	
3	《南昌集》	不詳	他人所編，後經黃庭堅去取改定。	
4	《豫章黃先生集》，又稱《內集》	洪炎撰次，朱敦儒、李彤編集	任職京師後之作品，以自編《退聽堂錄》爲主，並雜以他文，共 30 卷，計 1343 首。	任淵爲其作注
5	《外集》	李彤編	根據黃庭堅編定之《南昌集》，刪去非黃庭堅之詩作，保留黃庭堅「不用」者，共 14 卷。（《敝帚》、《焦尾》詩文多在其中）	史容爲之作注
6	《別集》	黃營編	《內集》和《外集》未收錄之作品，由黃營「類次家所傳集，博求散亡，得 868 首，合爲 19 卷」。	史季溫爲之作注
7	《豫章先生遺文》、《山谷老人刀筆》	黃然、黃銖祖孫	黃然「持節東蜀，訪諸耆耋」，訪得不見《內集》、《外集》之若干詩文，由黃銖分爲兩編刊刻。	與《別集》頗多重複篇章。

　　以上爲宋人編輯黃庭堅詩文的情形。現存黃庭堅集大都是《內集》、《外集》、《別集》合編而成。這三集囊括了黃庭堅的大部分詩歌，成爲傳世的主要本子。黃庭堅詩文在宋代以後逐漸沉晦不顯，到明代嘉靖年間始有重刻。以下概述明代以後刊刻的情形。

　　一是明弘治九年陳沛本。陳沛、陳沾兄弟合刊《山谷內集詩注》

20 卷、《外集詩注》17 卷、《別集詩注》2 卷。明代分寧縣有陳鳳岐敬重山谷，矢志訪求山谷詩文以圖刻，但未竟而死。陳鳳岐之子陳沛、陳沾，訪得黃未齋仲昭家中有一集，於是刊刻此書，完成先人心願。清代翁方綱爲《武英殿聚珍板叢書》所校《山谷詩注》，就是以此爲底本。

　　二是明嘉靖刻本《豫章先生文集》，寧州（江西修水）周季麟、周季鳳兄弟蒐集詩文，葉天爵刊刻，後由余載仕、喬遷續刻成書。此書包括內集三十卷、外集十四卷、別集二十卷、詞一卷、簡尺二卷、年譜三十卷，並附黃庶《伐檀集》二卷。此書別名《山谷全書》，包含了黃庭堅所有的詩文，對黃庭堅詩歌的流布具有重大意義。《四庫全書》所收的集子，就是採用此本。

　　三是明嘉靖十二年，蔣芝、查仲儒《黃詩內篇》刻本。查仲儒早年在四川丹稜見到黃庭堅詩集十四卷，於是手鈔一部。後來蔣芝知寧州，查仲儒將此本呈於蔣芝，蔣芝親加校定，刻《內集》十四卷，續二卷，題爲《黃詩內篇》。

　　四是明萬曆年間所刻的《重刻黃文節山谷先生文集》。《豫章先生文集》嘉靖刻板過了七十七年，因保管不善而毀損，周季鳳之族孫周希令鼓動知州方沆集資重刻。《正集》由方沆、周希令刊刻，後由李友梅續刻，補齊《外集》、《別集》，並將《年譜》和黃庶《伐檀集》一併付刻，名爲《全書》。此書卷數與嘉靖本相同，內集篇目的編排則稍有異動，有「義例」說明編排方式。

　　五是清緝香堂本《宋黃文節公文集》。宋調元於乾隆十七年知義寧州，蒐羅舊刻古本（嘉靖、萬曆舊刻），於乾隆三十年校刻成書；此本於同治和光緒年間又有重刻。緝香堂本與嘉靖、萬曆本不同，卷數和編次有較大變動，有正集三十二卷，外集二十四卷，別集十九卷，《伐檀集》二卷，序傳目次等四卷，共八十一卷。此本書版在咸豐年間毀於兵火，其後雖有刊刻，但多毀軼。光緒二十年黃菊秋主持增訂重刻緝香堂本，爲光緒義寧州署本。此本爲迄今最全的黃

庭堅詩文集。

六是乾隆五十三年謝啓昆樹經堂刻《黃詩全集》五十八卷。翁方綱於乾隆四十七年，以陳沛兄弟刊刻的黃庭堅詩文合刊本爲底本，校勘的內、外、別三集詩注，獻於朝廷，立即被刊入《武英殿聚珍板叢書》。翁方綱是《四庫全書》纂修官。他在《刻黃詩全集序》自序說：「（方綱）奉命視學江西，攜其草稿於篋。而寧州新刻本《外集》之後八卷，即舊本《豫章先生外集》之四卷也；又其《別集》與史季溫注者不同，而寧新刻分體，失其舊式。爰合寫爲一本，附以黃子耕《譜》，通爲五十六卷。」〔註37〕乾隆五十一年，翁方綱視學江西，見寧州新刻本（即緝香堂本《宋黃文節公文集》），於是以自己所校三集詩注合爲一本，附黃㽦年譜，共五十八卷，交由謝啓昆付梓。謝啓昆在三集注之外，又增加了《外集補》四卷及《別集補》一卷。此後所刊刻的聚珍版《黃詩全集》也是根據樹經堂本所刻，並收入了《叢書集成初編》。

七是晚清光緒年間陳三立的刻本。陳三立是清末同光派人物，崇仰山谷。他在光緒十九年，遍覽楊惺吾廣文書樓之金石祕籍，見楊守靜得自日本的宋刻黃山谷內外集，費時七年完成此書刊刻。此次刊刻由陳三立和楊守敬合作完成。此本後來陸續有翻刻，成爲近代流傳較廣的一個版本。世界書局之《黃山谷詩集注》即刻印此本。

表 1-4　黃庭堅詩文之刊刻流傳〔註38〕

編次	年代	刊刻者	書　目　名　稱	版　本　說　明
1	明弘治九年	陳沛、陳沾合刊	《山谷內集詩注》20卷、《外集詩注》17卷、《別集詩注》2卷	翁方綱《武英殿聚珍版叢書》之《山谷詩注》以此爲底本。

〔註37〕劉琳、李勇先、王蓉貴校點：《黃庭堅全集》附錄三，〈刻黃詩全集序〉，頁 2422。

〔註38〕本表所列之 3～6 書目爲詩文集之刻本，其餘爲詩集注之刻本。

2	明嘉靖本	周季麟、周季鳳、葉天爵、余載仕、喬遷	《豫章先生文集》包括內集 30 卷、外集 14 卷、別集 20 卷、詞一卷、簡尺 2 卷、年譜 30 卷，後附黃庶《伐檀集》二卷。	此爲《四庫全書》所收之集子。
3	明嘉靖十二年	查仲儒訪得，蔣芝校定	《黃詩內篇》	查氏訪得詩集十四卷，以黃庭堅「詩文合於周孔者爲內篇」之意，名爲《黃詩內篇》。
4	明萬曆本	周希令、方沆、李友梅	《重刻黃文節山谷先生文集》	卷數與（2）嘉靖本相同，《內集》篇目稍有異動。包含《正集》、《外集》、《別集》、《年譜》、《伐檀集》。
5	清乾隆 30 年緝香堂本	宋調元	《宋黃文節公文集》包括《正集》32 卷、《外集》24 卷、《別集》19 卷、《伐檀集》2 卷，序傳目次等 4 卷，共 81 卷。	緝香堂本由（2）嘉靖本、（4）萬曆本出，但卷數與編次有較大變動。光緒 20 年黃菊秋重刻，爲光緒義寧州署重刻本。
6	清乾隆 53 年謝啓昆樹經堂本	翁方綱校定，謝啓昆刊刻	《黃詩全集》包含《內集注》20 卷，《外集注》17 卷，《別集注》2 卷，《外集補》4 卷，《別集補》1 卷，《年譜》14 卷。	依據翁方綱校定之《山谷詩注》、宋調元之緝香堂本《宋黃文節公文集》，共 56 卷。收入《叢書集成初編》。
7	清光緒陳三立刻本	陳三立、楊守敬		內集注爲楊守敬自日本訪得翻印之宋紹定本，外集、別集爲朝鮮活字本，三集均爲宋本。

（二）本文的研究範圍

本文以爲四部叢刊初編收錄之《豫章黃先生文集》、傅琮璇主編《全宋詩》第十七冊收錄之黃庭堅詩歌、黃寶華校注《山谷詩集注》，以及四川大學主編之《黃庭堅全集》等書，爲研究範圍。詩作繫年以宋人黃㽦《黃山谷年譜》和今人鄭永曉《黃庭堅年譜新編》爲依據，

相關評論詩話以傅璇琮《黃庭堅和江西詩派卷》爲參考。

1、豫章黃先生文集

《豫章黃先生文集》收錄於《四部叢刊初編》，共計三十卷，乃借嘉興沈氏藏宋乾道刊本影印。此書編次依文體排列：首先爲賦，其次爲古詩、律詩、六言，再次爲銘贊、記序、題跋、書簡等散文。

2、全宋詩

《全宋詩》第十七冊黃庭堅詩，以《武英殿聚珍版書》所收之《山谷詩注》爲底本。校以宋紹定刊《山谷詩注》，元刻《山谷黃先生大全詩注》，《四部叢刊》影印宋乾道本《豫章黃先生文集》及元刊《山谷外集詩注》，明嘉靖年間蔣芝刊《黃詩內篇》十四卷、明版《山谷黃先生大全詩注》、影印文淵閣《四庫全書·山谷集》、清光緒年間陳三立覆宋刻本，並參校翁方綱校樹經堂本。《全宋詩》第十七冊之黃詩共分四十九卷，《四庫全書·山谷集》中多出底本的騷體詩及偈、贊、頌等，參校明弘治葉天爵刻、嘉靖喬遷重修本，編爲四十五卷至四十八卷；另外從其他書中輯得的集外詩和斷句，編爲第四十九卷。

3、山谷詩集注

黃寶華點校之《山谷詩集注》，是以陳三立光緒刻本爲底本，校以翁方綱、謝啓昆樹經堂刻《黃詩全集》本，元刻本《山谷黃先生大全詩注》，元至元刻本《山谷外集詩注》，明弘治九年南昌陳沛刻本。詩作正文部分，校以下列四種本子：明弘治葉天爵刻、嘉靖六年喬遷、余載仕重修全集本；明萬曆方沆、周令希、李友梅刻全集本；清光緒義寧州署重刻緝香堂全集本；《四庫全書》全集本。

4、黃庭堅全集

劉琳、李勇先、王蓉貴校點之《黃庭堅全集》，以光緒義寧州署刻本《宋黃文節公全集》爲底本，校以四部叢刊本《豫章黃先生文集》、明嘉靖本《豫章先生文集》，以及四庫全書本《山谷內集》、《外集》、

《別集》等書。

　　本文即以上述黃庭堅詩文集和詩注本爲研究範圍，擇取黃庭堅以經、史、子、集爲題材所創作的讀書詩爲研究材料，藉由梳理黃庭堅對於原作之評論、鑑賞、品評、闡釋、塡補和仿作，探論黃庭堅讀書詩所蘊含之思想及藝術技巧，以考察黃庭堅之處世思想及詩學主張，與其閱讀的經典與詩歌之間的關連。

　　檢索上述文獻，得讀書詩 27 首。讀經部詩爲〈學許氏說文贈諸弟〉、〈演雅〉、〈讀方言〉、〈奉答聖思講論語長句〉等四首；讀史部詩爲〈讀曹公傳〉、〈夜觀蜀志〉、〈讀晉史〉、〈次韻謝子高讀淵明傳〉、〈讀謝安傳〉、〈書睢陽事後〉、〈次韻奉和仲謨夜話唐史〉、〈和陳君儀讀楊太眞外傳五首〉、〈書磨崖碑後〉等九首；讀子部詩爲〈幾復讀莊子戲贈〉、〈次韻子瞻書黃庭經尾付蹇道士〉等兩首；讀集部詩爲〈漫尉〉、〈謝仲謀示新詩〉、〈和答李子眞讀陶庚詩〉、〈薄薄酒二章〉、〈次韻伯氏寄贈蓋郎中喜學老杜詩〉、〈三月壬申，同堯民希孝觀淨名寺經藏，得《弘明集》中沈炯同、庾肩吾諸人遊明慶寺詩，次韻奉呈二公〉、〈還深父同年兄詩卷〉、〈奉答謝公靜與榮子邕論狄元規孫少述詩長韻〉、〈題劉法直詩卷〉、〈跋子瞻和陶詩〉、〈次蘇子瞻和李太白潯陽紫極宮感秋詩韻追懷太白子瞻〉、〈戲效禪月作遠公詠〉等十二首。其他與讀書詩相關者有：〈讀書呈幾復〉、〈東觀讀未見書〉、〈聞致政胡朝請多藏書以詩借書目〉、〈次韻元翁從王夔玉借書〉、〈從邱十四借韓文二首〉。其他如「集句」、「百家衣」、「建除體」、「八音歌」、「二十八宿歌」，及以前人詩句爲韻作數首詩的形式，由於並未就前人作品內容進行闡釋，故不符合本文讀書詩之定義。

二、研究進路

　　讀書詩是讀者以詩歌形式，書寫其閱讀感悟與審美感受，因此詩歌內容論述了讀者對原作的闡釋。但是不同讀者對於相同的作品，未必會產生相同的感悟與審美感受，讀者的闡釋必然會受到自

身的心性、學識、生活經驗及時代思潮等因素影響，因而產生相異
其趣的闡釋結果。這就是所謂的「詩無達詁」。黃庭堅的讀書詩呈現
了他對於前人作品的闡釋、填補、議論、翻案、鑑賞、批評、仿作，
這些內容與思想便是他對前人的闡釋與接受情形。因此本文將結合
接受美學理論，析論黃庭堅的詩歌思想與藝術特質。

　　接受美學理論主張作品是由作家和讀者共同創造出來的。堯斯
（Hans Robert Jauss）認為一部藝術作品的歷史精華不可能由檢驗它
的產品或直接描述而得到闡釋。反之，文學應被視為產品與接受的辯
證過程。作品獲得成功不僅透過主體，也透過消費主體──經由作家
與公眾的交流。〔註39〕泰瑞‧伊果頓（Terry Eagleton）認為文本本身
實際上不過是給讀者的一系列「提示」，誘發他將語言作品建構成意
義。以接受理論的術語來說，讀者將文學作品「具體化」（concretizes）
了。〔註40〕英伽登（Roman. Ingarden）認為作者所創造出來的文本，
只是一堆印刷符號，是一個具有未定性和空白的多層面的、未完成的
結構框架，當讀者對文本進行具體化，並以腦海中預先準備好的思想
內容為基礎，填補了文本的空白意義和不確定意義，文本才被賦予意
義而成為文學作品。〔註41〕在閱讀的過程中，讀者發揮想像力，運用
各種思考能力，將作者所創造的藝術形象和內涵復現出來，同時又加
上讀者自身的人格、氣質、情感、思想，重新創造各種各具特色的藝
術形象，使文本的意義得到補充和開拓。因此，文學作品的意義不是
由作家獨創的，而是由作家和讀者共同創作完成的，讀者不僅是鑑賞
家、批評家，同時也是「作家」。

　　本文將以堯斯（Hans Robert Jauss）和伊瑟爾（Wolfgan Iser）所

〔註39〕蘿勃 C‧赫魯伯著，董之林譯：《接受美學理論》（臺北：駱駝出版
　　　　社），1994 年，頁 61～62。
〔註40〕泰瑞‧伊果頓（Terry Eagleton）著，吳新發譯：《文學理論導讀》（臺
　　　　北：書林出版社，1993 年），頁 100。
〔註41〕蘿勃 C‧赫魯伯著，董之林譯：《接受美學理論》，1994 年，頁 27～
　　　　32。

創建的接受美學理論，探究黃庭堅如何填補經典中的「空白」意義，及如何對經典進行具體化的闡釋，並分析黃庭堅藉由閱讀經典而接受的創作主張和學術思想，藉此瞭解他從經典中發掘的思想意蘊和創作主張。

　　本論文共分爲六章：第一章爲緒論，敘述研究動機和目的，探討前人研究成果，說明研究範圍及研究進路；第二章論述宋代讀書詩興起的原因，主要從科舉制度發達、官私教育蓬勃、出版文化事業興盛，及宋詩的發展趨勢等個因素，探討讀書詩興起的原因；第三章探討黃庭堅的家學淵源與學術經歷，主要論述黃氏書香門第的家學淵源、學官教授與館職校書的學術經歷，以及與各地藏書家的密切交往的情形，這些條件促使黃庭堅更易於借鑑前人，蓄積創作能量；第四章探論黃庭堅讀書詩的內蘊，本文依照《四庫全書》之分類，將讀書詩分爲讀經部詩及讀子部詩、讀史部詩、讀集部詩三節，分別論述黃庭堅對於經典之闡釋與接受情形；第五章探論黃庭堅的讀書詩的藝術風貌，從詩歌體式、藝術技巧，以及章法布局三方面進行分析；第六章爲結論。

第二章　宋代讀書詩的興起原因

　　從詩歌發展的外緣因素來看，宋代的學術成就相當高，讀書風氣大盛，士人階級興起；科舉改革之後，取士制度更加公平客觀，仕進之路通暢，學校教育受到重視；大量的士人進入學校，投身科舉，創造了廣大的圖書需求，促使印刷出版事業更加繁榮，書籍便宜易得、流通廣泛。在科舉、學校、印刷等因素交互影響之下，宋代教育普及程度遠遠超越前代。從詩歌發展的內在因素來看，宋初承五代之亂，社會秩序以及道德倫常受到嚴重破壞，知識份子為了重建社會秩序以及道德倫常，因而產生一股理性反省的時代思潮；宋代詩人普遍有自成一家的自覺，他們繼承前人的偉大成就，並以此基礎而新創，為了超越唐人的詩歌成就，他們採取異於唐人重意象的路徑，不但擴大了詩歌的題材，也發展出尚理趣、重議論的宋調特色。在此內外緣的因素的交互影響之下，便形成了宋詩從書中取材、尚思理、好議論的「以學問為詩」特質。

第一節　科舉制度與讀書風氣

　　科舉制度起於隋唐，唐代科舉重詩賦，士人爭相習詩以為晉身憑藉。唐代科舉殘存漢代察舉制度，公卿大臣具有「公薦」的權力，取士之權歸於有司，因此科場成績並非錄取的唯一標準，新舊士族仍可

憑藉政經優勢把持取士之權。

宋代鑑於唐末藩鎮割據、武人亂政的歷史教訓，採取抑武右文政策，大力提升文士地位和權力以鞏固政權。爲了招來文士，政府擴大取士名額，打破唐代以來的門第限制，不論階級都可憑藉科舉獲得入仕機會。

爲了使科舉制度更加公平嚴格，宋代經歷了兩階段的改革。〔註1〕改革的成果有三：一、徹底地打破門第限制，結束了士族地主壟斷科舉的局面，社會階級流動更爲自由；二、廢除薦舉制度，採取「封彌」和「謄錄」，嚴格防止考場內外的舞弊，一切以程文爲去留；三、考試內容趨於多元化，讀書人必須廣泛閱讀、獨立思辨，才能在激烈的競爭中脫穎而出。科舉改革後，考場上不講門第只問成績，有才之士均可通過科舉踏上仕途，因此，對宋代的經濟、政治、社會、文化等方面產生極大影響，推動了宋代教育文化的普及。

一、參與科舉人數衆多，讀書人數遽增

宋代科舉取士人數空前，社會階級的流動量及流動幅度遠較唐朝爲大。唐代雖已有科舉制度，但是大多數官員由白衣上進的情形卻是從宋代開始。宋代科舉全憑藉個人能力、健全的制度與廣納人才的政策，無形中鼓舞了社會的讀書風氣。

（一）省試規模擴大

自宋太祖創立殿試制度以後，宋代科舉開始分爲三級：第一級是州郡、開封府、國子監的解試，第二級是禮部的省試，第三級是皇帝的殿試。通常在秋季由各路州軍舉行初級考試，選送合格舉人到禮部

〔註1〕 何忠禮：《科舉與宋代社會》（北京：商務印書館，2006年），頁69。第一階段是從太祖朝到眞宗朝止，其重點是嚴格科舉制度，改革考試程式，提倡公平競爭，杜絕場屋弊端，保證取士權掌握在皇帝手上。第二階段自仁宗朝到徽宗朝止，重點是改革考試內容和取士科目，糾正士人「所習非所用，所用非所習」的流弊，以拔擢治國賢才。

參加省試，這種初級考試稱爲「解試」。各州軍解送舉人的名額相對固定，稱爲「解額」，通過解試的讀書人便稱爲「舉人」。各州舉人參與省試合格之後，再參與殿試，取得「進士」身份。宋仁宗嘉祐二年（1057）之後採行殿試不黜落的制度，只排序等第，因此通過省試的讀書人便獲取了參政的機會。

宋初解試必須通過一定題數才算合格，合格的人數即爲「解額」，每次「解額」因考題難度及考生素質而不同。太宗朝擴大取士，各州軍應考人數急遽增加，此後三十年，省試人數動輒萬人以上。爲了控制省試人數，眞宗咸平二年（999）便改爲比例制，由合格考生中每十名取二；眞宗大中祥符二年（1009）又以配額制取代了比例制。此後至北宋末年解額維持爲比例制。

太祖朝前期省試人數和唐朝差不多，大約在 2000 至 3000 人左右。但太宗擴大取士名額，在位第一次省試，全國省試人數增加到 5300 人，太平興國八年（983）達到一萬多人，淳化三年（992）更高達一萬七千餘人。眞宗在位第一次省試，人數近兩萬人。大中祥符二年（1009），禮部貢院提出新方案：「議定國子監、兩京及諸道州府軍監於五次解發舉人內，取一年最多者爲數，今後解十之三，永爲定式。」〔註 2〕隨後又將解送比率調整爲十分之五。若照咸平五年（1002）參加省試的 14562 人計算，此後參加省試人數大約 7000 人左右。仁宗慶曆五年（1042）下詔禮部貢院增加天下解額，參加省試人數約 5000 人至 7000 人。治平三年（1066）後，每三年一開科場成爲慣例，參加省試人數約在 5000 人左右。若按照「文章經義最精者，每進士一百人，只解二十人；『九經』已下諸科共及一百人，只解二十人赴闕」的解額規定來看，〔註 3〕當時全國參加解試的讀書人，應有十萬人之多。

〔註 2〕 〔清〕徐松：《宋會要輯稿》（北京：中華書局，1997 年），卷 10648，選舉 14 之 20，頁 4492。
〔註 3〕 〔清〕徐松：《宋會要輯稿》卷 10648，選舉 14 之 16，頁 4490。

表 2-1　北宋時期參與禮部考試（省試）的舉人人數〔註4〕

年　　代	舉人數	資　料　來　源
太宗太平興國二年（977 年）	5200	《續資治通鑑長編》、《文獻通考》
太宗太平興國八年（983 年）	10260	《續資治通鑑長編》
太宗淳化三年（992 年）	17300	《續資治通鑑長編》、《宋會要輯稿》
眞宗咸平元年（998 年）	10000+	《續資治通鑑長編》、《宋會要輯稿》〔註5〕
眞宗咸平五年（1002 年）	14500+	《續資治通鑑長編》、《宋會要輯稿》
眞宗景德二年（1005 年）	13000+	《續資治通鑑長編》、《宋會要輯稿》
仁宗慶曆八年（1048 年）	5000+	《宋會要輯稿》
神宗元豐九年至哲宗紹聖元年（1086 年～1094 年）	4732	《容齋隨筆》
哲宗重和二年（1119 年）	7000	《宋會要輯稿》
徽宗宣和六年（1124 年）	15000	《文獻通考》《宋會要輯稿》《宋史》

　　從表 2-1 可知，從太宗擴大取士開始，直到眞宗景德二年（1005）間，是宋朝省試規模最大的時期，參加省試人數大約一萬人以上。太宗淳化三年（992）的 17000 人，更是省試規模的最高紀錄。爲了控制省試規模，眞宗大中祥符二年（1009）作了一些調整，確立解額制度。〔註6〕之後五十年間，參加省試的人員大約在 5000 至 7000人之間。

　　此外，何忠禮依據宋朝各州軍人口推算，全國平均取解比例大約爲六十取一，若參加省試的舉人有 7000 人，那麼全國僅參加發解試的士人就達到四十二萬人。〔註7〕若將全國應舉和準備應舉的讀書人計算在內，數字應該更爲龐大。美國漢學學者賈志揚認爲北宋初期以

〔註4〕　賈志揚：《宋代科舉》（臺北：東大圖書，1995 年），頁 54。
〔註5〕　根據《宋會要輯稿》的記載：「兩京及諸道州府解送舉人，將近兩萬。」
〔註6〕　這一年禮部貢院提出一個新方案：「准詔，議定國子監、兩京及諸道州府軍監於五次發解舉人內，取一年最多者爲數，今後解十之三，永爲定式。」同註 2。
〔註7〕　何忠禮：《科舉與宋代社會》（北京：商務印書館，2006 年），頁 77。

後全國舉人（包含應考舉人、具應考資格而未參加、過去的舉人）總數約在一萬五千人至三萬人。〔註8〕若將這個數字和和何忠禮推斷的取解比例相乘，全國讀書人口將高達一百八十萬人。

（二）取士名額增加

唐朝科舉取士人數，曾有明經、進士合計每舉不得超過 120 人和 140 人等規定，但從文獻來看，即使包括秀才、制舉等科目在內，總數從未接近這個限額。〔註9〕到了宋代，特別是宋太宗即位之後，取士人數急遽增加。何忠禮根據宋代史料所做之統計，宋太祖至宋徽宗八朝之進士諸科錄取名額如表 2-2：

表 2-2　北宋科舉考試進士錄取名額〔註10〕

朝代	開科次數	進士科錄取名額	諸 科 錄 取 名 額	在位年數	每年平均取士	
					進士	諸科
太祖	15	188	161（缺 11 舉）〔註11〕	17	11	9
太宗	8	1487	4315	21	71	205
眞宗	12	1760	3590	25	70	144
仁宗	13	4561	4952	41	111	121
英宗	2	518	358	4	130	90
神宗	6	2395	1395	18	133	78
哲宗	5	2667	283	15	178	19
徽宗	8	5495	無	25	220	無
合計	69	19071	15054	166	115	91

從太祖至徽宗在位的 166 年間，共開科 69 次，進士、諸科錄取

〔註8〕賈志揚：《宋代科舉》（臺北：東大圖書，1995 年），頁 53～54。
〔註9〕何忠禮：《科舉與宋代社會》（北京：商務印書館，2006 年），頁 115。
〔註10〕表 2-2 是何忠禮據《長編》、《宋會要輯稿》、《玉海》、《文獻通考》、《宋史》等書所做之統計。《科舉與宋代社會》，頁 116。
〔註11〕諸科缺載太祖朝十一次取士人數，其總數與每年平均取士人數皆無數據。

名額共 34125 人，每舉錄取名額平均達 495 人，每年約爲 206 人。與
唐代取士名額的 120 人至 140 人相比，宋代科舉取士爲唐朝之三至四
倍之多。

唐朝進士及第只取得做官資格，宋人卻可立刻釋褐授官，無須進
行選試，而且比其他出身官員升遷更快，更增加科舉的吸引力。宋代科
舉的進士錄取名額遠遠超越唐代，由此推斷宋代教育普及率遠勝唐朝。

（三）新增特奏名進士

科舉取士名額雖然增加了，但投考舉子卻比前代更多，考試競爭
依舊激烈。爲了籠絡讀書人、安撫年老舉子，宋太祖設立特奏名進士。
特奏名又稱恩科，讀書人參加省試或殿試多次未考上，達一定年齡和
舉數後，可別做一甲奏名，從寬賜與出身。〔註 12〕太祖開寶三年
（970），禮部錄取了八名進士之後，趙匡胤又令禮部貢院從進士、諸
科中，將十五舉以上且考試終場的 106 名考生，特賜本科出身。這種
辦法到了北宋中葉以後成爲定制。

表 2-3 爲宋代科舉登科人數統計表，從太祖至徽宗時期，特奏名
進士共 6263 名，特奏名諸科有 6556 名，總計 12819 人，每三十年的
平均數爲 2564 人。特奏名制度的設立，使科舉更具有吸引力，也讓
讀書應舉者對前途充滿希望。

表 2-3　宋代科舉登科人數統計〔註 13〕

年　代	進　士	諸　科	進士諸科總和	特奏名進士	特奏名諸科	總　數
960～989	1322	3408	4730	172	141	5043
990～1019	2111	4555	6666	630	1841	9137
1020～1049	3102	4214	7316	1272	2209	10797
1050～1079	3421	2870	6291	1742	1804	9837

〔註 12〕何忠禮：《科舉與宋代社會》，頁 133。
〔註 13〕李宏祺：《宋代官學教育與科舉》（臺北：聯經出版社，1993 年），頁
　　　　320。本表爲三十年爲期計算的登科人數統計。

1080～1109	5394	480	5874	2447	561	8882
1110～1139	5286	─	─	430	─	5716
1140～1169	4261			3951		8212
1170～1199	4306	─	─	5541	─	9847
1200～1229	5357	─	─	6207	─	11564
1230～1260	4615	─	─	5471	─	10086
總　數	39175	15527	─	21863	6556	89121
			每三十年平均數 8912			

註：1262 年以後五次考試，計取 3687 人，故宋朝登科人數總數應爲 92808
　　人。因史料有缺，眞正總數應大於此。

　　由上述三點可知，宋代科舉省試規模盛大，取士名額眾多，特
奏名制度的增設，使得投身科舉的人數遽增；社會上藉著讀書仕進
的人數增加，帶動了教育的普及和學術研究風氣。宋朝取士規模之
大、學術研究風氣之盛，在中國歷史上可說是空前的，這種盛況使
宋代散發著濃厚的文化氣息，影響所及，使宋詩創造出獨樹一格的
理趣特色。

二、考試內容趨於多元化，注重議論思辨精神

　　唐代科舉以進士科最受重視，其考試又以詩賦爲主，考官以詩賦
表現作爲去取標準，論、策成爲可有可無的科目。宋初考校科目分爲
進士科和諸科。〔註14〕進士科試詩賦、論、策，諸科試帖經、墨義。
仁宗嘉佑二年（1057）增設明經科，以試經義爲主。熙寧年間，王安
石廢明經科、諸科，獨存進士科，並以經義考試代替詩賦考試。從熙
寧變法至南宋末年，朝廷展開一連串詩賦取士或經義取士的爭論，只
憑詩賦取士的局面終於宣告結束。

〔註14〕諸科設有《九經》、《五經》、《開元禮》、《三史》、《三禮》、學究一經
　　　　等科目。

表 2-4　北宋科舉考試內容的改革

	宋太祖（承唐制）	仁宗嘉祐二年	熙寧四年	元祐四年
時間	960 年～1056 年	1057 年～1070 年	1071 年～1088 年	1089 年～1127 年
考試內容	進士科：詩賦、論、策。	進士科：詩賦、論、策。	進士科：經義、論、策。（以《三經新義》為考試標準。）	經義進士：大經、中經、論、策。
	諸科：帖經、墨義。	諸科：帖經、墨義。		詩賦進士：經義、詩賦、論、策。
		明經科：大義。		

（一）考校範圍廣泛而多元

宋太祖朝至仁宗嘉祐二年以前，科舉考試科目為進士科、諸科、明經科，其中以進士科最受重視，其考試項目為詩賦、論、策。詩賦貴在創新，非博學聰明之士難有傑出表現。策題分為兩類：一是有關治道得失、民生利病的考題，稱時務策；一是以經旨史文為考題，稱經義策或經史策。士子須在短促的應試時間內，闡述義理發表識見，唯有識見卓越者才能獲得考官青睞。這一點和唐朝可有可無的策論考校截然不同。再者，諸科考試為帖經和墨義。帖經是將部分經文掩去，應考者須寫出正確經文，類似現在的填充題，墨義是默寫某處經文或注疏。這兩種考試都以背誦為主，因此只需熟背經文，不須通曉義理。明經科考試為經義，即經書的大義，考試允許士人抒發己見，引用諸家雜說來闡發義理，因此應考者平日泛觀博覽的積學功夫絕對不可少。

熙寧變法罷詩賦，廢除明經諸科，改成以試經義、論、策的進士科。經義的考試性質和明經科的大義相似，應考者必須研讀經文，深究義理，文章方能透徹精闢。元祐三年（1088）又將進士科改為經義進士和詩賦進士，詩賦考試又回到熙寧變法前的情況。

隨著考試內容的改革，逐漸以闡釋經文的大義、經義取代背誦的墨義、帖經，讀書人唯有博覽群書、積學深厚，才能脫穎而出。詩賦、論、策、帖經、墨經、大義、經義等考試趨勢，拓展了讀書人的視野和鑽研層面，如蘇軾所言：「博觀約取，厚積薄發。」唯有

廣泛學習，積學儲寶，方能在考場上馳騁才學。

（二）注重經世致用、泛觀博覽的詩賦考試

宋初至熙寧變法之間，進士科有詩賦、論、策等考校，採逐場淘汰制度，詩賦是第一場考校，因此詩賦考試無疑是最重要的一場考試。

表 2-5　北宋前期進士科省試科目〔註 15〕

	考　試　科　目	備　　　註
第一場	詩賦各一首	第一天
第二場	論一首	第二天
第三場	策五道	第三天
第四場	《論語》十帖、對《春秋》或《禮記》墨義十道。	此場考試在省試中如同虛設。
錄取辦法	仁宗寶元以前逐場去留，其後通場考校，然以詩賦爲重，至嘉祐末年始以策論決定去留。	

熙寧變法前進士科考試和唐代一樣以詩賦爲重，但宋代有糊名及謄錄制度，能杜絕請託弊端，詩賦好壞成了考試關鍵。表 2-6 爲北宋前期進士科殿試試題。太宗年間的考題爲「主聖臣賢」、「春雨如膏」、「六合爲家」、「烹小鮮」、「一葉落知天下秋」、「聖人不尙賢」，無不與國計民生有關。因此可見，不論是詩、賦或論的命題，都顯現了宋代科舉注重經世致用的現象。

表 2-6　北宋前期進士科殿試試題〔註 16〕

時　間	賦　題	詩　題	論　題
太祖　　開寶六年	未明求衣	懸爵待士	
八年	橋梁渡長江	龍舡習水戰	
太宗太平興國二年	訓兵練將	主聖臣賢	

〔註 15〕林岩：《北宋科舉考試與文學》（上海：上海古籍出版社，2006 年），頁 64。

〔註 16〕林岩：《北宋科舉考試與文學》（上海：上海古籍出版社，2006 年），頁 72～74。

	三年	不陣而成功	二儀合德	登講武台觀習戰
	五年	春雨如膏	明州進白鸚鵡	文武何先
	八年	六合爲家	鸚囀上林	文武雙興
	雍熙二年	潁川貢白雉	烹小鮮	玄女授兵符
	端拱元年	一葉落知天下秋	堂上有奇兵	
	二年	聖人不尚賢	五色一何鮮	禹拜昌言
	淳化三年	后言日出	射不主皮	儒行
眞宗	咸平三年	觀人文以化成天下	崇德報功	爲政寬猛先後
	五年	有物混成	高明柔克	君子黃中通理
	景德二年	天道猶張弓	德輶如毛	以八則治都鄙
	大中祥符元年	清明象天	明證定保	盛德大業
	二年	大德日生	神無方	升降者禮之末節
	四年	禮以承天道	神以知來	何以爲大道之序
	五年	鑄鼎象物	天險不可升	以人占天
	七年	道無常名	沖氣爲和	天地何以猶橐籥
	八年	置天下如置器	君子以恐懼修省	順時愼微其用何先
	天僖三年	君子以厚德載物	君子居易以俟命	日宣三德
仁宗	天聖二年	德車載旌		
	五年	聖有謨訓	南風之薰	執政如金石
	八年	藏珠於淵	溥愛無私	儒者可以守成
	景祐元年	房心爲明堂	和氣致祥	積善成德
	五年	富民之要在儉約	鯤化爲鵬	廉吏民之表
	慶曆二年	應天以實不以文	吹律聽鳳鳴	順德者昌
	六年	戎祀國之大事	形鹽象武	兩漢循吏孰優
	皇祐元年	蓋軫象天地	日昃不暇食	天聽君人之言
	五年	圓丘象天	吹律聽軍聲	樂本人心
	嘉祐二年	民監	鸞刀	重巽命
	四年	堯舜性仁	求遺書於天下	易簡得天下之禮理
	六年	王者通天地人	天德清明	水幾於道
	八年	寅畏以饗福	樂通神明	成敗之幾在察言

除了太宗雍熙三年（986）以前的幾個試題和政局有關，端拱元年（988）以後的試題，無不出於經、史、子等典籍的範圍，正如劉摯所言：「詩賦命題，雜出于六經、諸子、歷代史記，故重複者寡。」〔註17〕由於出題範圍廣泛，且多為典籍的片言隻語，考生不知題目出處時，可請求考官加以解釋，這種制度叫「上請」。景祐元年（1034）後，為了避免考場秩序混亂，便於試卷印製出題說明。〔註18〕可見出題範圍的確非常廣泛。

北宋前期的詩賦考題多出於經史典籍，應舉學子無不遍讀群經。曾鞏〈上歐陽舍人書〉說：「況詩賦論兼出於他經，世務待子史而後明，是學者亦無所不習也。」〔註19〕蘇軾〈議學校貢舉狀〉也說：「今進士日夜治經傳，附之以子史，貫穿馳騖，可謂博矣。」〔註20〕葉夢得又說：「熙寧以前，以詩賦取士，學者無不先徧讀《五經》，余見前輩無科名人，亦多能雜舉《五經》，蓋自幼習之，故終老不忘。」〔註21〕可見因考試而產生的泛觀博覽學風，帶動讀書人研讀經史子集等各類書籍，所以，平日熟讀的典籍也成為詩歌題材，這便是宋人「以學問為詩」的創作特色了。

（三）注重獨立思辨、自出機杼的經義考試

宋代科舉科目改革的重要變革有二：一是廢除帖經墨義，改試經文的大義，二是罷廢詩賦，改試經義。這兩項改革促使宋代考場文風一變。

〔註17〕劉摯：《忠肅集》（臺北：台灣商務印書館，文淵閣《四庫全書》1099冊），卷4，〈論取士並乞復賢良科疏〉，頁497。

〔註18〕葉夢得：《石林燕語》（臺北：臺灣商務印書館，文淵閣《四庫全書》863冊），卷8，頁603。

〔註19〕曾鞏：《曾鞏集》（北京：中華書局，1998年），卷15，〈上歐陽舍人書〉，頁236～237。

〔註20〕蘇軾：《蘇軾文集》（北京：中華書局，1966年），卷25，〈議學校貢舉狀〉，頁725。

〔註21〕葉夢得：《石林燕語》（臺北：臺灣商務印書館，文淵閣《四庫全書》863冊），卷8，頁604。

　　宋初諸科考試以帖經和墨義為主，所考的是背誦經文的能力，所以學者專事訓詁章句，少談經典的內涵。仁宗嘉祐二年（1057），新增了試大義的明經科，司馬光提出取捨標準：「其所試大義，不以明經、諸科，但能具注疏本意，講解稍詳者為通……若能先具注疏本意，次引諸家雜說，更以己意裁定，援據該贍，義理高遠，雖文辭質直，皆為優等。」〔註22〕可知宋人研究經典已不同於漢唐的訓詁學風，他們不拘泥注疏，注重義理的闡發，旁徵博引諸家雜說，採取「六經注我」的治學方法。因此，如果能在程文中發明義理闡述創見，就容易受到考官青睞了。

　　再來，談到經義取士的改革。宋代前期的詩賦考題雖出自儒典，但詩賦講求聲病、對偶，容易流於形式和空洞，無助於政事民生。因此，從真宗朝末年開始，不斷有改革意見出現，如張知白說：「進士之學者，經史子集也。有司之取者，詩賦策論也。故就試者懼其題之不曉，詞之不明，惟恐其學之不博，記之不廣，是故五常六藝之意不遑探討，其所習泛濫而無著，非徒不得專一，又使害生其中。」〔註23〕石介說：「今之為文，其主者不過句讀妍巧、對偶的當而已。極美者不過事實繁多、聲律調諧而已。雕鏤篆刻傷其本，浮華緣飾喪其真，於教化仁義、禮樂刑政，則缺然無髣髴者。」〔註24〕詩賦考試忽視了儒學內涵，喪失了對仁義之道的關心，這種弊端推動了考試內容的改革。這種通經致用的思想，可從李覯的文章得到印證：「文者，豈徒筆札章句而已，誠治物之器焉。……上之為史，則怙亂者懼；下之為詩，則失德者戒。發而為詔誥，則國體明而官守備；列而為奏議，則闕政修而民隱露。」〔註25〕孫復也極力鼓吹文章的教化功能，他說：「或則陳

〔註22〕司馬光：《傳家集》（臺北：臺灣商務印書館，文淵閣《四庫全書》1094冊），卷20，〈論選舉狀〉，頁214。

〔註23〕李燾：《續資治通鑑長編》（臺北：臺灣商務印書館，文淵閣《四庫全書》314冊），卷53，頁719。

〔註24〕石介：《徂徠集》（臺北：臺灣商務印書館，文淵閣《四庫全書》1090冊），卷12，〈上趙先生書〉，頁262。

〔註25〕李覯：《旴江集》（臺北：臺灣商務印書館，文淵閣《四庫全書》1095

仁政之大經，或則斥功利之末術，或揚聖人之聲烈，或則寫下民之憤歎，或則陳大人之去就，或則述國家之安危，必皆臨事摭實，有感而作，爲論爲議爲書疏歌詩贊頌箴辭銘說之類，雖其目甚多，同歸於道，皆謂之文也。」〔註26〕

　　爲了改變科場浮華澆薄的文風，熙寧四年（1071）變詩賦取士爲經義取士，並頒佈《三經新義》爲考試標準，王安石的一家之說成了學術主流，造成文章蹈襲雷同的風氣。司馬光說：「王安石不當以一家私學，欲蓋掩先儒，令天下學官講解，及科場程試，同己者取，異己者黜，使聖人坦明之言，轉而陷於奇僻，先王中正之道，流而入於異端。」〔註27〕蘇軾也說：「文字之衰，未有如今日者也。其源實出於王氏。王氏之文，未必不善也，而患在於好使人同己。」〔註28〕爲了改革新學的弊病，元祐四年（1089）又恢復「許兼用注疏及諸家之說或己見」。〔註29〕熙寧到元祐年間的學術風氣雖受到新學影響，但從眾多反對聲浪中，可知當時的學術風尚仍是博採眾家之說。

　　瞭解了科考內容改革之後，再回頭討論經義考試的影響。進士科的經義考試測試經文義理，性質和明經科的大義相似，必須融通經典，闡釋義理。如司馬光所說，經義考試必須「注疏本意，次引諸家雜說，更以己意裁定，援據賅贍，義理高遠」，才能算是優等。依此標準，應試學子須融通經文義理，旁徵博引「諸家雜說」，並「以己意裁定」，才能脫穎而出。先看「引諸家雜說」，應試者須博極群書，蓄積深厚，才能旁徵博引、馳騁學問；再看「以己意裁定」，應試者須學思並重，透徹研讀典籍，方能引用精當，立論深贍。

　　　　冊），卷27，〈上李舍人書〉，頁226。

〔註26〕孫復：《孫明復小集》（臺北：臺灣商務印書館，文淵閣《四庫全書》1090冊），〈答張洞書〉，頁173～174。

〔註27〕司馬光：《傳家集》（臺北：臺灣商務印書館，文淵閣《四庫全書》1094冊），卷54，〈起請科場箚子〉，頁491。

〔註28〕蘇軾：《蘇軾文集》（北京：中華書局，1966年），卷49，〈答張文潛縣丞書〉，頁1427。

〔註29〕徐松：《宋會要輯稿》卷10643，選舉3之51，頁4287。

經義考試擴大了學習範疇，加強了學習深度，注重學子的思辨精神，顯現出宋代的學術研究風尚。這種注重思辨和議論的精神，和注重章句訓詁的學風截然不同。學子們注重思辨議論，不再拘泥於傳統的章句訓詁，這種自由學風推動了宋代的讀書風氣。

第二節　官私教育蓬勃

在右文國策指導下，宋代科舉制度興盛，眾多士人投身科舉；加上印刷技術進步，書籍流通便利，官私教育的發達。教育發達學校普及，提升了文化及學術水準。在中國歷史上，宋代學校教育的發展，可說是空前發達。此時學校教育有三種：中央官學、地方官學、各地書院。以下略述北宋官私學校的發展情形。

一、中央官學

最早高等教育機構始於漢代的太學。〔註30〕太學延納良好家世的青年修習儒家經典，進而出任官職。魏晉南北朝又新增國子學，供貴族子弟就讀。隋代太學雖曾一度廢止，但管理高等教育的機構——國子監——卻在此時成立了。唐朝的教育體制以隋朝爲基礎，官方的高等教育有國子學、太學、四門學，又成立新的律學。

表 2-7　唐代國子監的入學資格及學生數〔註31〕

學校名稱	入　學　資　格	年齡限制	修業期限	學生人數
國子學	高級品官（文武三品以上）子孫	14～19	9	315
太學	中級品官（文武五品以上）子孫	14～19	9	515

〔註30〕李弘祺：《宋代官學教育與科舉》（臺北：聯經出版社，1993年），頁60。

〔註31〕李弘祺：《宋代官學教育與科舉》，頁61。李弘祺根據高明士：〈唐代的官學行政〉（刊於《大陸雜誌》第37卷，第11～12期，頁39～53頁）編製。

四門學	1、低級品官（文武七品以上）子孫	14～19	9	560
	2、庶人之俊異者	14～19	9	800
律學	同四門學	18～25	6	55
書學	同四門學	14～19	9	33
算學	同四門學	14～19	9	32
廣文館	投考進士科之國子學學生	－	－	70

　　宋朝繼承唐朝的學校制度，在國子監下設置了國子學、太學、四門學、廣文館、辟雍、武學、律學、小學等。〔註32〕宋代中央官學制度有許多革新。首先，中央官學入學資格放寬，教育對象擴大，招收人數逐漸增多。以入學資格來說，唐代國子學爲三品以上官員子弟，仁宗慶曆三年（1043）放寬爲七品以上官員子弟；唐代太學爲五品以上官員子弟，仁宗慶曆四年（1044）范仲淹進行教育改革時，入學資格放寬爲八品以下官員子弟及庶人之俊異者。就太學規模來說，慶曆四年范仲淹進行第一次教育改革，單獨設立太學，太學規模日漸擴增；王安石進行第二次教育改革時，將太學擴充爲外舍、內舍、上舍；徽宗崇寧元年（1102），從各州學入貢太學外舍的學生眾多，便在京師城南外營建外學，名爲辟雍，原太學則專處內舍生和上舍生。直到宣和三年（1121）改革失敗，才又恢復元豐舊制。

　　其次，官學的教學組織也不斷改革。仁宗慶曆興學，取胡瑗湖州治學之法，在太學設立「經義」、「治事」兩齋，分齋教學。主修「經義」者修習儒家經典；主修「治事」者可從軍事、民政、農田水利、測量等科目中，各選一個主科和副科。神宗時，王安石創立「三舍法」，將生員分三等，初入學者爲外舍生，通過考察者可升入內舍，再從內舍升入上舍，這種制度注重平時考查和升舍考試，成績優秀者則授與

〔註32〕郭家齊：《中國古代學校》（臺北：臺灣商務印書館，1995 年），頁108。除了上述提到的學制，還有爲王孫貴胄所設的宗學、諸王宮學、內小學；直屬於中央各局的算學、書學、畫學、醫學；另有「道學」與唐代的「玄學」相近。

官位。哲宗元祐年間，太學三舍法遭廢除；紹聖後新黨重新執政後，又重新實施三舍法，並擴大到地方州學。徽宗崇寧年間，詔令天下興學，規定縣學生考升州學，州學生每三年入貢太學的辦法。至此，北宋建立了一套由地方到中央的學校學制。

　　三次教育改革後，國子學和太學的人數大增，由表 2-8 可窺知大概。王安石施行太學三舍法至北宋末年，在學的太學三舍學生維持在 2000 至 3000 人，甚至超過 3800 人，這個數字和唐代太學的 515 人相比，真是差距懸殊。

表 2-8　北宋時期國子學與太學的學生數〔註33〕

年　代	國子學	太　學			資　料　出　處
		上舍生	內舍生	外舍生	
宋初	不定	―	―	―	《宋史》157：3657
975	70	―	―	―	同上
1044 慶曆四年	―	―	200	―	《宋史記事本末》卷 38
1051	―	―	100	―	《續資治通鑑長編》
1058	450	―	―	―	《宋會要・職官》
1058	600	―	―	―	《宋會要・職官》
1068	900	―	200	100	《宋會要・職官》
1071 熙寧四年	―	100	200	不限	《宋會要・職官》
1072	―	100	200	700	《玉海》
1074	―	―	―	―	《續資治通鑑長編》
1079	―	100	300	2000	《宋會要・職官》
1080	200	―	―	―	《續資治通鑑長編》
1092	―	100	300	2000	同上
1093	―	―	―	2175	同上
1102 崇寧元年	―	100	300	3000	《宋會要・職官》28/15a
1104	―	200	600	3000	《宋史》157：3663
1127	―	―	―	―	同上

〔註33〕錄自李弘祺：《宋代官學教育與科舉》，頁 84。

二、地方官學

宋代地方行政分爲路、州（府、軍、監）、縣三級。州以下設置教授儒家經典的學校，稱爲州學（或府學、軍學、監學）及縣學，其教育的對象爲庶民子弟。

宋初天下初定，政府對地方官學並不重視。眞宗時，詔令天下整修孔廟，在孔廟設講堂、聚生徒。仁宗明道、景祐年間，下詔州郡立學，賜予經書及學田；慶曆四年，詔令天下州縣立學，諸路州、軍、府、監除了舊有學校，其餘各令興學，若修學人數達二百人以上，許更設置縣學。〔註34〕至此，州學建制大體完成。

仁宗朝雖建立州學的制度，但學官派遣並未制度化。熙寧四年（1071），王安石推展派遣學官措施，選拔人才到各地擔任學官：「仍於京東、陝西、河東、河北、京西五路，先置學官，使之教導。」〔註35〕此後各地官學師資逐漸由政府考選派遣。

徽宗崇寧二年（1103），蔡京提出一些教育改革方案，主要有：各州設置學校；每州設學官教授二名；州縣設立小學；爲各州畫撥財產，作爲辦學的經費；將三舍法推行天下等。爲了管理各州教育事務，設諸路提舉學事司，「掌一路州縣學政，歲巡所部以察師儒之優劣，生員之勤惰，而專舉刺之事」。〔註36〕提舉學事司須在一年中對管轄州縣學巡視一遍，考核辦學成效，還必須籌措州縣學不足的經費。唐五代以前雖有地方官學，但未設置專管地方學校的長官，由此可見宋代教育的進步。

此外，地方官學經費的支應也是一大進步。唐代設立學校並無固定經費，宋代不但賜與地方官學緡錢，並頒置學田做爲固定經費來源，學校經費相對充足穩定。眞宗乾興元年（1022），頒賜兗州文宣

〔註34〕徐松：《宋會要輯稿》卷10642，選舉3之24，頁4273。
〔註35〕王安石：《臨川文集》（臺北：臺灣商務印書館，文淵閣《四庫全書》1105冊），卷42，〈乞改科條制箚子〉，頁319。
〔註36〕脫脫：《宋史》（臺北：藝文印書館，影印清乾隆武英殿刊本），卷167，頁1928。

王廟學舍學田十頃，作爲教育經費來源。之後，郡州立學，均依兗州
慣例，視規模大小分賜五至十頃學田。仁宗熙寧四年（1071），下詔
諸路置學官時，授與各州學田十頃，原有學田不及十頃者增爲十頃。
徽宗崇寧興學時，學校規模及數量增加快速，爲了支應辦學所需的經
費，更將各路常平戶絕田（無主之田地）撥充學田。州縣學經費來源
除了來自學田，地方政府也提供學校經費，其來源有管理公倉的節
餘、印賣官方文書及典籍所得等。〔註37〕

表 2-9　北宋官學──按最早的參考數及每十年參考數
　　　　編列〔註38〕

時　　　期	州　學		縣　學		學校總數	
	參考數	每十年平均數	參考數	每十年平均數	參考數	每十年平均數
宋代以前	45		52		97	
960～997 太祖太宗	6	1.6	10	2.6	16	4.2
998～1021 眞宗	10	4.2	22	9.2	32	13.4
1022～1063 仁宗	80	19.0	89	21.2	169	40.2
1064～1085 英宗神宗	32	15.0	36	16.3	68	31.4
1086～1100 哲宗	5	3.3	32	21.3	37	24.6
1101～1126 徽宗欽宗	17	6.5	51	19.6	68	26.1
北宋未注明日期的學校	3		37		40	
北宋總數	153	9.2	277	16.6	430	25.8

　　綜上而言，宋代建立各府、州、縣等各類學校學制及廩養制度，
對於教官的職責、學生人數和待遇、教學與考試及向中央輸送監生和
貢士，形成較完善的管理制度。從表 2-9 可知北宋時期的州學達到 153
所，縣學達到 277 所。其中大規模興建州縣學的時期是在仁宗在位時
期，興建學校數爲 169 所，每十年的平均數達 40.2 所；在神宗時期
（英宗僅在位四年），興建的學校數爲 68 所，每十年的平均數達 31.4

〔註37〕李弘祺：《宋代官學教育與科舉》，頁 145。
〔註38〕賈志揚：《宋代科舉》，頁 114。

所，哲宗和徽宗朝亦有 24.6 所及 26.1 所之多。

　　宋代地方教育在十二世紀初達到了顛峰，政府將地方學校優秀畢業生送入太學就讀，並將太學優秀畢業生直升入官，政府供養及教育的學生人數超過了二十萬人。這是中國教育史上空前的紀錄。〔註 39〕黃庭堅生於慶曆五年（1045 年），生活於官學最發達、教育蓬勃、讀書風氣大盛的時代，可說是躬逢其盛。

三、書　院

　　書院之設置始於唐代，原來為藏書、修書的藏所。至南唐成為藏書、修書、私人讀書講學的教育機構。宋初官學廢弛，書院教育功能受到重視因而大興。史上著名的北宋四大書院——白鹿洞、嶽麓、應天、石鼓（或嵩陽）書院，就是源於民間私人讀書講學機構。

　　科舉大規模取士，經濟發達，印刷出版事業繁盛，將宋代的學術文化推展至空前的黃金時代。此時書院教育功能及學術功能受到重視，書院教育蓬勃發展，其數量達到 720 所，為唐五代書院總數的十倍以上。〔註 40〕北宋時期 167 年間，書院總數在 73 所以上，略微超過唐五代十國近 350 年所有書院的總數，而實際存在的書院約有 100 所左右。〔註 41〕這些書院遍布全國各地，其中以江西、浙江、河南最多，僅江西一省就有 23 座書院，是北宋時期書院最發達的地區。仁宗、神宗二朝，書院數量最多，是書院發展的高峰期。〔註 42〕仁宗、神宗二朝也是官學大興的時期，可知此時官私教育極為發達。

　　宋代書院的功能從藏書、修書，轉變為側重教育的功能。太宗至仁宗時代，朝廷多次賜書、賜田、賜額、召見山長、封官嘉獎，書院的功能及地位獲得君民廣泛認同。另外，科舉與書院結合，更強化了書院的教育功能。如：太宗太平興國年間，分寧黃中理廣聚圖書數萬

〔註 39〕同上註，頁 127。
〔註 40〕鄧洪波：《中國書院史》（臺北：臺大出版中心，2005 年），頁 77。
〔註 41〕鄧洪波：《中國書院史》，頁 78。
〔註 42〕鄧洪波：《中國書院史》，頁 88。

卷，建櫻桃洞、芝臺二書院，令子弟讀書其中，黃氏子弟十人皆登甲科，號稱「黃氏十龍」。黃中理即爲黃庭堅之曾祖。

　　仁宗慶曆四年（1044），興辦官學之後，書院失去政府支持，卻得到士人支持，發展比前期更快速，呈現多采多姿的文化功效。例如：歐陽脩於潁州（安徽阜陽）知州任上建西湖書院；范仲淹以延州知州建嘉嶺書院；曾鞏在嘉祐年間建興魯書院。這些古文運動的倡導者都曾利用書院傳播其學說。又如理學家程顥、程頤兄弟，皆曾講學於嵩陽書院；程顥在熙寧元豐年間曾建書院講學，後人稱爲明道書院；程頤在洛陽伊川創建伊皋書院，在此著書講學。宋代後期，書院成爲著名學者講學的地方，形成了自由講學之風。

　　和前代相比，宋代書院多爲名師巨儒講學之所，學生來源廣泛，不限地域或階層，倡導自由討論的學風；書院自身有完整教學管理制度，大部分書院都有明確的學術宗旨、培養目標、行爲規範等；除了藏書、祭祀、講學的功能，書院還刻印書籍。書院發揮了培養人才、教化風俗、宣揚理學、繁榮學術之功。總之，書院在教育功能之外，另闢一種更具文化意義的功能，成爲宋代學術文化興盛的重要因素。

第三節　出版文化事業興盛

　　紙張發明後，取代了笨重的竹簡和昂貴的縑帛，便利了書籍流通。但在全憑手工抄寫的年代，文化和教育的發展仍受到極大限制。手工抄寫書籍耗費人力且易生訛誤，每本書的複本數量有限。爲了滿足人們對各種書籍的需求，複製快捷的雕版印刷在唐代中期產生。唐代雕版印刷主要應用於佛經、日書、醫書等書籍，後唐明宗時，始運用於儒家經典的雕印。宋代帝王崇尚儒教，擴大科舉規模，教育大爲普及，雕版印刷術大量使用於各類用書籍印製，到此走入了黃金時期。

一、造紙術和印刷術的進步

　　漢代發明紙之後，知識傳播更爲便捷。但手工造紙生產數量有

限，紙張的應用並不普及。東晉末年桓玄稱帝時，強制用「黃紙」代替簡策文獻，紙才逐漸成爲主要的書寫材料。〔註43〕以抄寫方式複製書籍，所需紙張數量有限，自從印刷術應用於書籍印製之後，紙的需求量大增，刺激造紙的技術的進一步發展。

隋唐大宗用紙主要是麻紙及皮紙，原料取自植物的韌皮纖維。宋人改進皮紙的製造技術，而且大量生產唐代發明的竹紙，以供應用量龐大的印刷用紙。竹材的分布範圍廣泛，可用於造紙的種類多達五十種，竹子的木質纖維 70%以上均可製造紙漿，竹紙挾帶著易得價廉的優勢，成爲宋代印刷主要的用紙。蘇軾《東坡志林》卷九說：「今人以竹爲紙，亦古所無有也。」〔註44〕說明了宋代使用竹紙的情形。竹紙和皮紙滿足了用紙量大的印刷產業，也從宋代一直持續到清代晚期。

宋人還利用水流爲動力，使用一種稱爲「水碓」的設備進行紙漿的打製，機器的使用大大提升了製漿的效率。與唐代手工製紙相比，宋代製紙技術進步，滿足了大量用紙的需求，便利各式圖書的抄寫與印製。同時，雕版印刷的技術也有長足進步，如刻製書版所用的材料，有梨、棗、梓、黃楊、銀杏等優質的木材，用墨講究，版式趨於規範化。書籍的裝幀方式也有較大的突破，改用蝴蝶裝。這種冊頁裝訂形式及矩形開本，爲以後書籍的形式奠定了基礎。〔註45〕

二、大量印製各類典籍

雕版印刷術的發明可推溯至唐玄宗年間。〔註46〕發明之初大多用來雕印佛書、道藏、曆日、醫書、字書、陰陽五行等書籍，直到五代時期，才開始使用雕版印刷術複製儒家經典。《冊府元龜》記載：

〔註43〕李明杰：《宋代版本學研究——中國版本學的發源及形成》（濟南：齊魯書社，2006 年），頁 104。
〔註44〕蘇軾：《東坡志林》（臺灣：臺灣商務印書館，文淵閣《四庫全書》863 冊），卷 9，頁 80。
〔註45〕李明杰：《宋代版本學研究》（濟南：齊魯書舍，2006 年），頁 107。
〔註46〕宿白：《唐宋時期的雕版印刷》（北京：文物出版社，1999 年），頁 3。

> 後唐宰相馮道李愚重經學。因言:「漢時崇儒,有三字石經,
> 唐朝亦於國學刊刻,今朝廷日不暇給,無能別有刊立。嘗
> 見吳、蜀之人,鬻印板文字,色類絕多,終不及經典。如
> 經典校定,雕摹流行,深益於文教矣。」乃奏聞。敕下儒
> 官田敏等考校經注〔註47〕

馮道倡議雕印儒家經典,是官方首度召集工匠分工刊刻典籍,對於儒家經典的傳播與保留有極大的貢獻。

從唐末至宋初,由於帝王提倡及民間宗教力量,雕版印刷術普遍運用於宗教書籍的雕印。馮道雕印《九經》之後,官方及私人刻印儒家典籍也成為一種潮流。到宋代,科舉規模擴大及學校教育受到重視,印刷事業更加發達。刻印書籍除經、史、子、集之外,還有農業、技藝、醫學、佛經等書,造就了雕版印刷術的黃金時代。宋代書籍需求擴大,種類及版本繁多,複製數量龐大,刻印地點遍及全國,刻書機構眾多,形成官刻、家刻、坊刻三足鼎立的盛況。

(一)國子監雕印書籍的盛況

北宋時期的書籍製作方式以手工抄寫和雕版印製並行。宋初採取右文國策,將大量人力投入鈔書、編書、校書、刻書事業,官方刻書機構包含中央和地方州縣等機構,其中以國子監刻印的書籍校定較為嚴謹,印刷精美。

宋初承襲五代時期校勘雕印經書的工作,但僅雕印《禮記》等六種《釋文》十餘卷。太宗時,大力擴展官府雕印事業,命史館編印卷數眾多的類書《太平御覽》、小說《太平廣記》和總集《文苑英華》;還擴大了國子監雕印書籍的種類,除《九經三傳》及其釋文之外,還有字書、史書等。真宗尊崇儒學,重刊正義、字書、史書和醫方,新刊各種韻書、《孟子》、《冊府元龜》、《文選》,及《齊民要術》、《四時纂要》等農業用書,官府的雕印範圍逐漸擴大,雕版印刷進入繁榮的階段。仁宗時期,國子監除了雕印經史書籍如《南史》、《北史》、《隋

〔註47〕喬衍琯、張錦郎:《圖書印刷發展史論文集》(臺北:文史哲出版社,
1982 年),頁 554。收錄王國維《五代兩宋監本考》。

書》、《七史》等書，還大量印製了醫書和《荀子》、《文中子》、《法言》等子書。神宗時代，國子監新刊的範圍日益擴大，配合變法也雕印了各種經義和字說，還雕印了地理書、兵書、算書及勘輿的書。哲宗時，國子監仿效民間雕刻小字雕版，雕印了一大批小字醫書；此期不論官私機構的雕印，均積極拓展印刷品的品類。徽宗時，國子監的工作著重於修補舊版，新雕書版較少，官府新刊內容主要是禮書和法令。

　　北宋國子監雕印的書籍內容豐富，除了承續五代經部書籍的雕印，還雕印了史書、子書、集書等書籍，此外，更有農業、技藝、醫學、佛經等書，可說是種類繁多。

（二）私家刻印書籍的盛況

　　私人印製圖書始自五代末之毋昭裔。王明清《揮塵餘話》說：「毋丘儉貧賤時，嘗借《文選》於交游間，其人有難色，發憤異日若貴，當板以鏤之遺學者。後仕王蜀爲宰，遂踐其言，刊之印行書籍。」〔註48〕趙匡胤平定後蜀，盡收後蜀藏書和印版，當時豪族都因爲財貨遭禍，惟毋氏因印製圖書遍及天下而獲得赦免。

　　宋代私人刻書極普遍，北京圖書館現存私人和家塾刻印的書籍如下表：

表 2-10　北京圖書館現存宋代家塾私人刻書書目〔註49〕

	類別	雕　印　書　目
經部	私人	宋婺州市門巷唐宅刻印漢鄭玄注《周禮》10 卷；義烏蔣宅崇知齋刻印漢鄭玄注《禮記》20 卷；紹熙二年余仁仲萬卷堂刻印漢何休《春秋公羊經傳解詁》30 卷；開禧元年劉日新宅三桂堂刻印宋王宗傳《童溪王先生易傳》30 卷；淳佑十二年魏克愚刻印《周易要義》10 卷、《儀禮要義》50 卷、《禮記要義》33 卷。
	家塾	宋鶴林于氏家塾刻印晉杜預《春秋經傳集解》30 卷

〔註48〕王明清：《揮塵餘話》（臺北：台灣商務印書館，文淵閣《四庫全書》1038 冊），卷2，頁 601。

〔註49〕李致忠：《古代版印通論》（北京：紫禁城出版社，1999 年），頁 107 ～108。

史部	私人	宋王叔邁刻印《後漢書注》90 卷、《志補注》30 卷；畢萬裔宅富學堂刻印宋李燾《李侍郎經進六朝通鑑博議》10 卷；寶祐元年（1257 年）趙興蕙刻印宋袁樞《通鑑紀事本末》42 卷。
	家塾	黃善夫家塾之敬室刻印《史記集解索隱正義》130 卷；蔡琪家塾刻印《漢書集注》100 卷；乾道七年蔡夢弼東塾刻印《史記集解索隱》130 卷。
子部	私人	宋崇川于氏刻印《新纂門目五臣音注揚子法言》10 卷、《新增麗澤編次揚子事實品題》1 卷、《新刊揚子門類題目》1 卷；王氏取瑟堂刻印宋阮逸《中說注》10 卷。
集部	私人	宋婺州王宅桂堂刻印《三蘇先生文集》70 卷；虞平齋務本書堂刻印《新刊校正王壯元集注分類東坡先生詩》25 卷；咸淳年間廖瑩中世彩堂刻印《昌黎先生集》40 卷、《外集》10 卷、《遺文》1 卷、《朱子校昌黎先生集傳》1 卷，又刻印《河東先生集》45 卷、《外集》2 卷；臨安府陳解元宅刻印唐《王建詩集》10 卷、《朱慶餘詩集》1 卷、《唐女郎魚玄機詩》1 卷；淳熙三年王旦宅刻印宋王阮《義豐文集》1 卷；紹熙四年吳炎刻印宋呂祖謙《東萊標注老泉先生文集》12 卷；慶元二年周必大刻印歐陽脩《歐陽文忠公集》153 卷；慶元五年黃汝嘉刻印《東萊先生詩集》20 卷、《外集》3 卷；嘉泰四年呂喬年刻印《東萊呂太史文集》15 卷、《別集》16 卷、《外集》5 卷；紹定五年黃塤刻印《山谷詩注》20 卷；景定元年陳仁玉刻印宋趙抃《趙清獻公文集》16 卷。
	家塾	黃善夫家塾之敬室刻印《王壯元集百家注分類東坡先生詩》25 卷。

以上為目前北京圖書館所藏的善本及家塾本，雖然所舉出的書籍僅數十種，但由此可見宋代私家科印書籍是相當興盛及普遍的。

（三）坊肆刻印書籍的盛況

雕版印書業興起後，建安余氏為坊刻本的創業者。到了宋代，由於印賣圖書的利潤很高，刻印書籍的坊肆眾多。書坊除了受委託刻印及販賣書籍，有的還兼編撰、出版、發行於一身。書坊刻印種類多、速度快、行銷廣，對於宋代文化的活躍有極大的貢獻。

表 2-11 宋代坊肆刻印書籍名目〔註50〕

坊 肆 名 稱	刻 印 書 籍
臨安陳宅經籍舖	《女郎魚玄機詩》1 卷、《朱慶餘詩集》1 卷、唐《王建詩集》10 卷。
建寧黃三八郎書籍舖	《韓非子》20 卷、《巨宋重修廣韻》5 卷。
建陽麻沙書坊	魏天應《論學繩尺》10 卷、《十先生奧論》40 卷、《新雕皇宋事實類苑》78 卷。
武夷詹光祖月厓書堂	《資治通鑑鋼目》59 卷
臨安賈官人經書舖	《妙法蓮華經》7 卷
杭州貓兒橋河東岸開箋紙馬舖鍾家	《文選》30 卷
臨安榮六郎家書籍舖	《抱朴子內篇》20 卷
臨安太廟前尹家書籍舖	《釣磯立談》1 卷、《澠水燕談》1 卷、《北戶錄》3 卷、《茅亭客話》10 話、《却掃編》3 卷、《曲洧舊聞》10 卷。
杭州錢塘門里車橋南大街郭宅□舖	《寒山拾得詩》1 卷
金華雙桂堂	《梅花喜神譜》2 卷
西蜀崔氏書肆	《南華真經注》20 卷、《拾遺》1 卷。
咸陽書隱齋	《國朝二百年家名賢文粹》197 卷
汾陽博濟堂	《十便良方》40 卷

由於書肆刻印及販賣發達，宋代坊肆發行的書籍流傳各地，而且刻印書目的種類眾多。宋代書肆的出版繁盛情形正顯現了宋代學術文化發達和讀書風氣鼎盛。

（四）唐人文集的編纂與刊刻

宋人編纂唐人的總集、別集，不但數量極多而且成果豐碩，曹之〈宋代整理唐集考略〉一文，列舉宋人編纂的唐人別集有 13 人 47 種

之多，〔註51〕包括：杜審言、顏眞卿、李白、韋應物、杜甫、韓愈、柳宗元、劉禹錫、孟郊、盧仝、李賀、元稹、黃滔等人，其中宋人整理杜甫的作品就有十六種之多。〔註52〕

宋代對前人別集做了嚴謹的整理刊刻，《四庫全書》所列唐人文集三百餘家，多有宋人刻本。〔註53〕以杜甫爲例，孫僅編輯杜詩一卷，爲北宋編輯杜詩的第一人；景祐三年（1036）蘇舜欽編輯《杜甫別集》二十卷；寶元二年（1039），王洙編杜詩二十卷；劉敞編《杜子美外集》五卷；皇祐四年（1052），王安石編《杜工部詩後集》；嘉祐四年（1059），王琪以王洙本重新編定，鏤版刊行，成爲最早的刻本以及一切杜集的祖本。南宋時期對杜詩的整理工作主要在註解杜詩，有鄭卯、黃長睿、蔡興宗、王彥輔、趙次公、郭知達、徐居仁、徐居仁和黃鶴、劉辰翁、蔡夢弼等十種版本。〔註54〕宋人整理散佚唐人詩文，編著選本，校定異同，分類編目，並註解音義，對唐人文集的傳播及古籍的保存貢獻良多。

宋代雕印的書籍，不論種類或複製數量，均遠勝唐代。書籍的印製及流傳改變了宋人的閱讀習慣，也影響了宋人的學術成就。錢存訓認爲印刷術的普遍運用，是宋代經典研究的復興，及改變學術和著述風尚的一種原因。〔註55〕生活在書籍量多、易得、價廉的時代，人們的閱讀習慣、創作著述、學術趨勢，必然受到便利的圖書傳播方式所改變。

〔註51〕曹之：〈宋代整理唐集考略〉，《古籍整理研究學刊》，1997 年第 1 期，頁 12～17。

〔註52〕這個數字未包含所有宋人編纂杜詩的集子。北宋時期主要著重於杜詩的編輯整理，南宋時期則專注於杜詩的音義注釋。

〔註53〕闕道隆：〈文化視角，學人情懷——《出版文化史論》讀後〉，《出版科學》2003 年第 1 期。

〔註54〕萬曼：《唐集敍錄》（臺北：明文書局），1982 年，頁 106～109。

〔註55〕張高評：《印刷傳媒與宋詩特色》（臺北：里仁書局，2008 年），〈序〉，頁 4。

三、官私藏書發展空前

宋初帝王提倡學術，曾多次下詔向民間求書，使國家藏書規模龐大；學校教育普及，由於教育與研究的需求，學校典藏大量書籍以供所需；科舉取士規模擴大，士人階級的興起，有閒有錢有才的讀書人以藏書、編校書籍為志趣。這些因素促使宋代的官私藏書空前興盛。

（一）國家藏書

中國古代學術文化的特徵就是學術官守，官師合一，因此歷代均注重文獻的收藏與保護。《宋史・藝文志》記載：「宋初，有書萬餘卷。其後削平諸國，收其圖籍，及下詔遣使購求散亡，三館之書稍復增益。」〔註56〕北宋接受後周藏書一萬三千餘卷，後來平定荊南，收高氏圖書以充實三館；平定南唐，收其圖書二萬餘卷。太宗平北漢，派雷德源到太原點檢書籍圖畫。宋初皇室有書萬餘卷，通過對五代十國圖籍的徵集，圖書數量激增，開寶中朝廷圖書急增至八萬多卷。〔註57〕宋代還從民間徵集圖書，並有獎勵辦法：獻書多的量才給官，獻書少的從優給價；不願獻出的，國家可借抄。官方還曾多次組織大規模的抄書活動，如：景德元年（1004）抄書24162卷；嘉祐六年（1061）抄黃本書6496卷、補白本2954卷，嘉祐七年（1062）抄黃本書10659卷；崇寧二年（1103）抄書2082部。〔註58〕

宋初，國家藏書處有三館：史館（掌編修國史、歷書及圖籍）、昭文館與集賢院（掌四庫圖書修寫、校讎）。太宗設崇文院，作為管理圖書的總機構，還將三館藏書萬餘卷另設書庫，稱為「秘閣」。史館、昭文館、集賢院與秘閣統稱為「四館」，是國家藏書中心。此外，政府還在國子監、學士院置有藏書；宮內圖書則分藏於龍圖閣、太清

〔註56〕脫脫：《宋史》卷202，頁2402。
〔註57〕謝灼華：《中國圖書和圖書館史》（武漢：武漢大學出版社，1987年），頁146。
〔註58〕王麗：〈試析宋代圖書編撰事業繁榮的原因〉，《科教文化》（開封：河南大學歷史文化學院），2007年10月，頁174。

樓、玉宸殿等處。〔註59〕兩宋國家藏書數量如下，不過這個數量並未包含副本。

表2-12 兩宋時期國家藏書數量統計表〔註60〕

朝 代	數 量	部數	卷數	總部數	總卷數
北宋	太祖、太宗、眞宗	3327	39142	6705	73877
	仁宗、英宗	1472	8446		
	神宗、哲宗、徽宗、欽宗	1906	26289		
南宋	孝宗	缺	44486	缺	59429
	寧宗	缺	14943		

國家藏書也對讀者開放。例如：宮廷內府藏書對皇室宗族開放；政府藏書對官吏開放；在科舉考試殿試時，集賢書庫負責提供圖書；大臣子弟與官吏因工作需要，可在政府藏書的館閣查閱書籍資料。《續資治通鑑長編》載：「近年用內臣監館閣書庫，借出書籍，亡失已多。又簡編脫略，書吏補寫不精，非國家崇尙儒學之意。請選館職三兩人，分館閣人吏編寫書籍。其私借出與借之者，並以法坐之。仍請求訪所遺之書。」〔註61〕官方藏書既可借閱，那麼傳抄官方書籍也可能發生，人們加以私借傳抄，書籍的流通範圍必然更廣泛了。

（二）私人藏書

宋代大規模取士，形成有錢、有閒、有才的士大夫階級，藏書蔚爲士大夫間的風尙。宋代印刷和造紙術興盛，圖書印製較易且數量龐大，私人獲致圖書更爲容易，使宋代成爲我國私人藏書的極盛時期。

〔註59〕焦樹安：《中國藏書史話》（北京：商務印書館，1997年），頁85。
〔註60〕張圍東：《宋代崇文總目之研究》（臺北：花木蘭文化工作坊，2005年），頁32。
〔註61〕李燾：《續資治通鑑長編》（臺北：臺灣商務印書館，文淵閣《四庫全書》317冊），卷189，頁159。

　　根據曹之的考據，宋代藏書家共 311 人，藏書在萬卷以上的就
有 121 人。相較之下，宋代以前可考的藏書家，先秦有 3 人，漢代
7 人，三國 8 人，晉代 7 人，南北朝 59 人，隋代 3 人，唐代 87 人，
五代 27 人。〔註62〕宋代藏書家無論是人數還是分布地域，都達到了
前所未有的盛況。

　　黃庭堅的舅父李常（1027～1090）入仕後，將九千多卷藏書置於
少時讀書的廬山白石庵僧舍，成為供眾人閱讀的「李氏山房」。蘇軾曾
作〈李氏山房藏書記〉，推崇李常慷慨及提攜後學的精神。這也是第一
座可考的私人圖書館。此外，著名藏書家葉夢得，聚書十萬卷，為宋代
私人藏書之冠。愛書如命的井度，以半數俸祿搜求書籍，因擔憂子孫不
肖而將全部藏書送給晁公武，晁氏以兩家藏書成就了目錄名著《郡齋讀
書志》。晁公武（1105～1180）山東巨野人，因避靖康之難，隨父親晁
沖之入蜀。井度晚年將 50 篋圖書交給他，除去晁、井兩家重複書籍，
共有 24500 卷。〔註63〕陳振孫（1174～1189）浙江安吉人。他為官三十
多年，積累 51180 卷圖書，著有《直齋書錄解題》，它所著錄的許多珍
本善本藏書品質及數量均很高，是國家書目所沒有的。〔註64〕

　　宋代私家藏書發達，對於文化事業產生重大影響。首先，私家藏
書是國家藏書的重要泉源，從宋初開始，朝廷屢屢下詔向民間購求書
籍，以充實館閣藏書。第二，私人藏書支持民間教育，使更多庶民得
到受教機會，有利於教育普及和知識傳播。第三，藏書家多博通經史，
兼具藏書、校刊的角色，有利於圖書文獻的整理和研究，促進了學術
的發展。因此，私人藏書的發達，無疑是促進宋代教育普及、文化興
盛及學術發達的一股重要動力。

（三）書院藏書

　　宋初官學不發達，大量書院興起，書院的教育功能受到重視，書

〔註62〕李明杰：《宋代版本學研究》（濟南：齊魯書社，2006 年），頁 115～118。
〔註63〕焦樹安：《中國藏書史話》（北京：商務印書館，2008 年），頁 93～94。
〔註64〕焦樹安：《中國藏書史話》，頁 94～95。

院的藏書事業發達，除了書院建設者孜孜不倦地營求，朝廷也屢屢賜贈國子監印本九經。宋初四大書院中，白鹿洞、嵩陽、嶽麓三書院都曾得到皇帝的贈書。

由於印刷技術進步，書籍得以大量生產，使得宋代書院的藏書規模擴大。根據鄧洪波的考證，宋初的應天府（睢陽）書院，《玉海》稱其聚書 1500 餘卷，《文獻通考》、《宋史》則記作數千卷。藏書上萬卷的書院則有：福建漳浦的梁山書堂藏書兩萬卷；浙江東陽的南園書院聚書三萬卷；江西貴溪的石林書院聚古今圖書數萬卷；四川邛崍的鶴山書院藏書達十萬卷以上，總數超過宋初承平之時國家三府秘籍之數，且其規模為宋代書院藏書之首。〔註65〕

宋代書院的藏書品種多樣，而且數量龐大，因此大部分的書院都修建了專門的建築來收藏，出現了一些有名的藏書樓，例如：嶽麓書院有御書閣，鶴山書院有尊經閣，麗澤書院有遺書閣，溪山精舍有崇文閣，白鹿洞書院有雲章閣等。藏書樓的出現，顯現了宋代書院藏書發達繁榮的情景。

第四節　宋詩的發展趨勢

錢鍾書說：「唐詩多以丰神情韻擅長，宋詩多以筋骨思理見勝。……夫人秉性各有偏至。發為聲詩，高明者近唐，沉潛者近宋，有不期而然者。」〔註66〕繆鉞也說：「可見宋人所好之美在意態而不在形貌，貴澄潔而不貴華麗。……宋詩之情思深微而不壯闊，其氣力收斂而不發揚，其聲響不貴宏亮而貴清冷，其詞句不尚蕃豔而尚樸澹，其美不在容光而在意態，其味不重肥醲而重雋永，此皆與其時代之心情相合，出於自然。」〔註67〕宋詩與唐詩之差異，在於一

〔註65〕鄧洪波：〈宋代書院的藏書事業〉，《中國典籍與文化》，1997 年第 3 期，頁 73～79。

〔註66〕錢鍾書：《談藝錄》（臺北：書林出版社，1988 年），頁 2～3。

〔註67〕繆鉞〈論宋詩〉，載於《宋詩論文選輯一》（高雄：復文書局，1988

重興象，一重思想；宋詩不同於唐詩昂揚高張的生命情調，顯現了沈潛內斂的哲學思維。這種詩歌的差異，其實與唐宋文化之間的不同有著密切的關係。

一、中唐以來的哲學突破

從詩歌發展與內涵來看，宋詩尚思理好議論的特徵，顯然深受宋代文化的發展所影響。隋及唐初，貴胄世族主導了政治與文化的發展；安史之亂以後，貴族地位逐漸衰落，都市和市民階層興起，因此，文化上的中堅勢力轉移到新興的知識階層。唐初貴族所展現的是一種昂揚的文化性格與生命情調，而知識份子的生命卻較為凝煉沉潛，他們所思考的是人生的意義和宇宙社會的秩序。知識份子的這種精神，釀就了中唐「哲學的突破」。〔註68〕

安史之亂以後，社會與文化均遭受破壞，知識份子在知性的思省之中，尋求試圖重建社會秩序與文化傳統。因此，中唐時期有許多知識份子開始省思宇宙與生命的意義，例如：韓愈、柳宗元之論儒佛，推動古文運動；又元稹、白居易推動新樂府運動，強調詩人的社會責任。這些都是在理性反省思潮下，因應時代需求而產生的活動。這股知識份子發起的理性反省思潮，卻在晚唐時期因宦官、貴族、藩鎮三方面的夾擊破壞，無法在政治文化上形成主要勢力，重建社會秩序與人生意義的渴求，始終因戰亂頻仍而無法完成。

到了宋代，趙匡胤結束了晚唐以來的割據與戰亂，社會相對地穩定，商業經濟較為發達，都市和市民階層逐漸興起。宋代的科舉取士制度經歷兩次重大改革後，其取士管道不僅公正嚴格，而且取士規模也較唐代更為擴大，具備知識的士大夫階層興起。宋初承接晚唐五代的戰亂之後，社會與文化遭到重大的破壞，於是人們產生強烈的重建社會秩序與人倫價值的需求，中唐時期知識份子的理性

年），頁 18。

〔註68〕龔鵬程〈知性的反省──宋詩的基本風貌〉，收錄於《宋詩論文選輯一》（高雄：復文書局，1988 年），頁 140。

反省、凝煉沉潛精神於此重現。

宋初，宋太祖曾問宰相趙普曰：「天下何物最大？」趙普答曰：「道理最大。」〔註69〕這句話顯現了宋人注重理性思辨的思想特徵。政治家講事理，讀書人注重自身之社會責任，無不以天下爲己任，因此有范仲淹「先天下之憂而憂，後天下之樂而樂」的偉大胸襟；哲學家講天理、性理，新儒學興起，理學家主張「存天理，去人欲」，追求人格的高潔完美；佛教徒講禪理，否定外在權威的禪宗興起，他們議論、翻案，以求頓悟自性；文學家講文理，爲文作詩注重義理與章法，各種文學理論發達，詩話興起，文人們批評詩歌、解析詩歌；舉凡一切人文領域的種種，莫不反映了這股理性反省的精神。

二、宋詩尚意的詩學取向

宋代詩人在時代思潮的影響之下，以理性反省的思維，深入而細膩地進行哲理思索和人生體驗。理性的思索發而爲詩，必然會形成在內容上尚思理，在表現手法上好議論的特色。試看宋人對詩歌的批評：

> 詩人貪求好句，而理有不通，亦語病也。……唐人有云：「姑蘇臺下寒山寺，半夜鐘聲到客船。」說者亦云佳句矣，其如三更不是打鐘時。〔註70〕

> 杜詩云：「霜皮溜雨四十圍，黛色參天二千尺。」四十圍乃是徑十尺，無乃太細長乎？皆文章之病也。〔註71〕

> 東坡有言，世間事忍笑爲易，惟讀王祈大夫詩，不笑爲難。祈嘗謂東坡云有竹詩兩句，最爲得意。因誦曰：「葉垂千口劍，幹聳萬條槍。」坡曰：「好則極好，只是十條竹竿，一

〔註69〕沈括著，王雲五主編：《夢溪筆談》（臺北：臺灣商務印書館，1970年），〈續筆談十一篇〉，頁39。

〔註70〕歐陽脩：《六一詩話》（臺北：台灣商務印書館，文淵閣《四庫全書》1478冊），頁252。

〔註71〕魏慶之：《詩人玉屑》（臺北：台灣商務印書館，文淵閣《四庫全書》1481冊），卷11，〈句好而理不通〉，頁172～173。

簡葉兒也。」〔註72〕

張仲達詠鷺鷥詩云:「滄海最深處,鱸魚衘得歸。」張文寶曰:「佳則佳矣,爭奈鷺鷥嘴腳太長也。」〔註73〕

歐陽脩批評張繼貪求好句,因爲「三更不是打鐘時」;沈括批評杜甫寫諸葛廟前的古柏樹幹「無乃太細乎」;蘇軾批評王祈詩「十條竹竿,一個葉兒」;張文寶批評鷺鷥「嘴腳太長」。不論這些言論是諧謔之語,或是嚴肅的議論,都顯現了宋人的思維都是就客觀事理來討論。他們關心的不在於物形,也不在於物情,而是在於物理,即客觀事物的特性規律,以及其中所蘊含的哲理性內涵。〔註74〕這種思維顯現了知性思考的詩學意識,也顯現了理性精神的高揚。故宋人嚴羽說:「本朝人尙理而病於意興。」〔註75〕宋人以理性處理感情,在情感中透出理性,因此,宋詩的理性精神是時代風潮的產物。

　　宋詩尙思理特質的形成的過程,亦顯現在宋人對詩歌典範的揀擇過程中。繆鉞說:

> 宋初沿襲五代之餘,士大夫皆宗**白居易詩**,故王禹偁主盟一時。眞宗時,楊億、劉筠等喜李商隱,西崑體稱盛,是皆未出中晚唐之範圍。仁宗之世,歐陽脩於古文別開生面,樹立宋代之新風格,而於詩尚未能超詣,此或由於非其精力之所專注,亦或由於非其天才之所特長,然已能**宗李白、韓愈**,以氣格爲主,詩風一變。梅堯臣、蘇舜欽輔之。其後王安石、蘇軾、黃庭堅出,皆堂廡闊大。蘇始學劉禹錫,晚學李白,王黃二人,均宗杜甫。〔註76〕

宋代在文化上,直承唐代。對宋人來說,一個太豐富的遺產也是宋

〔註72〕胡仔:《漁隱叢話前集》(臺北:台灣商務印書館,文淵閣《四庫全書》1480 冊),卷 55,頁 350。

〔註73〕魏慶之:《詩人玉屑》卷 11,〈礙理〉,頁 173。

〔註74〕周裕鍇:《宋代詩學通論》(上海:上海古籍出版社,2007 年),頁 97。

〔註75〕嚴羽:《滄浪詩話》(臺北:台灣商務印書館,文淵閣《四庫全書》1480 冊),〈詩評〉,頁 816。

〔註76〕繆鉞〈論宋詩〉,載錄於《宋詩論文選輯一》(高雄:復文書局,1988 年),頁 3。

人難以超越的壓力。宋人要在詩歌上自立，必須擺脫唐代以抒情爲主的、較膏腴富麗的詩風，另闢了素樸平淡、尚意重理的新風格。宋代詩人所揀擇的詩歌典範，均是中唐以後深受理性反省風潮所影響的詩人。首先，宋初承襲晚唐頹廢浮豔的詩風，王禹偁揀擇了中唐詩人白居易爲典範。白居易推動新樂府運動，主張詩歌必須具備寫實的精神，其詩歌本身亦不乏議論的作品。其次，歐陽脩以其獨特的眼光，揀擇了文以貫道、詩以載義、以文爲詩的韓愈爲典範，推動了北宋的詩文革新運動。韓愈提倡復興儒學，推動文以明道的古文運動，其詩歌亦有擅作議論的特質。再者，王安石與黃庭堅均以杜甫爲典範，形成了宋詩基調與特徵。杜甫在安史之亂飽經顛沛流離，其作品融敘事、抒情、議論，對於政局、時事、戰爭、人生，乃至文學，亦多有議論。宋代詩人在理性反省的思潮當中，對前人的典範加以抉擇，「變唐人之所已能，而發唐人之所未盡」，〔註77〕既繼承又創變，創造了平淡尚意的宋調特質。

三、宋詩題材廣泛而多元

　　繆鉞說：「宋人欲求樹立，不得不自出機杼，變唐人之已所能，而發唐人之所未盡。……就內容而言，宋詩較唐詩更爲廣闊，就技巧而論，宋詩較唐詩更爲精細。」〔註78〕爲求另闢蹊徑，成就自身面目，宋人便在內容和技巧上刻意求新求異。孫望、常國武說：「宋詩尚意興則主情韻，以含蓄爲貴；尚思理則主透闢，以顯露爲能。而欲其顯露透闢，在表達上則愈趨精細，務使析理入微，狀物窮形盡象，有異於漢、唐詩作的渾成凝重。」〔註79〕說明宋詩的表達趨於精細、析理入微、取材廣泛，不同於前人的渾成。

〔註77〕 繆鉞〈論宋詩〉，載於《宋詩論文選輯一》（高雄：復文書局，1988年），頁4。

〔註78〕 繆鉞〈論宋詩〉，載於《宋詩論文選輯一》（高雄：復文書局，1988年），頁4。

〔註79〕 孫旺、常國武主編：《宋代文學史》（北京：人民文學出版社，2006年），頁13。

　　凡是唐人以為不能入詩或不宜入詩的材料，宋人均寫入詩中，而且往往喜於瑣事微物逞其才技。〔註80〕以宋詩代表人物蘇黃為例，其詩歌題材廣泛多元而趨於通俗化，舉凡琴棋書畫、春菜、檳榔、驢腸、蝦蟹等生活瑣碎事物，均可入詩，而且這些日常細碎事物，每每呈現了深刻的哲學思理。例如：蘇軾〈春菜〉極力描寫了春天的七種蔬菜，並在詩末以「明年投劾徑須歸，莫待齒搖并髮脫」，〔註81〕表達了澹泊名利的思想。又如黃庭堅〈次韻謝外舅食驢腸〉，全詩描摹驢子入湯鼎之前心理狀態，並以「物材苟當用，何必渥洼生？忽思麒麟楦，突兀使人驚」，〔註82〕表達生當盡其材之意。

　　袁宏道說：「有宋歐蘇輩出，大變晚唐，於物無所不收，於法無所不有，於情無所不暢，於境無所不取。滔滔莽莽，有若江河。」〔註83〕由於文人的創作多向生活廣泛取材，宋詩便具有「於物無所不收」的特質。文人的生活除了詩酒酬酢、行旅遠遊，其書齋情趣與書卷風流也是其生活重心，因此宋詩便展現濃重的書卷味。翁方綱說：「宋人之學，全在研理日精，觀書日富，因而論事日密。如熙寧、元祐一切用人行政，往往有史傳不及載，而於諸公贈答議論之章，略見其概。」〔註84〕由此可見宋詩不僅廣泛地從日常生活中取材，更將議論與生活結合。

　　總之，宋代科舉考試重視議論思辨，取士規摹擴大；官私教育發達，教學制度完善；出版文化事業興盛，藏書家眾多；在科舉、學校、印刷等因素交互影響之下，宋代教育普及程度遠遠超越前代。宋人繼承中唐理性反省、沉潛凝練的時代思潮，不僅創造了宋詩尚理趣、重

〔註80〕繆鉞〈論宋詩〉，載於《宋詩論文選輯一》（高雄：復文書局，1988年），頁5。

〔註81〕蘇軾：《蘇軾詩集》（北京：中華書局，1996年），卷16，〈春菜〉，頁789～790。

〔註82〕黃寶華：《山谷詩集注》，〈次韻謝外舅食驢腸〉，頁624。

〔註83〕袁宏道：《袁中郎全集》（臺南：莊嚴文化，1997年，《四庫全書》存目叢書集部174），卷1，〈雪濤閣集序〉，頁416。

〔註84〕翁方綱：《石洲詩話》（臺北：廣文書局，1971年），卷4，頁160。

議論的本色，也擴大了詩歌的題材。以上種種因素的交互影響，促使
宋人從書中取材、尚思理、好議論的「以學問爲詩」特質。

第三章　黃庭堅的家學淵源與學術經歷

　　宋代大規模開科取士，蔚爲文官政治。由於朝廷對於文官的待遇優渥，形成一個有財、有學、有閒，又不愁生計之文官群體，於公餘之暇，投身文化學術活動。〔註1〕宋代以來，以進士及第者爲中心的「士大夫」階層，取代六朝隋唐的門閥士族，而成爲政治、法律、經濟決策和文化創造的主體，這本身就是中國社會「唐宋轉型」的一大成果，也是認宋代爲「近世」的主要依據之一。〔註2〕可見「士大夫階層」這個特殊群體，對於創造宋代文化的重要地位。

　　由於士大夫階層創造了繁盛的宋代文化，因此探究文人的閱讀與創作時，便不可忽略其時代背景與文化思潮。關於時代背景的部分，第二章已從科舉制度、官私教育、文化出版業、宋詩發展趨勢等四方面，大略論述宋代讀書風氣興盛因素。本章將探論家學師承對黃庭堅的文化陶養；學官與館職對黃庭堅的學術涵泳；與藏書家交遊，對其書卷風流的影響。

第一節　黃庭堅的家學淵源

　　身爲宋代引領風騷的人物，黃庭堅的宗族世系深受關注。根據

〔註1〕　張高評：《印刷傳媒與宋詩特色》（臺北：里仁書局，2008年），頁43。
〔註2〕　高津孝：《科舉與詩藝——宋代文學與士人社會》（上海：上海古籍出版社，2005年），〈王水照序〉，頁10。

楊慶存考證，黃氏分寧家族有關黃庭堅的宗系如下：

　　　玘──贍──元吉──中理──湜──庶──庭堅〔註3〕

　　六世祖黃贍，曾任著作佐郎；高祖輩元吉買田聚書，長雄一縣，元績爲太祖建隆二年（961）進士；曾祖輩中理、中雅聚書招士。祖父黃湜一輩，以文章學問步入仕途者驟增，家族學術風氣鼎盛。父輩皆不廢詩書，學問有成，黃庶、黃廉、黃庠、黃序、黃富善等，均進士及第。兄弟輩也都以文章聞名。深厚的家學淵源，父兄的切磋琢磨，爲黃庭堅提供了堅實的文化基礎。

一、六世祖至祖父輩

　　關於黃庭堅先祖的紀錄，可見於黃庭堅〈叔父給事行狀〉：

> 黃氏本婺州金華人。公高祖諱贍，當李氏時，來遊江南，
> 以策干中主，不能用，授著作佐郎，知分寧縣。解官去，
> 遊湘中。久之，念藏器以待時，無兵革之憂，莫如分寧，
> 遂以安輿奉二親來居分寧。（《黃庭堅全集》，頁1648）

六世祖黃贍曾任著作佐郎。著作佐郎爲館閣之職，承擔書籍之儲藏、編著、校勘的職責。五代時期仍以寫本爲知識傳播的主要方式，因此，黃贍接觸經典、閱讀經典的機會，自然高於一般讀書人。黃贍藉著職務之便借閱國家藏書，並抄寫典籍以豐厚家族藏書，也是不無可能的。

　　五世祖黃元吉「深沉有策謀，而隱約田間，不求聞達」。〔註4〕黃庭堅讚元吉「豪傑士也，買田聚書，長雄一縣」。〔註5〕元吉的兄弟

〔註3〕楊慶存：《宋代文學論稿》（上海：復旦大學出版社，2007年），〈黃庭堅宗族世系新考〉，頁326。《四部叢刊初編集部》上海商務印書館縮印嘉興沈氏藏宋本《豫章黃先生文集》卷24〈叔父和叔墓碣〉作「黃贍」；清同治戊辰歲重鐫明嘉靖年間江西緝香堂刻本《山谷全書》正集卷24〈叔父和叔墓碣〉作「黃贍」。

〔註4〕黃庭堅著，劉琳、李勇先、王蓉貴校點：《黃庭堅全集》別集卷9，〈叔父給事行狀〉，頁1648。

〔註5〕黃庭堅著，劉琳、李勇先、王蓉貴校點：《黃庭堅全集》正集卷32，〈叔父和叔墓碣〉，頁861。

元績是太祖建隆二年（961）進士，官至吏部侍郎。五代末年，戰亂頻仍，百姓顛沛流離，讀書人遁跡山林，隱居不仕。元吉兄弟隱居田園，買田聚書，教育子弟，恪守「獨善其身」的處世原則，至太祖登基，元績始藉由科舉入仕，可謂儒家「用舍行藏」的最佳實踐。

曾祖黃中理深沉而有策謀，繼承父志，隱居田野，聚書招士。黃庭堅說：

> 光祿（中理）聚書萬卷，山中開兩書堂，以教子孫，養四方游學者常數十百。已而仕於中朝，多鉅公顯人，故大夫公（和叔）十伯仲，而登科者六人，凡分寧仕家學問之原，蓋皆出於黃氏。（《黃庭堅全集》，〈叔父給事行狀〉，頁 1648）

戰亂初平，宋初官學荒廢不振，私人講學興起，書院的教育功能受到重視。黃中理聚書萬卷，設置書院以教育子孫，其書院學風自由，吸引了數百四方游學士人前來切磋學問。

伯祖黃茂宗，大中祥符八年（1015）進士。黃茂宗善賦而博學，任崇信節度判官後，即辭官返家主持書院教學。他的同輩兄弟有茂懿（滋）、茂詢（湜）、茂倫（淳）、茂錫（渙）、茂先（灝）、茂逸（浹）、夢升（注）、子元（渭）、茂實（浚）皆登甲科，一時馳名，號稱「黃氏十龍」。〔註6〕伯祖黃茂先，以書法著稱，有「江南黃茂先，江北段少連」之譽。〔註7〕祖父黃茂詢，為嘉祐二年（1057）進士。其書法「字法清勁，筆意皆到，但不入俗人眼爾」。〔註8〕叔祖黃注，為歐陽脩童年好友，兩人同登進士第。黃注「才高而素剛，不苟合世俗，負其所有而怏怏不得志」，歐陽脩讚其文章「博辨雄偉，其意氣奔放，猶不可禦」。〔註9〕黃庭堅稱其「清談落筆一萬字，白眼舉觴三百盃。

〔註6〕鄧洪波：《中國書院史》（臺北：臺大出版中心，2005 年），頁 101。

〔註7〕劉琳、李勇先、王蓉貴校點：《黃庭堅全集》補遺卷 9，〈跋自書東坡乳泉賦〉，頁 2301。

〔註8〕劉琳、李勇先、王蓉貴校點：《黃庭堅全集》外集卷 23，〈書十棕心扇因自評之〉，頁 1401。

〔註9〕歐陽脩著，李逸安點校：《歐陽脩全集》，卷 27，〈黃夢升墓誌銘〉，頁 419。

周鼎不酬康瓠價，豫章元是棟梁材」；〔註10〕「學問文章，五兵縱橫，制作之意，似徐陵、庾信，使同時遇合，未知孰先孰後也」。〔註11〕可知其學識人品非凡。

二、父　輩

　　黃庭堅之父黃庶，字亞夫，慶曆二年（1042）進士。黃庶自幼接受父親黃湜教導，一生追慕古人節操。他雖有心報國，卻因「拙愚不能逢迎」而不受重用。〔註12〕黃庶有詩曰：「生長詩與書，不信世道難。出處愧古人，章句得一官。舌強不肯柔，開口誰欣歡！十年走塵土，蹭蹬苦地寒。紆朱非良貴，寧較厚與單。古心自突兀，胸中鬱萬端。昔常玩於水，今乃知其瀾。身世心已灰，人事鼻可酸。」〔註13〕黃庶剛直的個性，使他仕途蹭蹬，十年宦海失意，陷入理想與現實的矛盾。

　　黃庶有《伐檀集》傳世，其文「古質簡勁，頗具韓愈規格，不屑為駢偶纖濃之詞」；其古體諸詩「戛戛自造，不蹈陳因，雖魄力不及庭堅之雄闊，運用古事、鎔鑄煎裁亦不及庭堅之工妙，而生新矯拔，則取徑略同，先河後海，其淵源要有自也」。〔註14〕他重視詩文立意，反對重聲律輕內涵，他說：「其時文章用聲律最盛，哇淫破碎不可讀，其於詩尤甚，士出於其間，為辭章能主意思而不流者，固少而最難。」〔註15〕他認同杜甫社會寫實的精神，故其詩歌常流露憂國憂民的思想；黃庶認為詩主性情，故其詩歌多為吟詠性情之作。

　　黃庭堅曾將黃庶〈大孤山〉及〈宿趙屯〉刻石於南康星子灣，他說：「先大夫刻意於詩，語法類皆如此，然世無知音。小子不肖，

〔註10〕黃寶華點校：《山谷詩集注》，〈過方城尋七叔祖舊題〉，頁 1247。
〔註11〕劉琳、李勇先、王蓉貴校點：《黃庭堅全集》別集卷6，〈跋歐陽文忠公撰七叔祖主簿墓誌後〉，頁 1587。
〔註12〕黃庶：《伐檀集》（臺北：台灣商務印書館，文淵閣《四庫全書》1092冊），〈上楊兵部書〉，頁 790。
〔註13〕黃庶：《伐檀集》，〈依韻和酬雷太簡見貽之什〉，頁 782。
〔註14〕黃庶：《伐檀集》（臺北：台灣商務印書館，文淵閣《四庫全書》1092冊），〈伐檀集提要〉，頁 761。
〔註15〕黃庶：《伐檀集》，卷下，〈呂先生許昌十詠後序〉，頁 800。

晚而學詩，懼微言之幾絕，故刻諸星子灣，以俟來哲。」〔註16〕黃
庶其詩云：

> 彭蠡百里南國襟，萬頃蒼烟插孤岑。不知天星何時落，春
> 秋不書不可尋。石怪木老鬼所附，茲乃與水同浮沉。鳴鵰
> 大藤樹下廟，血食不乾年世深。軸轤千里不敢越，割牲釃
> 酒來獻斟。我行不忍隨人後，許國肝膽神所歆。落帆夜宿
> 白鳥岸，睥睨百遠寒藤陰。銀山大浪獨夫險，比干一片崔
> 嵬心。宦遊遠去父母國，心病若有山水淫。江南畫工今誰
> 在？拂拭東絹傾千金。〔註17〕

> 蘆花一股水，弭楫日已暮。山間聞雞犬，無人見烟樹。行
> 逐羊豕跡，始識入市路。菱茨與魚蟹，居人足來去。漁家
> 無鄉縣，滿船載稚乳。鞭笞公私急，醉眠聽秋雨。〔註18〕

〈大孤山〉前十句描述山的地理位置與煙水籠罩之美，以及古老神
秘、清靈幽深、森嚴莊重的氣息，接著以「我行」等六句自比比干，
抒寫以身許國的雄心壯志，詩末點出經世濟民之志。〈宿趙屯〉描述
下鄉洽公，夜宿窮鄉僻壤，感受漁民的窮苦，表達其憂國憂民情懷。
洪駒父說：「山谷父亞夫詩自有句法。山谷書其〈大孤山〉、〈宿趙屯〉
兩詩，刻石於落星寺。兩詩警拔，世多見之矣。……山谷句法高妙，
蓋其源流有所自云。」〔註19〕可知黃庭堅深得父親句法。

　　黃庶尚有一首為人稱道的作品〈怪石〉，其詩云：

> 山阿有人著薜荔，廷下縛虎眠莓苔。手摩心語知許事，曾
> 見漢唐池館來。〔註20〕

黃庶將怪石比擬為身著薜荔藤蔓的人，說怪石猶如被繩索綑綁，臥
於庭下青苔間安眠的老虎。詩人撫摸怪石，得知怪石曾經歷漢唐輝

〔註16〕劉琳、李勇先、王蓉貴校點：《黃庭堅全集》別集卷7，〈刻先大夫詩
　　　　跋〉，頁1593。
〔註17〕黃庶：《伐檀集》，〈大孤山〉，頁775。
〔註18〕黃庶：《伐檀集》，〈宿趙屯〉，頁774。
〔註19〕郭紹虞：《宋詩話輯佚》（臺北：華正書局，1981年），〈洪駒父詩話〉
　　　　16，頁428。
〔註20〕黃庶：《伐檀集》，〈怪石〉，頁781。

煌歷史。這種天馬行空的聯想，令人耳目生新。陳衍評此詩「落想不凡，突過盧仝、李賀。」〔註21〕曹勛說：「黃太史（庭堅）以詩專門，天下士大夫宗仰之，及觀其父所爲詩，則江西正脈，有自來矣。是父是子，嗚呼盛哉！」〔註22〕以上論述，可知黃庭堅深受父親的教導潛化。

叔父黃廉，嘉祐六年（1061）進士，曾任宣州司理參軍，著作佐郎、集賢校理、集賢殿修撰等職。〔註23〕黃廉「讀書常自得意，以爲學問之本，在力行所聞而已」，「平生忠信孝友，自以無負於上下神祇」。〔註24〕黃廉擅長詩書，黃庭堅稱之「詩成戲筆墨，清甚韋蘇州。篆籀有志氣，當於古人求」。〔註25〕

叔父黃襄，隱居不仕，好老莊之學。黃庭堅讚賞叔父的清高風骨，他說：「吾家叔度天與閑，晚喜著書如漆園。……除書謗書兩不到，紫烟白雲深鎖關。鄉人訟爭請來決，到門懷慚相與還。呼兒理琴蕩俗氣，果在巢由季孟間。」〔註26〕他又稱道叔父「數術窮天地，而談萬物之宗；學問貫古今，而參百慮之致」，〔註27〕對黃襄的學術與人格可說是推崇備至。

從伯黃庠，景祐元年（1034）進士。他「博學強記，超敏過人，初至京師，就舉國子監、開封府、禮部，皆爲第一」，「名聲動京師，

〔註21〕陳衍選編，沙靈娜、陳振寰注譯：《宋詩精華錄》（貴陽：貴州人民出版社，2000 年），頁 165。

〔註22〕曹勛：《松隱集》（臺北：臺灣商務印書館，文淵閣《四庫全書》1129 冊），卷 32，〈跋黃魯直書父亞夫詩〉，頁 524。

〔註23〕據黃庭堅〈叔父給事行狀〉，黃廉歷任秘書省著作佐郎、利州路轉運判官、集賢校理、刑部尚書、河東提點刑獄、尚書戶部郎中、起居郎、權中書舍人、集賢殿修撰、樞密都承旨、給事中等職。

〔註24〕劉琳、李勇先、王蓉貴校點：《黃庭堅全集》別集卷 9，〈叔父給事行狀〉，頁 1656。

〔註25〕劉琳、李勇先、王蓉貴校點：《黃庭堅全集》外集卷 2，〈都下喜見八叔父〉，頁 888。

〔註26〕黃寶華：《山谷詩集注》，頁 1144～1145。

〔註27〕劉琳、李勇先、王蓉貴校點：《黃庭堅全集》別集卷 13，〈叔父十九先生祭文〉，頁 1733。

所作程文傳誦天下，聞於外夷」。〔註 28〕黃庠以文馳名，黃庭堅稱他「雷霆一世」，為「豫章豪傑」。〔註 29〕

從伯黃序，皇祐五年（1053）進士，好學擅詩，曾任道州通判、大理寺丞等，後來辭官隱居家鄉。元祐三年（1088），黃序於馬鞍山築放隱齋，寄詩請姪兒黃庭堅和詩，詩曰：「直木皆先伐，輪囷却歲寒。時瘨病者粟，倒著掛時冠。人樂觀魚尾，山齋跨馬鞍。朝中乞佳句，留與子孫看。」詩中可見黃序之文采及曠達思想。〔註 30〕

從叔黃育，是「黃氏十龍」之首黃茂宗的兒子。他博學能文，隱居未仕，黃庭堅稱他「博記覽，為文辭立成；性真率，論事無所迴避；稱獎子弟文行，如出於己」。〔註 31〕和叔文思敏捷，個性率直，對於後生晚輩的文章道德不吝稱美，對於年少時期的黃庭堅，也有頗多勉勵與指導。

三、岳丈孫覺與謝景初

（一）孫　覺

孫覺（1028～1090），字莘老，高郵人。仁宗皇祐元年（1049）進士。嘉祐中，進館閣校勘。神宗即位，直集賢院，為昌王府記室。入為秘書少監。有文集四十卷，《荔枝唱和詩》一卷，已佚。《全宋詩》錄其詩 15 首。

孫覺與李常為同年。黃庭堅喪父後，曾從舅父李常遊學淮南結識孫覺。孫覺賞識其才學以女妻之。黃庭堅提及孫覺的照顧，他說：「初，庭堅年十七，從舅氏李公擇學於淮南，始識孫公，得聞言行

〔註 28〕脫脫：《宋史》卷 443，〈黃庠傳〉，頁 5381。
〔註 29〕劉琳、李勇先、王蓉貴校點：《黃庭堅全集》正集卷 26，〈書徐德占題壁後〉，頁 694。
〔註 30〕黃寶華點校：《山谷詩集注》，〈伯父祖善耆老好學，於所居紫陽溪後小馬鞍山為放隱齋，遠寄詩句，意欲庭堅和之，幸師友同賦，率爾上呈〉載黃祖善之詩並序，頁 1037。
〔註 31〕劉琳、李勇先、王蓉貴校點：《黃庭堅全集》正集卷 32，〈叔父和叔墓碣〉，頁 862。

之要。啓迪勸獎，使知嚮道之方者，孫公爲多。」〔註32〕又說：「我初知書，（孫覺）許以遠器。館我甥室，飲食教誨。道德文章，親承講畫。」〔註33〕孫覺又向蘇軾推薦黃庭堅的詩文，蘇軾說：「軾始見足下詩文與孫莘老之坐上，聳然異之，以爲非今世之人也。莘老言：『此人，人知之者尙少，子可爲稱揚其名。』」〔註34〕由於李常與孫覺的引見，黃庭堅結識了一生的師友蘇軾。由此可見孫覺對於黃庭堅的教導與提攜。

　　黃庭堅不僅深受孫覺關照，其學詩歷程也時獲孫覺指點。范溫《潛溪詩眼》有兩段記載：

> 《詩眼》云：「孫莘老嘗謂老杜〈北征〉詩勝退之〈南山〉詩，王平甫以謂〈南山〉勝〈北征〉，終不能相服。時山谷尚少，乃曰：『若論工巧，則〈北征〉不及〈南山〉，若書一代之事，以與《國風》、《雅》、《頌》相爲表裡，則〈北征〉不可無；而〈南山〉雖不作未害也。』二公之論遂定。」〔註35〕

> 山谷嘗言少時曾誦薛能詩云：「青春背我堂堂去，白髮欺人故故生。」孫莘老問曰：「此何人詩？」對曰：「老杜。」莘老云：「杜詩不如此。」後山谷語傳師云：「庭堅因莘老之言，遂曉老杜詩高雅大體。」傳師云：「若薛能詩正俗所謂欺世耳。」〔註36〕

孫覺與友人論詩，黃庭堅隨侍在側。孫覺推崇杜甫，以爲〈北征〉勝韓愈〈南山〉，王平甫則持相反意見；兩人爭論不下，乃詢問黃

〔註32〕劉琳、李勇先、王蓉貴校點：《黃庭堅全集》，〈黃氏二室墓誌銘〉，頁 1386～1387。

〔註33〕劉琳、李勇先、王蓉貴校點：《黃庭堅全集》，〈祭外舅孫莘老文〉，頁 1731。

〔註34〕蘇軾：《蘇軾文集》（北京：中華書局，1996 年），卷 52，〈答黃魯直五首〉，頁 1531～1532。

〔註35〕胡仔：《漁隱叢話前集》卷 12，〈杜少陵七〉，頁 110。

〔註36〕魏慶之：《詩人玉屑》（臺北：台灣商務印書館，文淵閣《四庫全書》1481 冊），卷 14，〈高雅大體〉，頁 199。

庭堅的意見，可見孫覺對黃庭堅的賞識。黃庭堅又自述其「因莘老之言，遂曉老杜詩高雅大體」，可見黃庭堅學習杜詩，深受孫覺影響。

據王炎《雙溪類稿》載：「山谷外舅謝師厚、孫莘老二人皆學杜詩，魯直詩法得之謝、孫，故專以杜詩為宗。」〔註37〕黃庭堅少時遊學淮南，結識孫覺，深得其賞識與器重。孫覺喜學習杜詩，故黃庭堅之學詩歷程顯然受到孫覺極大的影響。

（二）謝景初

謝景初（1020～1084），字師厚，富陽人。仁宗慶曆六年（1046）進士。謝師厚「少奇俊，七歲能屬文，……歐陽文忠公、梅聖俞見公所為文，相顧而驚」，他的文章「簡重雄深」，「出言落筆皆有章采，若不經思而人莫可及」，有文集五十卷。〔註38〕作品《宛陵集》已佚。《全宋詩》錄其詩14首。

熙寧五年，黃庭堅任北京國子監教授庭，隔年娶謝師厚之女。黃庭堅曾自述這段經過，他說：「及庭堅失蘭溪（孫覺之女）數年，謝公方為介休（謝景初之女）擇對，見庭堅之詩，曰：『吾得婿如是足矣。』庭堅因往求之，然庭堅之詩卒從謝公得句法。」〔註39〕學官任期，黃庭堅與謝師厚翁婿屢有詩歌唱和。他曾以「謝公蘊風流，詩作鮑照語」、「謝公文章如虎豹」、「無人知句法，秋月自澄江」等詩句，〔註40〕稱道謝師厚的詩藝與人格。與蘇軾往來的書信，更稱道謝師厚「外砥礪而中坦夷，士大夫間少見。暮年無所用心，更屬全功於詩，

〔註37〕王炎：《雙溪類稿》（臺北：台灣商務印書館，文淵閣《四庫全書》1155 冊），卷 22，〈與杜仲高〉，頁 682。

〔註38〕范純仁：《范忠宣集》（臺北：臺灣商務印書館，文淵閣《四庫全書》1104 冊），卷 13，〈朝散大夫謝公墓誌銘〉，頁 677～678。

〔註39〕劉琳、李勇先、王蓉貴校點：《黃庭堅全集》，〈黃氏二室墓誌銘〉，頁 1386～1387。

〔註40〕黃寶華點校：《山谷詩集注》，〈和邢惇夫秋懷十首〉其六，頁 97；〈送謝公定作竟陵主簿〉，頁 106；〈奉答謝公靜與榮子邕論狄元規孫少述詩長韻〉，頁 107。

益高古可愛」。〔註41〕

黃庭堅學詩歷程受到謝師厚影響,他曾自述「庭堅卒從謝公得句法」,《王直方詩話》與曾季貍《艇齋詩話》均記錄了黃庭堅對於謝氏的師承,其文曰:

> 《王直方詩話》云:山谷對余言謝師厚七言絕類老杜,但少人知之耳。如「倒著衣裳迎戶外,盡呼兒女拜燈前」,編之杜集無愧也。……然庭堅之詩竟從謝公得句法,故嘗有詩曰:「自往見謝公,論詩得濠梁。」〔註42〕

> 《艇齋詩話》:山谷詩妙天下,然自謂得句法於謝師厚,得用事於韓持國,此取諸人以爲善也。以此見昔人尊事前輩,不敢輕老成如此。〔註43〕

黃庭堅稱謝氏詩歌「絕類老杜」,「編之杜集無愧也」。他自述得其「句法」,所謂「句法」包含了道德的修持與詩藝的精鍊。謝師厚從老杜得句法,而黃庭堅從謝師厚得句法,可見謝氏對黃庭堅學杜的深刻影響。

古人學問高深,大抵出於家學淵源。黃庭堅在父、祖輩的耳濡目染之下,繼承了家學的詩歌創作;少壯時期,他又師承岳丈孫覺與謝師厚的教育陶養,形成了獨特句法。陳師道說:「唐人不學杜詩,惟唐彥謙與今黃亞夫庶、謝師厚景初學之。魯直,黃之子謝之婿也。其于二父,猶子美之於審言也。」〔註44〕總之,黃氏家族瀰漫濃厚讀書風氣,族人博極群書,以詩書傳家,黃庭堅滋長於優厚的文化環境中,其學術與詩藝獲得了深厚的蓄積。

〔註41〕劉琳、李勇先、王蓉貴校點:《黃庭堅全集》,〈與蘇子瞻書〉,頁1708。
〔註42〕胡仔:《漁隱叢話前集》(臺北:臺灣商務印書館,文淵閣《四庫全書》1480冊),卷28,頁205。
〔註43〕曾季貍:《艇齋詩話》(臺南:藝文印書館,百部叢書集成),頁20。
〔註44〕陳師道:《後山詩話》(臺北:台灣商務印書館,文淵閣《四庫全書》1478冊),頁283。

第二節　黃庭堅的學術經歷

　　黃庭堅，字魯直，自號山谷道人，晚號涪翁，宋洪州分寧（今江西修水）人，生於仁宗慶曆五年（1045），卒於徽宗崇寧四年（1105）。英宗治平四年（1067）進士，調汝州葉縣尉。熙寧五年（1072）試中學官，除北京國子監教授。元豐三年（1080）入京改官，除吉州太和縣。元豐六年（1083）移監德州德平鎮。元豐八年（1085）哲宗即位，四月以秘書省校書郎被召入京。元祐元年（1086）司馬光薦之與范祖禹、司馬康共同校定《資治通鑑》。元祐四年（1089），除集賢校理，修《神宗實錄》。元祐六年（1091）丁母憂，七年扶柩返鄉。紹聖元年（1094）因《神宗實錄》史禍勾管亳州，十二月謫涪州別駕，黔州安置，紹聖二年（1095）赴黔州貶所。元符三年（1110）徽宗即位，黃庭堅復奉議郎。建中靖國元年（1101）四月至江陵（荊州），除吏部員外郎，庭堅以病雕瘍初癒再具辭免。崇寧元年（1102）領太平州九日，復坐黨事而免。次年十一月，召除名，羈管宜州。崇寧四年（1105）九月，以微疾不起，卒於宜州，年六十七。

　　熙寧五年（1072）至元豐二年（1079）的學官生涯，及元豐八年（1085）至元祐六年（1091）的館職生涯，是黃庭堅一生精研學術的重要時期。他以讀書、教書、校書、著書爲生活重心，其交遊「談笑有鴻儒，往來無白丁」，這種學術環境蓄積了詩人一生豐厚的才學與創作能量。

一、學官生涯

　　仁宗朝，州縣學官多由丁憂停閑官吏擔任，教學成效不彰，「今州郡皆有學，學皆有生徒，而終患無師以教之」，〔註45〕「慶曆以來，天下諸州雖立學校，大抵多取丁憂及停閑官員以爲師長，藉其供給以展私惠，聚在仕官員及井市豪民子弟十數人，遊戲其間，坐

〔註45〕劉敞：《公是集》（臺北：臺灣商務印書館，文淵閣《四庫全書》1095冊），卷32，〈上仁宗請諸州各辟教官〉，頁677。

耗糧食，未嘗講習，修謹之士，多恥而不入」，〔註46〕因此，始有神宗熙寧年間派任學官的改革。

熙寧四年（1071），王安石奏請於五路先置學官，這是朝廷派任學官的開始。從此，州縣學教授由舍人院考試合格後派任，學官成爲官僚體系的一員。〔註47〕學官的權限爲「補試生員、選差職掌」，〔註48〕教授須「以經術行義訓導諸生，掌其課試之事，而糾正不如規者」。〔註49〕

熙寧五年（1071）正月，黃庭堅參加四京學官考試，名列優等，除北京國子監教授。北京大名府即今日河北大名。學官任期爲三年一任，因北京留守文彥博極器重黃庭堅，故再次留任。〔註50〕黃庭堅從熙寧五年（1072）至元豐三年初（1080）赴吏部改官，任北京大名府教授前後八年。

（一）學官職掌與黃庭堅對新學的態度

州學教授的執掌爲「補試生員、選差職掌」。熙寧八年（1075），黃庭堅受命考校鄉貢進士，作〈奉和王世弼寄上七兄先生用其韻〉：

……西風脫一葉，薦士聞鄉選。簡書催渡河，賓客不得展。親憂對萱叢，婦病廢巾盥。言趨厭次城，鞭馬倦長阪。……舉場下馬入，深鑐嚴籥管。諸生所程書，捃束若秸稈。密燈坐回環，丹硯精料柬。披榛拔芝蘭，斷石收琰琬。紛爭一日事，聲實洄端窾。天球或棄遺，斗筲尚何算？西歸到官舍，塵土昏案板。……（《山谷詩集注》，頁553～554）

是年秋天，黃庭堅被薦考校鄉貢，從大名府出發前往厭次城。〔註51〕

〔註46〕司馬光：《傳家集》卷40，〈議貢舉狀〉，頁375～376。
〔註47〕規模較大的州學學官不下十餘位，有教授兩名、學長一名、學諭一名、直學一名、齋長一名、齋諭一名，除教授之外，其餘學官均不屬於正式的官員。
〔註48〕李燾：《續資治通鑑長編》（臺北：臺灣商務印書館，文淵閣《四庫全書》318冊），卷252，頁291上。
〔註49〕脫脫等：《宋史》卷167，頁1931。
〔註50〕黃𤍞：《黃山谷年譜》，卷6，〈熙寧五年〉，頁83。
〔註51〕黃𤍞：《黃山谷年譜》，卷6，〈熙寧八年〉，頁89。

「舉場下馬入，深鎖嚴籤管」，顯示考場中的管制極爲森嚴，防弊措施做得滴水不漏。考官的職責是從「諸生所程書」中「披榛拔芝蘭」、「斷石收琰琬」。因此，黃庭堅從「聲實溷端窾」、賢愚混雜的程文裡，竭力考評試卷，爲國拔擢賢才。

黃庭堅雖欲善盡學官「以經術行義訓導諸生」之職責，但士子競奔新學，使他苦無發揮之地。〈送吳彥歸番陽〉反應了這種心情，其詩云：

> 學省困虀鹽，人材任尊獎。倥侗祝螟蛉，小大器罋甀。諸
> 生厭晚成，躐學要儈駔。摹書說偏旁，破義析名象。九鼎
> 奏簫韶，爰居端不饗。青衿少到門，庭除晝閑敞。……（《山
> 谷詩集注》，頁 559～561）

學官雖俸祿菲薄，卻身負爲國育才大任。士子「諸生厭晚成，躐學要儈駔。摹書說偏旁，破義析名象」，〔註52〕競相追逐王氏新學，使得州學門庭冷落。面對這種處境，歸隱之思不禁油然而生。

對於士子不入門庭、趨向新學的不滿，表現在〈次韻奉送公定〉一詩：

> ……燕趙游俠子，長安輕薄兒。狂掉三寸舌，躐登九級墀。
> 覆手雲雨翻，立談光陰移。歃血盟父子，指天出肝脾。從
> 來國器重，見謂骨相奇。築巖發夢寐，獵渭非熊螭。百工
> 改繩墨，一世擅文詞。全人脛肩肩，罋盎嫵且宜。（《山谷詩
> 集注》，頁 597～598）

他將競相追逐名利的士子比喻爲「燕趙游俠子」與「長安輕薄兒」，〔註53〕這些人憑著「三寸舌」，就能「躐登九級墀」，當時以新學爲取士標準，導致賢才不受重用，宛如「百工改繩墨」，以「罋盎」（庸才）爲「嫵且宜」，「全人」（賢才）卻成了「脛肩肩」（身體殘缺）之殘缺

〔註52〕黃寶華點校：《山谷詩集注》，頁 560，注曰：此譏王氏《字解》。
〔註53〕黃寶華點校：《山谷詩集注》，頁 598，注曰：「游俠子」、「輕薄兒」，
　　　　蓋言當時新進少年趨時苟合，以口舌捷給，躐等進用，雖歃血而盟，
　　　　自謂披腹而出肝脾，其言不足信也。

者。〔註54〕身爲學官，黃庭堅對於這種情形深感不滿。

士子不到門庭，黃庭堅滿腹才學不受重視，令他抑鬱不樂。元豐二年（1079），作〈以「同心之言，其臭如蘭」爲韻寄李子先〉，其詩曰：

> 俗士得失重，舍龜觀朵頤。六經成市道，駔儈以爲師。吾學淡如水，載行欲安之？唯有無心子，白雲相與期。(其三　之字韻)

> 摧藏褫冠冕，寂寞歸丘園。一瓢俱好學，伯仲吹篪壎。政以此易彼，高車宅朱門。得失固有在，難爲俗人言。(其四　言字韻)

> 攜手力不足，七年坐乖離。愁思不能眠，起視夜何其。殘月掛破鏡，寒星滿天垂。明明故人心，維斗終不移。(其五　其字韻)(《山谷詩集注》，頁640～641)

「六經成市道，駔儈以爲師」反映了士子趨向新學、追逐名利之風。黃庭堅以「吾學淡如水，載行欲安之」、「得失固有在，難爲俗人言」，表達不受器重的落寞。學官任內「攜手力不足，七年坐乖離」，只能無奈地發出「寂寞歸丘園」之嘆。

（二）學官生活的清冷

由於「青衿少到門」，北京教授成了冷官。〈呻吟齋睡起五首呈世弼〉詩曰：

> 棐几坐清晝，博山凝妙香。蘭芽依客土，柳色過鄰牆。巷僻過從少，官閑氣味長。江南一枕夢，高臥聽鳴根。(其一)

> 學省非簿領，臥痾常閉關。雨餘樓閣靜，風晚烏鳥還。賞逐四時改，心安一味閑。古人雖已往，不廢仰高山。(其二)

> (《山谷詩集注》，頁547)

學省，國子也。〔註55〕學官不如庶務官繁忙，不如一般官員動輒牽涉

〔註54〕黃寶華點校：《山谷詩集注》，頁598，《莊子·德充符》篇云：『闉跂、支離、無脤說衛靈公，靈公說之，而視全人其脰肩肩。甕㼜大癭說齊桓公，桓公說之，而視全人，其脰肩肩。』注曰：山谷詩意謂熙寧用人非賢而謂之賢，賢則指爲不肖也。

利害，所以少有交際應酬，因有「巷僻過從少，官閑氣味長」的清閒生活。黃庭堅得以閒賞「蘭芽依客土，柳色過鄰牆」，靜看「雨餘樓閣靜，風晚鳥烏還」，領略「賞逐四時改，心安一味閑」的悠閒。

他又作〈林爲之送筆戲贈〉，表達了懷才不遇的落寞，其詩曰：

> ……蚤年學屠龍，適用固疏闊。〔註56〕廣文困鹽鹽，烹茶對秋月。略無人問字，況有客投轄。文章寄呻吟，講授費煩舌。閑無用心處，雌黃到筆墨。時不與人游，孔子尚愛日。作詩當鳴鼓，聊自攻短闕。（《山谷詩集注》，頁691～692）

學官職務雖爲「以經術行義訓導諸生」，但黃庭堅所學不同流俗（新學），落得「廣文困鹽鹽」、「略無人問字」的處境。只好藉用友人所贈之筆，書寫文章「寄呻吟」以表達情志，亦免去「煩舌」講授之勞苦。雖然所學雖不適世用、歲不我與，但他依舊「作詩當鳴鼓，聊自攻短闕」，勤於修身治學。雖然門庭冷落，他卻更專注於治學著述，其〈絕句〉曰：

> 富貴功名繭一盆，繰車頭緒正紛紛。肯尋冷淡做生活，定是著書揚子雲。（《山谷詩集注》，頁1075）

當世人追求功名富貴而頭緒紛紛時，唯澹泊名利的揚雄能甘於平淡，潛心著述。從這首詩可知，黃庭堅不僅甘於清冷的學官生活，且以寂寞著書的揚雄自許。

（三）交遊與唱和

學官時期是醞釀黃庭堅創作高峰的關鍵。清冷的生活，使他得以博覽群書，儲備才學，其間與蘇軾、晁補之、謝師厚等人唱和，切磋學問與詩藝。莫礪鋒認爲黃庭堅獨特的詩風形成於早期，即元祐元年

〔註55〕黃寶華點校：《山谷詩集注》，頁547，注曰：學省，國子也。山谷時爲北京國子監教授，故得稱「學省」。

〔註56〕黃寶華點校：《山谷詩集注》，頁692，注曰：「《莊子》：朱泙漫學屠龍於支離益，殫千金之家，技成而無所用其巧。」自言所學不同流俗，若屠龍之技無所用之，如退之書云：『凡所辛苦而僅有之者，皆符於空言而不適於實用，故學成而道益窮，年老而身益困也。』」

（1086）入官汴京之前。〔註57〕

熙寧八年（1085）秋，諸路州府舉行發解試，舉子聚集大名府。王世弼、謝子高、崔常甫爲應舉士子，與黃庭堅有十四首唱和之作。黃庭堅作《次韻答常甫世弼二君不利秋官，鬱鬱初不平，故予詩多及君子處得失事》，其詩曰：

> 鵬翼將圖南，垂天上扶搖。飛飛尋常間，深樹乘風蜩。大觀與小智，從事不同條。揚雄老執戟，金張珥漢貂。……崔王兩驥子，神俊萬里超。驚人吐嘉句，拔俗振高標。頻來草玄宅，共語清入寥。……（《山谷詩集注》，頁1187～1188）

詩中以「揚雄老執戟，金張珥漢貂」，勸勉崔、王二人莫因一時挫敗而喪志，又提及「頻來草玄宅，共語清入寥」，可見黃庭堅以揚雄自比，崔、王二人時常造訪黃庭堅並一起切磋學問。黃庭堅的讀書詩〈次韻子高讀淵明傳〉，正是當時與謝子高切磋學問的作品。

黃庭堅也常與同僚切磋學問、詩酒唱和，不過這些人官小位卑事蹟不可考。〈和世弼中秋月詠懷〉云：「廣文官舍非吏曹，況得數子發嘉興。千古風流有詩在，百憂坐忘知酒聖。」（《山谷詩集注》，頁1186）描述他與學省同僚詩酒唱和的情形。黃庭堅作〈次韻伯氏寄贈蓋郎中喜學老杜詩〉，贈與蓋郎中，其詩曰：

> 老杜文章擅一家，國風純正不欹斜。帝閽悠邈開關鍵，虎穴深沈探爪牙。千古是非存史筆，百年忠義寄江花。潛知有意升堂室，獨抱遺編校魯魚。（《山谷詩集注》，頁1308）

杜詩純正猶如《國風》，寄寓史家筆法，深受黃庭堅推崇。黃庭堅得知蓋郎中學習杜詩，特以此詩表達讚許。此外，黃庭堅亦有與蓋郎中切磋詩藝之作，其詩曰：「詩翁琢句玉無瑕，淡墨稀行秋雁斜。讀罷清風聲麈尾，吟餘新月度簷牙。自知拙學無師匠，要且強言遮眼花。筆力有餘先示怯，真成句踐勝夫差。」〔註58〕黃庭堅與學省飽學之士

〔註57〕莫礪鋒：〈論黃庭堅詩歌創作的三個階段〉，《文學遺產》，1995年，第03期。

〔註58〕黃寶華校注：《山谷詩集注》，〈蓋郎中惠詩有二強攻一老不戰而勝之

切磋學問、較量詩藝，蓄積了獨特詩風的基礎。

　　學官生涯中，黃庭堅結識了蘇軾。黃庭堅的岳父孫覺及舅父李常為蘇軾舊識，二人均曾向他推薦黃庭堅的詩文。宋神宗元豐元年（1078），黃庭堅寄〈古詩二首上蘇子瞻〉與蘇軾，蘇、黃從此定交。〔註59〕元豐初年，黃庭堅讀蘇軾〈除夜病中贈段屯田〉（熙寧七年作），作〈見子瞻粲字韻詩，和答三人四返不困而愈崛奇，輒次韻寄彭門三首〉，推崇東坡「公材如洪河，灌注天下半」，表達願為東坡「奉巾盥」，執弟子禮之意。〔註60〕同年，讀蘇軾〈薄薄酒二首〉，作〈薄薄酒二章〉；〔註61〕讀蘇軾〈春菜〉，作〈次韻子瞻春菜〉。

　　這些唱和之作除了表達對蘇軾的欽慕，更是切磋詩藝、同題競作的較量。蘇軾博學多才，其詩藝、人品、學問，都成了黃庭堅的學習典範。

二、館閣生涯

　　館閣是指三館（昭文館、史館、集賢院）和秘閣，掌管古今圖書、國史、實錄、天文、曆數等事，主持圖書搜求、典藏、校勘、編目等工作，被視為「圖書之府，校讎之司」。〔註62〕范祖禹說：「臣竊惟祖宗置三館秘閣以待天下賢材，公卿侍從皆由此出，不專為聚書；設校理、校勘之職，亦非專為校書也。」〔註63〕名相晏殊、富弼、文彥博、

嘲次韻解之〉，頁 1308。
〔註59〕黃䎜：《黃山谷年譜》，頁 96。按：《烏臺詩話》載：元豐元年二月內，北京國子監教授黃某寄書一角并〈古風〉二首與軾。……東坡亦有報書及和章。又《山谷詩集注》，頁 7，曰：「東坡報山谷書云：〈古風〉二首，託物引類，得古詩人之風，其推重如此，故置諸篇首云。」
〔註60〕黃寶華點校：《山谷詩集注》，頁 642～643。
〔註61〕黃寶華點校：《山谷詩集注》，頁 628，注曰：蘇密州（軾）為趙明叔作〈薄薄酒二章〉，憤世疾邪，其言甚高。以予觀趙君之言，近乎知足不辱，有馬少游之餘風，故代作二章，以終其意。
〔註62〕李更：《宋代館閣校勘研究》（南京：鳳凰出版社，2006 年），〈序〉，頁 1。
〔註63〕趙汝愚：《宋名臣奏議》，（臺北：臺灣商務印書館，文淵閣《四庫全書》431 冊），卷 59，〈上哲宗論差道士校黃本道書〉，頁 725～726。

司馬光、蘇頌、王安石等人都曾任職館閣，名臣范仲淹、歐陽脩、蘇
舜欽、宋祈、劉攽、沈括、蘇軾、程頤、李常等人，亦曾擔任館職。
以文學高選擔任館職，目的在於培養人才，一旦天子闕左右之人，便
由館閣選拔人才。

　　宋初，祕書省並不承擔圖書典藏整理的工作，收藏整理國家圖書
的工作，完全歸於三館及秘閣。元豐五年（1082），三館秘閣事務并
入祕書省，祕書省成為國家圖書收藏管理機構。祕書省有秘書監、秘
書少監各一名，其下設祕書丞一名、著作郎一名、著作佐郎兩名、秘
書郎兩名、校書郎四名、正字兩名。〔註64〕

　　元豐八年（1085），黃庭堅以校書郎被召至京師。元祐元年
（1086），司馬光推薦他與范祖禹、司馬康校定《資治通鑑》。四月，
蘇軾主持學士院館職召試，選拔畢仲游、張舜民、張耒、晁補之、
廖明略等入館職。〔註65〕次年，蘇軾薦舉秦觀為祕書省正字。元祐
年間，蘇軾帶領「蘇門四學士」，談書說藝、宴飲游賞、唱酬贈答，
儼然宋代文壇黃金年代。汪藻曰：「元祐初，異人備出，蓋本朝文物
全盛之時也。」〔註66〕

（一）修書校書

　　修書、校書是館閣人員的主要工作，因此有「校讎之課」的規定。
例如：元祐五年（1090）十二月詔令制定校書功課，「每員復命校冊
葉背面二十一紙，月終具奏，仍乞降考功」。〔註67〕

　　元祐元年（1086），黃庭堅作〈以雙井茶送孔常父〉，其詩曰：
　　校經同省並門居，無日不聞公讀書。故持茗椀澆舌本，要
　　聽六經如貫珠。心知韻勝舌知腴，何似寶雲與真如。湯餅

〔註64〕李更：《宋代館閣校勘研究》（南京：鳳凰出版社，2006年），頁69。
〔註65〕李燾：《續資治通鑑長編》（臺北：臺灣商務印書館，文淵閣《四庫
　　　　全書》320冊），卷393，頁698。
〔註66〕汪藻：《浮溪集》（臺北：臺灣商務印書館，文淵閣《四庫全書》1128
　　　　冊），〈呻吟集序〉，頁153。
〔註67〕徐松：《宋會要輯稿》卷11943，職官18之11，頁2760。

作魔應午寢，慰公渴夢吞江湖。(《山谷詩集注》，頁 141)

黃庭堅與孔常父爲校書郎。〔註68〕詩中「校經同省並門居，無日不聞公讀書」，呈現館職人員的校書情形。黃庭堅贈孔常父家鄉特產雙井茶，以解校經之焦渴與勞苦。

除了編校舊籍，館職人員還得編纂書籍。自英宗朝至神宗朝，司馬光召集劉恕、劉攽、范祖禹編撰《資治通鑑》，前後計十九年。元祐元年（1086），司馬光薦舉司馬康、范祖禹及黃庭堅等十三人校定此書，始於元祐七年（1092）刊行。

館閣藏書，上自歷代經典，下至稗官小說，巷議街談無所不有，館閣文人得職務之便，得以盡閱藏書。在書籍傳播不易的時代，入館閣讀書，是文人夢寐以求的事情。王禹偁云：「孟郊常貧苦，忽吟不貧句……躍身入三館，爛目閱四庫。孟貧昔不貧，孫貧今暴富。暴富亦須防，文高被人妒。」〔註69〕在得書不易的年代，館閣人員得以盡閱群書，難怪孫何入史館被視爲貧兒「暴富」。元祐三年（1088），黃庭堅作〈東觀讀未見書〉，其詩云：

漢規群玉府，東觀近宸居。詔許無雙士，來觀未見書。皇文開萬卷，家學陋三餘。竹帛森延閣，星辰繞直廬。諸生起孤賤，天子自吹噓。願以多聞力，論思補帝裾。(《山谷詩集注》，頁 255)

東觀爲後漢藏書之所，肅宗曾詔黃香詣東觀讀未嘗見之書，京師號稱「天下無雙，江夏黃童」。〔註70〕黃庭堅入館讀書修書，宛如黃香入東觀。詩中以「皇文開萬卷」、「竹帛森延閣」，讚嘆館閣藏書豐富，此詩與「孫何暴富」有相似之意。

〔註68〕黃寶華點校：《山谷詩集注》，頁 141，按《實錄》：元祐元年五月，以秘書省正字孔武仲（常父）爲校書郎。

〔註69〕王禹偁：《小畜集》（臺北：臺灣商務印書館，文淵閣《四庫全書》1086 冊），卷4，〈暴富送孫何入史館〉，頁 31。

〔註70〕楊家駱主編：《新校本後漢書并附編十三種》（臺北：鼎文書局，1987年），卷80，頁 2613。

（二）以茶佐書

宋代飲茶文化普及，文人互相贈茶、煮茶讀書，帝王也賜茶，以示恩寵。黃庭堅詠茶詩近 98 首，為宋人中最多。〔註71〕其詠茶詩顯現了文人以茶佐書的雅致。

修書、校書為館職工作，飲茶能提振精神、清明思緒，更能引出文人之思。〈以雙井茶送孔常父〉詩中說「故持茗椀澆舌本，要聽六經如貫珠」，〔註72〕所描述的便是館閣校書飲茶的雅趣；〈省中烹茶懷子瞻用前韻〉也是館職文人校書飲茶的佐證。以茶佐書的生活形態，早在黃庭堅入館前便已形成。治平三年（1066）蘇軾任館職時，即有館閣公費聚食制度。元祐年間，蘇軾提倡恢復舊制，黃庭堅以〈和答子瞻和子由、常父憶館中故事〉，詩中提到館閣前輩「文會陳果茗」聚會情形，〔註73〕可見館閣文人以茶佐書已是一種生活常態。

黃庭堅任館職時，也曾得到帝王賜茶。〈謝送碾壑源揀牙〉描寫校書郎得到帝王賜茶的歡欣心情，「春風飽識太官羊，不慣腐儒湯餅腸。搜攪十年燈火讀，令我胸中書傳香」四句，〔註74〕以詼諧口氣表明自己雖位卑官小，卻是胸藏萬卷。

（三）館閣宿直

宋代的館閣與翰苑均有宿直制度。《麟臺故事》曰：「祖宗朝，三館宿官或被夜召，故宿直惟謹。祕書省監、丞以下，日輪一員省宿，當宿官請急，即輪以次官。……至元祐遂引例立為法。」〔註75〕《夢

〔註71〕錢時霖：〈茶詩趣談——漫談雷字韻茶詩〉，《茶葉機械雜誌》，1998
　　　　年，第 3 期，頁 36。
〔註72〕黃寶華點校：《山谷詩集注》，頁 141。
〔註73〕〈和答子瞻和子由、常父憶館中故事〉曰：「……頗懷修故事，文會
　　　　陳果茗。當時群玉府，人物殊秀整。下直馬闐闐，杯盤具俄頃……」
　　　　（黃寶華點校：《山谷詩集注》，頁 136～137。）
〔註74〕黃寶華點校：《山谷詩集注》，頁 48。
〔註75〕程俱：《麟臺故事》（臺北：臺灣商務印書館，文淵閣《四庫全書》
　　　　595 冊），卷 2，頁 318。

溪筆談》載：「館閣每夜輪校官一人直宿，如有故不宿，則虛其夜，謂之豁宿故事。」〔註76〕依元豐官制改革後的員額配置來看，祕書省監、丞以下人員約十一人，若「日輪一員」，大約每月輪值二至三次。

元祐三年（1088），黃庭堅作〈祕書省冬夜宿直寄懷李德素〉，其詩曰：

> 曲肱驚夢寒，皎皎入牖下。出門問何祥，岑寂省中夜。姮娥攜青女，一笑粲萬瓦。懷我金玉人，幽獨秉大雅。古來絕朱弦，蓋爲知音者。同床有不察，而況子在野。獨立占少微，長懷何由寫！（《山谷詩集注》，頁252～253）

李德素隱居龍眠山，雖浮沉於俗，但操行如古人。黃庭堅於岑寂冬夜宿直祕書省，夜半夢醒時分，只有孤寂的空氣和皎皎明月相伴，因而懷念「幽獨秉大雅」，具有古人節操的知己李德素。如詩中所述，館閣宿直的生活極其清幽閑靜。

（四）貢舉鎖院

宋代常以翰林學士知貢舉，以館職爲同知。「省試用六曹尚書、翰林學士知貢舉，侍郎、給事中同知貢舉，卿監、郎官參詳，館職、學官點檢，御史監視，故能至公厭人心。」〔註77〕試卷經過點檢官、參詳官、貢舉官的三級評閱，以確保評卷的公平。由於貢舉牽涉到試題機密及考試公平，因此有鎖院制度。考試官從受命之日起至放榜之日止，鎖宿於試院，以防止請託。

元祐三年（1088）蘇軾、孫覺、孔文仲同知貢舉，黃庭堅、李公麟、蔡天啓、晁無咎等人爲僚屬。黃庭堅〈題太學試院〉曰：「元祐三年正月乙丑，鎖大學試禮部進士四千七百三十二人。……子瞻、莘老、經父知舉，熙叔、元輿、彥衡、魯直、子明參詳，君賜、希古、履中、器之、成季、明略、無咎、堯文、正臣、元忠、邐叔、子發、

〔註76〕沈括：《夢溪筆談》（臺北：臺灣商務印書館，文淵閣《四庫全書》862冊），卷23，頁835～836。
〔註77〕脫脫等：《宋史》卷156，志第一百九選舉二，頁1759。

君成、天啓、志完點檢試卷。」〔註78〕鎖院期間，蘇黃諸人有許多唱和之作。

　　蘇軾〈書試院中詩〉記載了考官切磋詩藝、詩歌唱和的情形：「元祐三年二月二十一日領貢舉事，辟李伯時爲考校官。三月初，考校既畢，待諸廳參會，故數往詣伯時。伯時苦水悸，悒悒不欲食，作欲驟馬以排悶。黃魯直詩先成，遂得之。」〔註79〕李公麟（1049～1106），字伯時，熙寧三年（1070）進士，初以畫馬著名。李公麟畫《天馬圖》之「滿川花」，才剛畫完馬便死去，黃庭堅說：「蓋神駿精魄，皆爲伯時筆端取之而去，實古今異事，當作數語記之」。〔註80〕足見其繪畫技藝。

　　這次題畫競作，黃庭堅作〈觀伯時畫馬禮部試院作〉，其詩云：
　　儀鸞供帳饗蟊行，翰林濕薪爆竹聲，風簾官燭淚縱橫。木穿石槃未渠透，坐窗不遨令人瘦，貧馬百嚙逢一豆。眼明見此玉花驄，徑思著鞭隨詩翁，城西野桃尋小紅。（《山谷詩集注》，頁216）

前三句寫試院設備簡陋，蟊子橫行，薪材潮濕。接著寫鎖院漫長，出院日期未定，生活刻苦心緒憂悶，見伯時畫馬，猶如不得飽足的貧馬忽得美味芻豆。〔註81〕末三句寫因伯時之馬興起與蘇軾並駕賞桃花的雅致，表達了追隨蘇軾的心意。

　　蘇軾則作〈次韻黃魯直畫馬試院中作〉，其詩云：
　　少年鞍馬勤遠行，臥聞齕草風雨聲，見此忽思短策橫。十年髀肉磨欲透，那更陪君作詩瘦，不如芋魁歸飯豆。門前

〔註78〕劉琳、李勇先、王蓉貴校點：《黃庭堅全集》別集卷7，〈題太學試院〉，頁1598。

〔註79〕蘇軾：《蘇軾文集》（北京：中華書局，1996年），卷68，〈書試院中詩〉，頁2139～2140。

〔註80〕周密：《浩然齋雅談》（臺北：臺灣商務印書館，文淵閣《四庫全書》1481冊），卷上，頁820。

〔註81〕黃寶華點校：《山谷詩集注》，頁216，注曰：上三句言供擬之寒陋也。供張弊壞，卒徒以爲臥具，故有貪饗之蟊，行於其間。中三句言鎖宿甚久，出院未有期，鬱鬱自苦，如貧馬之得瘦。

欲嘶御史驄，詔恩三日休老翁，羨君懷中雙橘紅。〔註82〕
蘇軾少時志在四海遠離家園，如今年老體弱，自認難以承擔帶領詩壇
後輩的任務，只羨慕魯直承歡年邁母親膝前。此外，蘇軾又戲作絕句
〈試院觀伯時畫馬絕句〉，其詩曰：「竹頭搶地風不舉，文書堆案睡自
語。看馬欲驟頓風塵，亦思歸家洗袍袴。」〔註83〕表達了鎖院期間案
牘勞形之苦以及思歸的心情。

　　鎖院期間，李伯時另有〈揩癢虎〉、〈觀魚僧〉、〈嚴子陵釣灘〉、〈松
下淵明〉等畫作，黃庭堅均有題畫詩，〔註84〕晁補之亦作〈次韻魯直
試院贈奉議李伯時畫詩〉。此外，蔡天啟、舒堯文、廖明略等人皆有
和詩，可惜詩已不傳。

　　王水照認為歐陽脩知貢舉之鎖院詩歌唱和，促使歐門形成，改變
了宋代文風及文學的發展，促使北宋的第一個文學高潮出現。〔註85〕
元祐三年（1088）蘇軾知貢舉，繼歐陽脩之後，蘇軾成為文壇盟主。
這次貢舉考官都是館閣翰院之文學高才，考試之餘，文人們談詩論
藝、遊戲筆墨、詩酒唱和，可說是繼嘉祐二年（1057）之後的另一場
文壇盛會。

─────────────

〔註82〕孔凡禮點校：《蘇軾詩集》（北京：中華書局，1996 年），卷 30，頁
　　　　1567。

〔註83〕蘇軾：《蘇軾詩集》卷 48，〈試院觀伯時畫馬絕句〉，頁 2621。此詩
　　　　亦載於《蘇軾文集》卷 68，〈書試院中詩〉，頁 2140。黃寶華點校《山
　　　　谷詩集注》載有〈題伯時頓塵馬〉，其詩曰：「竹頭槍地風不舉，文
　　　　書堆案睡自語。忽看高馬頓風塵，亦思歸家洗袍袴。」頁 217～218。

〔註84〕黃庭堅〈題伯時畫揩癢虎〉：「猛虎肉醉初醒時，揩磨苛癢風助威。
　　　　枯楠未覺草先低，木末應有行人知。」〈題伯時畫觀魚僧〉：「橫波一
　　　　網腥城市，日暮江空煙水寒。當時萬事心已死，猶恐魚作故時看。」
　　　　〈題伯時畫嚴子陵釣灘〉：「平生久要劉文叔，不肯為渠作三公。能
　　　　令漢家重九鼎，桐江波上一絲風。」〈題伯時畫松下淵明〉：「南渡誠
　　　　草草，長沙慰艱難。終風霾八表，半夜失前山。遠公香火社，遺民
　　　　文字禪。雖非老翁事，幽尚亦可觀。松風自度曲，我琴不須彈。客
　　　　來欲開說，觸至不得言。」《山谷詩集注》，頁 216～219。

〔註85〕王水照：《王水照自選集》（上海：上海教育出版社，2000 年），〈嘉
　　　　祐二年貢舉事件的文學史意義〉，頁 81。

（五）曝書會

宋代曝書會是為館閣晾曬圖書而設的聚會。《墨莊漫錄》載：「文潞公為相日，赴祕書省曝書宴。」〔註86〕《事實類苑》載：「祕省所藏之書，盡歲一曝之，自五月一日始至八日罷。二月，詔尚書、侍郎、學士、待制、御史中丞、開封尹、殿中大夫司成兩省官暨館職，宴於閣下，陳圖書古器縱閱之，題名於榜而去。」〔註87〕可見曝書會除了宴飲，還有觀閱典籍、欣賞古玩圖畫、題名於榜等活動。

皇祐五年（1053），梅堯臣參與曝書會，其詩曰：「五月秘府始暴書，一日江君來約予。世間難有古畫筆，可往共觀臨石渠。我時跨馬冒熱去，開廚發匣鳴鑰魚。羲獻墨迹十一卷，水玉作軸光疏疏，最奇小楷《樂毅論》，永和題尾付官奴……」〔註88〕詩中描寫鑑賞王羲之、王獻之墨寶之情形，可見館閣收藏極其珍稀。

元豐元年（1078），蘇頌亦有詩作，其詩曰：「鴻都清集秘圖開，徧閱眞仙暨草萊。氣韻最奇知鹿馬，丹青一定見樓臺。宴觴更盛華林會，坐客咸推大廈才。久事簿書拋翰墨，文林何幸許參陪。」〔註89〕曝書會異書名畫羅列，蘇頌因有「文林何幸許參陪」的讚嘆，顯現了非館閣官員獲邀參與曝書會的喜悅。此外，劉摯也作〈秘閣曝書畫次韻宋次道〉：「帝所圖書歲一開，及時冠蓋滿蓬萊。發函鈿軸輝唐府，散帙芸香馥漢臺。地富秘眞疑海藏，坐傾人物盡仙才。獨憐典校來空久，始得今年盛事陪。」〔註90〕詩中提到館閣藏書豐富，與會者盡是「仙才」，這正是曝書會最顯著之特色。

〔註86〕張邦基：《墨莊漫錄》（臺北：臺灣商務印書館，文淵閣《四庫全書》864 冊），卷 6，頁 56。

〔註87〕江少虞：《事實類苑》（臺北：臺灣商務印書館，文淵閣《四庫全書》874 冊），卷 31，26 條，頁 269。

〔註88〕梅堯臣：《宛陵集》（臺灣：臺灣商務印書館，文淵閣《四庫全書》1099 冊），卷 18，〈二十四日江鄰幾邀三館書畫錄其所見〉，頁 134。

〔註89〕蘇頌：《蘇魏公文集》（臺北：台灣商務印書館，文淵閣《四庫全書》1092 冊），卷 10，〈和宋次道戊午歲館中曝書畫〉，頁 190。

〔註90〕劉摯：《忠肅集》（臺北：台灣商務印書館，文淵閣《四庫全書》1099 冊），卷 18，〈秘閣曝書畫次韻宋次道〉，頁 660。

曝書會爲文化界大事，與會文人觀賞祕府之藏，賦詩題詠、馳騁才學，展現了宋代特有的書卷風流及文人氣象。元祐年間黃庭堅任職祕書省，應也參與了圖籍古玩的展覽盛會。可惜在黃庭堅傳世詩文中未見記載曝書會的作品。

（六）館閣聚食與文人雅集

宋代官員公費宴飲曾經幾次糾舉，館閣公費聚食時有斷續。治平三年（1066）尚有文人聚食、飲酒賦詩的聚會，後來在熙、豐年間中斷，蘇軾曾提及聚食情形：「蓬山耆舊散，故事誰刪去。來迎馮翊傳，出餞會稽組。吾猶及前輩，詩酒盛冊府。願君倡此風，揚觶斯杜舉。」〔註91〕元祐二年（1087），蘇軾倡議恢復聚食，黃庭堅作詩響應，其詩曰：「……頗懷修故事，文會陳果茗。當時群玉府，人物殊秀整。下直馬闐闐，杯盤具俄頃。……」（《山谷詩集注》，〈和答子瞻和子由、常父憶館中故事〉，頁136～137）黃庭堅對前輩詩酒唱和、切磋詩藝、研討學問，心嚮往之。在蘇軾的提倡之下，館閣「故事」重現，爲文壇一大美事。

除了館中聚食，館職文人平日也互相過訪，賦詩論文。館閣文人聚會燕談，以「西園雅集」最爲著名。〔註92〕元祐二年（1087），駙馬王詵作東，蘇軾、蘇轍、黃庭堅、晁補之、張耒、秦觀等十六人文壇名人聚集於西園，作詩、繪畫、談禪、論道。李公麟畫《西園雅集圖》，米芾作《西園雅集圖記》，描述圖中人物「自東坡而下，凡有十

〔註91〕孔凡禮點校：《蘇軾詩集》（北京：中華書局，1996年），卷28，〈見子由與孔常父唱和詩，輒次其韻。余昔在館中，同舍出入，輒相聚飲酒賦詩。近歲不復講，故終篇復之，庶幾諸公稍復其舊，亦太平盛事也〉，頁1481～1482。

〔註92〕「西園雅集」之真實性，明人王世貞曾提出懷疑，《題仇實父臨西園雅集圖後》曰：「余竊謂諸公蹤跡不恒聚大梁，其文雅風流之盛，未必盡在一時。」近人衣若芬則認爲：傳爲米芾的〈西園雅集圖記〉應是明代的作品，〈西園雅集圖記〉所載諸君於北宋元祐年間舉行的大型聚會並非絕無可能，只不過其名稱未必即爲「西園雅集」。（載於《中國文史哲期刊》第十集，1993年3月，頁221～268）

有六人，以文章議論、博學辨識、英辭妙墨、好古多聞、雄豪絕俗之
資，高僧羽流之傑，卓然高致，名動四夷」。〔註93〕這次聚會文人薈
萃、雅士雲集，不遜於蘭亭雅集。〔註94〕

　　總之，宋代館閣爲圖書之府，入館職者均爲文學高選，文人薈聚
於藏書豐富的國家書府，校讎典籍、編撰圖書，同僚之間詩酒唱和、
切磋學問，促使詩人學問詩藝大爲精進。黃庭堅悠遊於學術薈萃之
地，其詩歌創作所受之影響不言可喻。

第三節　黃庭堅與藏書家的交遊

　　宋代的私人藏書，無論人數或分布地域，都達到了前所未有的盛
況。黃庭堅躬逢其盛，與著名藏書家往來密切，共閱藏書，交流珍本，
以書本爲創作題材，乃屬文人雅事。

　　往來的藏書家中，李常爲黃庭堅的舅父；劉渙爲叔父黃廉之岳
丈，黃庭堅與劉氏一家友好；二十歲赴禮部考試，黃庭堅結識晏幾
道；元祐年間，黃庭堅與錢勰、王欽臣、司馬光等藏書家交往；建
中靖國元年（1101），黃庭堅謫遷荊州，結識藏書家田子平。以下略
述黃庭堅與藏書家的交遊情形。

一、入館前結識之藏書家

（一）李　常

　　李常，字公擇，南康建昌人，皇祐元年（1049）進士。葉昌熾《藏
書記事詩》曰：「五老峰前白石庵，翼然藏室建彭聃。匡廬山色青如
許，誰叩山房禮佛龕。」〔註95〕李常少時於廬山白石庵中讀書，登進
士第後，將手抄書籍九千卷置於庵中，供眾人閱讀。蘇東坡說：「公

〔註93〕米芾：《寶晉英光集・補遺》（北京：中華書局，1985年），〈西園雅
　　　　集圖記〉，頁76。
〔註94〕王水照：《王水照自選集》（上海：上海教育出版社，2000年），〈「蘇
　　　　門」的形成與人才網絡的特點〉，頁374。
〔註95〕葉昌熾著，王欣夫補正：《藏書記事詩》，頁28～29。

擇既去，而山中之人思之，指其所居為「李氏山房」。藏書凡九千餘卷。……將以遺來者，供其無窮之求，而各足其才分之所當得。是以不藏於家，而藏於其故所居之僧舍，此仁者之心也。」〔註96〕這是史上第一位成立圖書館的藏書家。

黃庭堅十五歲隨舅父赴淮南就任，在李常座中結識孫莘老，因孫莘老及李常的推薦而與蘇軾結識。熙寧六年（1073），黃庭堅時任北京國子監教授，作〈秋思和答幼弟非熊，呈上六舅學士先生并序〉，其文曰：

> 庭堅之少也，學於舅氏，而後知方。長就食於江南北間，不拜請益之席蓋十三年。……天地施我生分，先生厚我德。水波無津兮，既拯我舟杭；路微徑絕兮，又剗我荊棘。（《黃庭堅全集》，頁1354）

黃庭堅感念李常「既拯我舟航」、「又剗我荊棘」。元豐元年（1078），黃庭堅〈用「明發不寐，有懷二人」為韻，寄李秉彝德叟〉說：「往在舅氏旁，獲拚堂上帚。六經觀聖人，明如夜占斗。」（《黃庭堅全集》，頁915）舅父引領他登上聖人堂奧，從六經中觀見聖人典型，可見李常教育黃庭堅極嚴謹認真。

元祐元年（1086），黃庭堅作〈再和公擇舅氏雜言〉，其文曰：

> 外家有金玉我躬之道術，有衣食我家之德心。使我蟬蛻俗學之市，鳥哺仁人之林。養生事親汔師古，炊玉爨桂能至今……平生荊雞化黃鵠，今日江鷗作樊雉。人言無忌似牢之，挽入書林覷文字。（《黃庭堅全集》，頁1050）

此時黃庭堅已過不惑，他仍感念李常「金玉我躬之道術」及「衣食我家之德心」，領他「入書林覷文字」、「著鞭翰墨場」，讓他蛻變為「黃鵠」。晉代桓玄曾說何無忌酷似其舅劉牢之，而黃庭堅甥舅二人猶如何無忌與劉牢之，可見黃庭堅的品德才學深得李常之潛移默化。

〔註96〕蘇軾：《蘇軾文集》（北京：中華書局，1996年），卷11，〈李氏山房藏書記〉，頁359～360。

建中靖國元年（1101），黃庭堅作〈跋李公擇書〉，其文曰：「往歲某嘗從學數年，雖以甥舅禮意見畜，出入閨闥無間，然自有物外相知之鑒。」（《黃庭堅全集》，頁 1564）年近耳順的老人睹物思人，追念舅父「雖以甥舅禮意見畜」，但卻如「出入閨闥無間」的知己，自有不同流俗的甥舅之情。

（二）劉渙、劉恕、劉壯輿

劉渙、劉恕、劉壯輿祖孫三代，均爲宋代著名的藏書家。劉渙之女爲黃庭堅之叔母，〔註97〕黃庭堅與劉家有姻親情誼，與劉氏祖孫三代往來密切。

劉渙，字凝之，天聖八年（1030）進士，爲人剛直，四十歲辭官歸隱廬山，與歐陽脩爲同榜進士兼好友。黃庭堅有〈跋歐陽文忠公〈廬山高〉詩〉。〔註98〕黃庭堅曾提及幼年拜見劉渙的情形：「初不肖之及門，輩諸孫之孩孺。公慈祥而愷弟，獲聞教而侍坐。」〔註99〕幼時的黃庭堅對劉渙留下慈祥愷弟的印象。崇寧元年（1102），黃庭堅過訪壯輿，作《拜劉凝之畫像》詩，其詩云：

> 棄官清潁尾，買田落星灣。身在菰蒲中，名滿天地間。誰能四十年，保此清靜退？往來澗谷中，神光射牛背。（《山谷詩集注》，頁 410）

此時，劉渙、劉恕父子已逝世多年，黃庭堅拜訪摯友劉壯輿，於壯輿家中參拜劉渙之畫像，對於劉渙棄官歸隱，保有四十年高潔之節操，充滿無限敬佩之意。

劉恕（1032～1078），字道原，皇祐元年（1049）進士。司馬光

〔註97〕黃庭堅〈叔父給事行狀〉云：「（黃廉）娶劉氏，尚書屯田員外郎致仕渙之女。」（《黃庭堅全集》，頁 1656）

〔註98〕〈跋歐陽文忠公〈廬山高〉詩〉：劉公中剛而外和，忍窮如鐵石，其所不顧，萬夫不能回其首也。家居四十年，不談時事，賓客造門，必置酒終日。其言亹亹，似教似諫，依於莊周、淨名之間。……而公獨安樂四十年，起居飲食於廬山之下，沒而名配此山，以不磨滅，錄錄而得志願者，視公何如哉？（《黃庭堅全集》，頁 696）

〔註99〕黃庭堅：《豫章黃先生文集》卷 21，〈祭劉凝之文〉，頁 229。

推薦劉恕修《資治通鑑》，他說：「館閣文學之士誠多，至於專精史學，臣得而知者，唯劉恕耳。」〔註100〕《宋史》記載：「宋次道知亳州，家多書，恕枉道借覽，次道日具饌爲主人禮。恕曰：『此非吾所爲來也，殊廢吾事，悉去之。』」〔註101〕劉恕日夜口誦手鈔，停留十多日，抄盡所缺書籍才離去。葉昌熾《藏書記事詩》曰：「宋時諸州公使庫，刻書常有羨餘緡。家書自比官書善，何不精雕付手民。」〔註102〕可見劉恕不僅精於史學，對於藏書、鈔書、校書更是費盡心力。

　　熙寧九年（1076），劉恕從南康軍遠行至洛陽，與司馬光商討修書之事，旅途勞頓身患重病，仍抱病修書。不幸於元豐元年（1078）逝世。黃庭堅撰寫〈劉道原墓誌銘〉，其文曰：

> 道原天機迅疾，覽天下記籍，文無美惡，過目成誦。書契以來，治亂成敗，人材之賢不肖，天文地理，氏族之所自出，口談手畫，貫穿百家之記，皆可覆而不謬。……嘗著書自訟曰：「……非惟二十失，又有十八蔽……」觀其言，目攻其短，不捨秋毫，可謂君子之學矣。（《豫章黃先生文集》卷二十三，頁252～253）

劉道原性格剛直不阿，深得乃父之風，對於自己性格的失與蔽，深自攻伐，律己甚嚴。黃庭堅深知道原性格，可見其交誼。

　　劉壯輿，字義仲，長於史學。《却掃編》曰：「劉義仲字壯輿，道原之子也。道原以史學自名，義仲世其家學。嘗摘歐陽公《五代史》之訛誤爲《糾繆》。」〔註103〕劉壯輿無後，死後家中藏書敗散，陸游《老學庵筆記》說：「劉道原、壯輿載世藏書甚富。壯輿死，無後，書錄於南康軍官庫。後數年，胡少汲過南康，訪之，已散落無餘矣。」

〔註100〕　脫脫等：《宋史》卷444，頁5389。
〔註101〕　脫脫等：《宋史》卷444，頁5390。
〔註102〕　葉昌熾著，王欣夫補正：《藏書記事詩》，頁24～25。
〔註103〕　徐度：《却掃編》（臺灣：臺灣商務印書館，文淵閣《四庫全書》863冊），卷中，頁771。

〔註104〕

　　壯輿曾爲歐陽脩作史傳，黃庭堅讚其筆底有史氏風氣，他說：
「昔司馬談之子遷、劉向之子歆、班彪之子固……皆以繼世，功在
汗簡。……今使壯輿能盡心於《春秋》之舊章，以考百世之典籍，
斧藻先君子之凡例，著是去非，則十國之事雖淺，筆法所寄，自當
與日月爭光。」〔註105〕文中勉勵壯輿效法司馬遷和劉向，期勉他
紹述父親卓越的成就。

　　此外，黃庭堅還曾爲壯輿之弟和叔撰寫墓誌銘。以上論述，可
見黃庭堅與劉家交誼深厚、互動頻繁。

（三）晏幾道

　　晏幾道，字叔原，晏殊幼子，父子均爲著名藏書家及詞家。晏幾
道藏書極多，每遇遷徙，妻子深感困擾，稱丈夫如同「乞兒搬漆椀」。
晏幾道〈戲作示內〉云：「生計唯茲椀，般擎豈憚勞。造雖從假合，成
不自埏陶。阮杓非同調，顏瓢庶共操。朝盛負餘米，暮貯藉殘糟。幸
免墦間乞，終甘澤畔逃。挑宜筇作杖，捧稱葛爲袍。儻受桑間餉，何
堪井上螬。綽然眞自許，嘑爾未應饕。世久輕原憲，人方逐子敖。願
君同此器，珍重到霜毛。」〔註106〕晏幾道以讀書藏書爲志業，甘受簞
食瓢飲之苦，以逍遙自適爲目標，詩末以「願君同此器，珍重到霜毛」
表達了愛書成癖的心情，同時也顯現了落拓不羈，清高自持的性格。

　　黃庭堅與晏幾道結識於二十歲時。黃庭堅曾以締交能保始終的
「耐久朋」魏玄同與裴炎，比擬兩人的深厚情誼，〔註107〕又以「同
是蠹魚痴」表達兩人爲志同道合的書癡，「還歸理編冊」是共同的生

〔註104〕　陸游：《老學庵筆記》（臺灣：臺灣商務印書館，文淵閣《四庫全書》
　　　　　　865 冊），卷 9，頁 75。
〔註105〕　黃庭堅著，劉琳、李勇先、王蓉貴校點：《黃庭堅全集》，〈書歐陽
　　　　　　子傳後〉，頁 663。
〔註106〕　傅璇琮主編：《全宋詩》12 冊，頁 8000。
〔註107〕　黃寶華點校：《山谷詩集注》，〈次韻答晏叔原會寂照房呈稚川〉，頁
　　　　　　714。

活雅趣。〔註108〕元祐四年（1089），黃庭堅爲晏幾道《小山集》作序，
其辭云：

> 予嘗論：「叔原固人英也，其癡亦自絕人。」愛叔原者皆慍，
> 而問其目，曰：「仕宦連蹇，而不能一傍貴人之門，是一癡
> 也；論文自有體，不肯一作新進士語，此又一癡也；費資
> 千百萬，家人寒饑，而面有孺子之色，此又一癡也；人百
> 負之而不恨，己信人，終不疑其欺己，此又一癡也。」……
> 而主人好文，必當市購千金，家求善本，曰：「獨不得與叔
> 原同時邪！」（《黃庭堅全集》，頁413）

文中對晏幾道的癡絕性格描述深刻。《研北雜志》云：「元祐中，叔原
以長短句行，蘇子瞻因黃魯直欲見之，則謝曰：『今日政事牛吾家舊
客，亦未暇見也。』」〔註109〕其耿介孤傲性格，恐怕最爲黃庭堅所了
解。序末以愛書者感嘆「獨不得與叔原同時邪」，寫出晏幾道正是愛
好藏書的「蠹魚癡」。

（四）其他藏書家

黃庭堅除了與上述藏書家密切往來，還與胡朝請、王球、邱十
四等人交往。三人事蹟未見於史傳，不過黃庭堅都曾向他們借閱藏
書目。

1、胡朝請

元豐四年（1081），黃庭堅結識胡朝請，曾以詩向胡朝請借閱書
目。藏書家收藏一定數量的書籍時，多會編撰藏書目。胡朝請既有
書目，可見其藏書頗爲豐富。〈聞致政胡朝請多藏書以詩借書目〉其
詩云：

> 萬事不理問伯始，籍甚聲名南郡胡。遠孫白頭坐郎省，乞
> 身歸來猶好書。手抄萬卷未閣筆，心醉六經還荷鉏。願公
> 借我藏書目，時送一鷗開鑠魚。（《山谷詩集注》，頁773）

〔註108〕黃寶華點校：《山谷詩集注》，〈次韻稚川得寂字〉，頁718～719。
〔註109〕陸友仁：《研北雜志》（臺北：臺灣商務印書館，文淵閣《四庫全書》
866冊），卷上，頁565。

此詩前四句稱讚胡朝請學問淵博如胡廣，〔註110〕後四句則自陳勤勉好學，請求胡朝請打開書庫之門鑰（開鏁魚），慷慨地將書籍借給黃庭堅。

2、王　球

王球，字夔玉，太和人，侍郎王贄之子。黃庭堅在太和，與周元翁（周惇頤之子）為同僚，兩人均與王球相識。黃庭堅〈次韻元翁從王夔玉借書〉，其詩曰：

> 為吏三年弄文墨，草萊心徑失耕鋤。常思天下無雙祖，得
> 讀人間未見書。公子藏山真富有，小儒捫腹正空虛。何時
> 管鑰入吾手，為理籤題撲蠹魚？（《山谷詩集注》，頁890）

此詩前四句說明自身雖然忙於公務無暇讀書，心徑荒蕪，但常嚮往漢朝黃香入東觀盡讀未見之藏書的際遇。後四句稱讚王球家中藏書豐富，使得捫腹空虛的黃庭堅心嚮往之。但願能得到應允，進入藏書庫「理籤題」、「撲蠹魚」，一償盡讀王家藏書之宿願。

3、邱十四

邱十四，平生事跡不詳，元豐三年（1080）與黃庭堅結識於太和。邱十四之父親曾任吏部職事，家中藏有善本，黃庭堅作〈從丘十四借韓文二首〉，其詩曰：

> 吏部文章萬世，吾求善本編窺。散帙雲窗棐几，同安得見
> 丘遲。（其一）
> 中有先君手澤，丹鉛點勘書詩。莫惜借行千里，他日還君
> 一鴟。（其二）（《山谷詩集注》，頁745）

黃庭堅不但向他借閱韓愈詩文，又將自己臨摹的王羲之書法數種，贈與邱十四。〈以右軍書數種贈丘十四〉曰：

> 邱郎氣如春景晴，風暄百果草木生。眼如霜鶻齒玉冰，擁書
> 環坐愛窗明。松花泛硯摹真行，字身藏穎秀勁清。問誰學之

〔註110〕 胡廣，字伯始，東漢南郡華容人。官至太傅，事安帝志靈帝等六位皇帝。胡廣博學，熟悉典章制度，待人謙恭，時人稱之「萬事不理問伯始，天下中庸惟胡公」。

果〈蘭亭〉，我昔頗復喜墨卿。銀鈎蠆尾爛箱簏，贈君鋪案
黏曲屏。小字莫作癡凍蠅，〈樂毅論〉勝〈遺教經〉。大字無
過〈瘞鶴銘〉，官奴作草欺伯英。隨人作計終後人，自成一
家始過眞。卿家小女名阿潛，眉目似翁有精神。試留此書他
日學，往往不減衛夫人。（《山谷詩集注》，頁 1212～1213）

邱十四行書學蘭亭，其字體「字身藏穎秀勁清」。黃庭堅亦喜學蘭亭，
因此以「銀鈎蠆尾爛箱簏，贈君鋪案黏曲屏」等詼諧語，表達欲將自
己臨摹的王羲之書法贈予邱十四。「小字莫作癡凍蠅」等六句，除指
點邱十四學書要點，並提醒他須有「自成一家始過眞」的創新精神。

二、館閣時期結識之藏書家

（一）錢勰

　　錢勰（1034～1097），字穆父，藏書家錢惟演從孫。文章雄深雅
健，詩作清新遒麗。葉昌熾云：「切雲高閣鬱嵯峨，繞屋蒼松九里多。
豈是西來龍象力，年來總住病維摩。」〔註 111〕錢勰之弟錢龢於九里
松建藏書閣，蘇軾稱之「錢氏書屋」。兩人是熟識，蘇軾知杭州，錢
勰守越，詩中「東西二老人」就是錢勰與蘇軾。〔註 112〕《墨莊漫錄》
云：「藏書之富，如宋宣獻、畢文簡、王原叔、錢穆父、王仲志家及
荊南田氏、歷陽沈氏，各有書目。」〔註 113〕可見錢勰爲宋代著名之
藏書家。

　　元祐元年（1086），錢勰以猩猩毛筆贈黃庭堅，黃庭堅作〈和答
錢穆父詠猩猩毛筆〉歌詠之。其詩曰：

　　愛酒醉魂在，能言機事疏。平生幾兩屐，身後五車書。物色

〔註 111〕　葉昌熾著，王欣夫補正：《藏書紀事詩》（上海：上海古籍出版社，
　　　　　1989 年），頁 30。

〔註 112〕　蘇軾：《蘇軾詩集》（北京：中華書局，1996 年），卷 61，頁 1665
　　　　　～1666。〈和錢四寄其弟龢〉詩云：「再見濤頭湧玉輪，煩君久駐浙
　　　　　江春。年來總作維摩病，堪笑東西二老人。」

〔註 113〕　張邦基：《墨莊漫錄》（臺北：臺灣商務印書館，1985 年，文淵閣《四
　　　　　庫全書》864 冊），卷 5，頁 44。

看《王會》，勳勞在石渠。拔毛能濟世，端爲謝楊朱。〔註114〕
此詩運用多個與猩猩毛筆全然無關的典故，點化成巧妙新意，末聯反
用楊朱「拔一毛而利天下不爲也」的思想，烘托猩猩拔毛利於天下的
理趣與諧趣。錢勰是擅長楷書與草書的書法家，願將珍藏的猩猩毛筆
贈與黃庭堅，足見二人情誼深厚。

《獨醒雜志》載：「元祐初，山谷與東坡、錢穆父同游京師寶梵
寺。飯罷，山谷作草書數紙，東坡甚稱賞之，穆父從旁觀曰：『魯直
之字近於俗。』山谷曰：『何故？』穆父曰：『無他，但未見懷素眞蹟
爾。』……紹聖中，謫居涪陵，始見懷素《自敘》于石揚休家，因借
之以歸，摹臨累日，幾廢寢食。自此頓悟草法，下筆飛動，與元祐已
前所書大異，始信穆父之言爲不誣，而穆父死已久矣。」〔註115〕錢
穆父曾批評黃庭堅書法「俗」，黃庭堅虛心受教，並痛下苦功臨摹懷
素眞跡，後來才脫去庸俗之氣。黃庭堅草書成就最高，他極推重張旭
與懷素，由此可知錢穆父對於黃庭堅學書的影響。

不論是指點書法、饋贈禮物，或詩文贈答，都可見錢勰與黃庭堅
交往之密切。既然是情誼深厚的朋友，彼此間切磋學問、交流藏書，
也應屬平常之事。

（二）王欽臣

王欽臣，字仲至，「性嗜古，藏書數萬卷，手自讎正，世稱善
本」。〔註116〕王欽臣的父親王洙也是著名的藏書家。《墨莊漫錄》
云：「藏書之富，如宋宣獻、畢文簡、王原叔（洙）、錢穆父、王仲

〔註114〕 黃寶華點校：《山谷詩集注》，頁88～89。另有〈戲詠猩猩毛筆〉：「桄
榔葉暗賓郎紅，朋友相呼墮酒中。政以多知巧言語，失身來作管城
公。明窗脫帽見蒙茸，醉著青鞋在眼中。束縛歸來儻無辱，逢時猶
作黑頭公。」山谷在此詩跋云：「錢穆父奉使高麗，得猩猩毛筆，
甚珍之。惠予，要作詩。……此時二公俱直紫微閣，故予作二篇，
前篇奉穆父，後篇奉子瞻。」頁89～90。
〔註115〕 曾敏行：《獨醒雜誌》（臺北：臺灣商務印書館，文淵閣《四庫全書》
1039 冊），卷2，頁536。
〔註116〕 脫脫等：《宋史》卷294，頁3785。

志家及荊南田氏、歷陽沈氏，各有書目。」〔註 117〕父子皆名列其
中。

葉昌熾《藏書紀事詩》云：「海內傳書大有人，蒲圻紙比洛陽新。
傳觀子弟皆常本，第一難求鎮庫珍。」〔註 118〕王欽臣藏書四萬三千卷，
且「類書之卷帙浩博，如《太平廣記》之類，皆不在其間」。〔註 119〕
王欽臣每得一書，必先以廢紙抄寫一本，然後參校其他版本，直到校
對無誤，才以厚薄韌性適中的鄂州蒲圻縣紙繕寫，每冊不過三、四十
頁，避免書本過厚而易損壞。以鄂州蒲圻縣紙所寫的本子可借人傳鈔，
或供與子弟閱讀。又另外鈔寫一本，「以絹素背之，號『鎮庫書』，非
已不得見也」。王欽臣之鎮庫書約有五千餘卷。他和藏書家宋敏求（宋
次道）相約，「傳書互置目錄一本，遇所缺則寫寄，故能致多如此。」
〔註 120〕

元祐初年（1086），王欽臣任秘書少監。元祐二年（1087），黃庭
堅作《謝王仲至惠洮州礪石黃玉印材》，其詩云：

> 洮礪發劍虹貫日，印章不瑑色蒸栗。磨礱頑鈍印此心，佳
> 人持贈意堅密。佳人鬢彫文字工，藏書萬卷胸次同。日臨
> 天閑豢眞龍，新詩得意挾雷風。我貧無句當二物，看公倒
> 海取明月。（《山谷詩集注》，頁151）

詩中以堅硬的印材，象徵王仲至堅定深厚的情意。黃庭堅以「日臨
天閑豢眞龍，新詩得意挾雷風」讚仲至之詩，又以「佳人鬢彫文字
工，藏書萬卷胸次同」，稱讚仲至工於文字，且胸藏萬卷，才學博贍。

元祐四年（1089）春，黃庭堅贈牡丹姚黃與王仲至，仲至因作詠

〔註117〕　張邦基：《墨莊漫錄》（臺北：臺灣商務印書館，文淵閣《四庫全書》
　　　　　864冊），卷5，頁44。

〔註118〕　葉昌熾：《藏書紀事詩》，頁17。

〔註119〕　徐度：《却掃編》（臺灣：臺灣商務印書館，文淵閣《四庫全書》863
　　　　　冊），卷下，頁797。

〔註120〕　徐度：《却掃編》（臺灣：臺灣商務印書館，文淵閣《四庫全書》863
　　　　　冊），卷下，頁797。

牡丹詩四首，黃庭堅稱「仲至詩規模甚遠，不與當時同律」，〔註121〕
世人不知其絕妙，惟黃庭堅爲其知音，故和詩作〈效王仲至少監詠姚
花用其韻四首〉。〔註122〕王仲至與蘇軾、錢勰亦有交誼，蘇軾有〈次
韻錢穆父王仲至同賞田曹梅花〉，可見蘇軾、錢穆父、王仲至、黃庭
堅等人彼此熟識，爲元祐文壇之風流人物。

（三）司馬光與司馬康父子

司馬光，字君實，仁宗景祐五年（1038）進士，爲著名的藏書家
及史學家。《宋史》記載：「光常患歷代史繁，人主不能遍覽，遂爲《通
志》八卷以獻。英宗悅之，命置局秘閣，續其書。」〔註123〕司馬光
編修《資治通鑑》，藉前代歷史之興衰爲鑒戒，使當世君主得以考核
得失，嘉善矜惡，取是捨非，以使國家政事大治。

司馬光之子司馬康（1050～1090），字公休，熙寧三年（1070）
進士。司馬光修撰《資治通鑑》，司馬康擔任檢閱文字的工作。元祐
元年（1086），司馬康進入秘書省擔任正字工作，再遷校書郎，元祐
四年（1089），爲《神宗實錄》檢討官。〔註124〕司馬康從小嚴謹、聰
明、博通古書，爲人廉潔，口不言財，受到司馬光的影響很深。

葉昌熾云：「獨樂藏書訓再三，後來青更出於藍。重陽上伏晴明
日，群奉公言爲指南。」〔註125〕司馬光之書堂名爲獨樂園，藏書萬
餘卷。費袞《梁谿漫志》載：

〔註121〕劉琳、李勇先、王蓉貴校點：《黃庭堅全集》，〈跋自書詠姚花詩〉，
頁2298。

〔註122〕黃庭堅〈效王仲至少監詠姚花用其四韻〉：（其一）映日低風整復
斜，綠玉眉心黃袖遮。大梁城裏雖罕見，心知不是牛家花。（其二）
九疑山中萼綠華，黃雲承轆到羊家。眞筌蟲蝕詩句斷，猶托餘情
開此花。（其三）仙衣褧積駕黃鵠，草木無光一笑開。人間風日不
可奈，故待成陰葉下來。（其四）湯沐冰肌照春色，海牛壓簾風不
開。直言紅塵無路入，猶傍蜂須蝶翅來。（《山谷詩集注》，頁223
～224）

〔註123〕脫脫等：《宋史》卷336，頁4244。

〔註124〕脫脫等：《宋史》卷336，頁4248～4249。

〔註125〕葉昌熾著，王欣夫補正：《藏書紀事詩》，頁24。

　　溫公獨樂園之讀書堂，文史萬餘卷。而公晨夕所常閱者，雖
　　累數十年，皆新若手未觸者。嘗謂其子公休曰：「……吾每
　　歲以上伏及重陽間，視天氣晴明日，即設几案於當日所，側
　　群書其上，以暴其腦，所以年月雖深，終不損動。至於啓卷，
　　必先視几案潔淨，藉以茵褥，然後端坐看之。或欲行看，即
　　承以方版，未嘗敢空手捧之。非惟手汗漬及，亦慮觸動其腦。
　　每至看竟一版，即側右手大指，面襯其沿，而覆以次指，面
　　撚而挾過，故得不至揉熟其紙。每見汝輩多以指爪撮起，甚
　　非吾意。」〔註126〕

司馬光平日常讀的書籍，「雖累數十年，皆新若手未觸者」。讀書時
或端坐於潔淨的几案前，或以木板承接書籍；每讀完一頁，必以手
指輕撚挾過；每年夏秋之間，不憚勞苦地曝曬圖書，以防蠹蛀霉變。
可見司馬光耗費心思保存藏書。

　　元祐元年（1086），司馬光推薦黃庭堅校定《資治通鑑》，他說：
「校書郎黃庭堅好學有文，即日在本省，別無職事，欲望持差，與范
祖禹及男康同校定《資治通鑑》。」〔註127〕《資治通鑑》乃司馬光窮
畢生精力之著作，可見他對黃庭堅的器重。元祐元年九月，司馬光逝
世，黃庭堅撰寫〈祭司馬溫公文〉兩篇，〔註128〕又寫〈司馬文正公
挽詞〉四首，推崇溫公「人如大雅詩」、「公身與宗社，同作太平基」
〔註129〕。

　　《資治通鑑》從元祐元年開始校定，元祐五年（1090）司馬康不
幸逝世，年僅四十一歲。黃庭堅盛讚司馬康「重厚而明，惠和而清」，
「學問醇一」，且於史館「執經二年，獻納是力」。〔註130〕黃庭堅在

〔註126〕　費袞：《梁谿漫志》（臺北：臺灣商務印書館，文淵閣《四庫全書》
　　　　　864冊），〈司馬溫公讀書法〉，頁711。
〔註127〕　黃𦈡：《黃山谷年譜》卷19，〈元祐元年〉，頁209。
〔註128〕　劉琳、李勇先、王蓉貴校點：《黃庭堅全集》，頁1729；黃庭堅：《豫
　　　　　章黃先生文集》，頁225。
〔註129〕　黃寶華點校：《山谷詩集注》，113。
〔註130〕　〈祭司馬諫議公休文〉：「嗚呼公休，重厚而明，惠和而清。小心畏
　　　　　義，臨淵履冰。學問醇一，宜在君側。執經二年，獻納是力。……」

謫遷生涯，仍稱道其德行與操守，其文云：「不肖雖未嘗得奉餘緒，然舊聞妻之叔母尹夫人及亡友司馬公休頗能道左右業履，恨未參識也。」﹝註131﹞可見與其交誼之深厚。

司馬光推薦黃庭堅校定其畢生心血《資治通鑑》，可見他對黃庭堅才學的肯定，其子司馬康與黃庭堅同校《資治通鑑》，有五年共事之情誼，其交誼深厚。

三、貶謫荊州時期結識之藏書家

田鈞，字子平，疑為藏書家田偉之子。《郡齋讀書後志》載：「《田氏書目》六卷。右皇朝田鎬撰。田偉居荊南，家藏書幾三萬卷。鎬，偉之子也，因成此目。」﹝註132﹞田偉任江凌尉，建藏書堂博古堂，元祐年間其子田鎬為家藏圖書作藏書目。黃庭堅與田子平的交往見於載籍。《方輿勝覽》載：「田偉，燕人，歸朝授江陵尉，因家焉。作博古堂，藏書至五萬七千卷，無重複者。黃魯直過之曰：『吾校中秘書，及徧遊江南，文士圖書之富，未有過田氏者』」。﹝註133﹞

建中靖國元年（1101），黃庭堅到荊州，罹患癰疽病，因而寄居荊南，崇寧元年（1102）才前往太平州赴任。這段期間黃庭堅與田鈞往來密切，他曾以詩表達借閱藏書之意，如「雖無季子六國印，要讀田郎萬卷書」、「我卜荊州三畝宅，讀田家書從之遊」；又如「萬卷藏書多未見，老夫端擬乞荊州」。﹝註134﹞田鈞家藏萬卷，不吝與人分享，黃庭堅曾邀朋友來此研讀藏書：「田子平家博古堂清風永日，可速駕來此，主人虛心相待也。」﹝註135﹞可見田鈞對黃庭堅甚為禮遇。寓

（劉琳、李勇先、王蓉貴校點：《黃庭堅全集》，頁1730）

﹝註131﹞ 劉琳、李勇先、王蓉貴校點：《黃庭堅全集》，〈與人簡〉，頁2221。

﹝註132﹞ 趙希弁：《郡齋讀書後志》（臺北：臺灣商務印書館，文淵閣《四庫全書》674冊），卷1，頁389。

﹝註133﹞ 祝穆：《方輿勝覽》（臺北：臺灣商務印書館，文淵閣《四庫全書》471冊），卷27，頁780。

﹝註134﹞ 黃寶華點校：《山谷詩集注》，〈戲簡朱公武劉邦直田子平五首〉，頁366；〈入窮巷謁李材叟翹叟戲贈兼簡田子平三首〉，頁374。

﹝註135﹞ 劉琳、李勇先、王蓉貴校點：《黃庭堅全集》續集卷7，〈與人〉，頁2078。

居荊州期間，黃庭堅與朋友於博古堂談論經典、切磋學問，精進了彼此的見聞及學識。

　　總之，黃庭堅出身書香門第，家學深厚，又深受舅父李常與岳父孫覺、謝師厚的栽培與教誨。家族中濃厚的文化氣氛，使他得以獲得深厚的學術陶養。在仕宦生涯中，他曾擔任北京國子監教授；又任職秘書省，參與校定《資治通鑑》與編寫《神宗實錄》。由於擔任學官與館職的學術生涯，黃庭堅得以大量閱讀官學藏書與國家藏書。宋代私人藏書風氣極盛，藏書家多博通經史。黃庭堅與諸多著名藏書家往來密切，他們傳抄珍本、交流秘藏、切磋學問。這些經歷必然影會響讀書詩的創作。當他遍覽經史典籍之餘，以詩歌發表讀書感興、評論史事，可想而見。

第四章　黃庭堅讀書詩之思想內蘊

　　黃庭堅強調人格修養為創作的根本。他說：「文章者，道之器也；言者，行之枝葉也。」〔註1〕言語文章是「道」的載體，唯有人格完美高尚，才能使詩文超脫塵俗。對人品的注重，是他的詩學思想的基礎。為了增進人品與學識，學者必須研讀經典，提升其道德修養。他曾教人治經觀書之法：

> 治經之法，不獨玩其文章，談說義理而已，一言一句，皆以養心治性。事親處兄弟之間，接物在朋友之際，得失憂樂，一考之於書，然後嘗古人之糟粕而知味矣。〔註2〕

黃庭堅認為研讀典籍的目的有三：玩其文章、談論義理和養心治性。其中，他認為養心治性最為重要。學者必須以經典稽考自身言行，方能獲得品德增進。

　　他又教人從書中學習古人法度，例如：「通知古今在勤讀書，文章宏麗在筆墨追古」；〔註3〕「詩政欲如此作，其未至者，探經術未深，讀老杜、李白、韓退之詩不熟耳」；〔註4〕「學功夫已多，讀書貫穿，

〔註1〕黃寶華點校：《山谷詩集注》，〈次韻楊明叔四首〉序，頁300。

〔註2〕劉琳、李勇先、王蓉貴點校：《黃庭堅全集》正集卷25，〈書贈韓瓊秀才〉，頁655。

〔註3〕劉琳、李勇先、王蓉貴點校：《黃庭堅全集》別集卷18，〈與洪氏四甥書〉，頁1871。

〔註4〕劉琳、李勇先、王蓉貴點校：《黃庭堅全集》正集卷第19，〈與徐師川書四首〉，頁479。

自當造平淡,且置之,可勤董、賈、劉向諸文字。學做議論文字,更取蘇明允文字讀之」;〔註5〕「諸文亦皆好,但少古人繩墨耳。可更熟讀司馬子長、韓退之文章」。〔註6〕他主張精研前人作品,以提升審美趣味和藝術素養。

本章將依其閱讀文本,依《四庫全書》之分類,分為讀經部詩與讀子部詩、讀史部詩、讀集部詩三節,試從其中探論黃庭堅研讀經典之所得與其詩學主張。

第一節　讀經部詩與讀子部詩

一、從經典中學習人生典範

黃庭堅曾說:「心之所期,可為知者道,難為俗人言。不得於今人,故求之古人中耳。」〔註7〕若於當世未得知己,則於書中尋求古人為師友。他又說:

> 於黃卷中求見古人,皆流俗之所趣。而扣寂求音,得之於淡泊,甚善甚善。今人古人,皆可師可友,能自得之者,天下之士也。精求經術,又能博極群書,此劉向、揚雄之學也。〔註8〕

於書中追尋師友,黃庭堅選擇了淡泊名利者作為其理想典型。他曾說「士之學,期於沒而不朽。君子之道,百世以俟聖人」,〔註9〕他追求的是學術與道德的不朽。而揚雄「精求經術」、「博極群書」,雖然寂寞於當世,但其著述卻流傳百世,這種追求學術與道德不朽的風範,

---

〔註5〕劉琳、李勇先、王蓉貴點校:《黃庭堅全集》外集卷21,〈與洪駒父〉,頁1365～1366。

〔註6〕黃庭堅:《豫章黃先生文集》卷19,〈答洪駒父書三首〉,頁202。

〔註7〕劉琳、李勇先、王蓉貴點校:《黃庭堅全集》正集卷18,〈上蘇子瞻書〉,頁458。

〔註8〕劉琳、李勇先、王蓉貴點校:《黃庭堅全集》外集卷21,〈答何靜翁〉,頁1363。

〔註9〕劉琳、李勇先、王蓉貴點校:《黃庭堅全集》別集卷6,〈書范子政文集後〉,頁1564。

正是黃庭堅追尋的人生典型。

　　元豐六年（1073），黃庭堅作〈讀方言〉，歌頌寂寞著書之揚雄，其詩云：

> 八月梨棗紅，繞墻風自落。江南風雨餘，未覺衣衾薄。壁蟲憂寒來，催婦織衣著。荒畦杞菊花，猶用充羹臛。連日無酒飲，令人風味惡。頗似揚子雲，家貧官落魄。忽聞輶軒書，澀讀勞輔齶。虛堂漏刻間，九土可領略。願多載酒人，喜我識字博。設心更自笑，欲過屠門嚼。往時抱經綸，待價一丘壑。卜師非熊羆，夢相解靡索。所欲吾未奢，儻使耕可獲。今年美牟麥，廚饌豐餅拓。摩莎腹中書，安知非糟粕？（《山谷詩集注》，頁 899～900）

詩歌前十句自述生活貧苦：秋風已至，禦寒衣物未成，夜來壁蟲聲彷彿催人趕織冬衣；詩人家貧，以「杞菊」代「羹臛」充飢；家貧連日無酒可飲，令人心緒不佳。接著十句，描述自己與「家貧官落魄」的揚雄境遇相似。揚雄生活窮困，卻甘於寂寞著書，他耗費 27 年完成《方言》，[註10]使後人得以端坐書齋而能領略各地風情。末十句反用呂尚、傅說之典故，襯托不慕榮利的心志。呂尚與傅說為王者之相及王者之師，但二者並非黃庭堅的人生典型，他所追尋的是學養豐厚的人生。詩末以「今年美牟麥，廚饌豐餅拓。摩莎腹中書，安知非糟粕」，傳達只求家人溫飽和自身學識充實的心願，這正是揚雄精求經術、博極群書的生活型態。

　　揚雄選擇了寂寞自持的道路，以知識為安身立命的基石，以著述立名為其人生理想，這種生活使他疏離了政治角逐，保全了人格的完整與獨立，為後世的讀書人在仕與隱之間找到一條新道路。黃庭堅極力推崇這種人生典型，他說：

〔註10〕王寶剛：《方言簡注》（北京：中央文獻，2007 年），〈揚雄答劉歆書〉，頁 413。揚雄曰：「故天下上計孝廉及內郡衛卒會者，雄常把三寸弱翰，齎油素四尺，以問其異語；歸即以鉛摘次之于槧，二十七歲於今矣，而語言或交錯相反，方覆論，思詳悉集之燕其疑。」

清靜草玄學，西京有子雲。太尉死宗社，大鳥泣其墳。寂
寞向千載，風流被仍昆。富貴何足道，聖處要策勳。(《山谷
詩集注》，〈次韻楊明叔見餞十首〉其四，頁 343～344)
至今揚子雲，不與俗諧嬉。歲晚草玄經，覃思寫天維。脫
身天祿閣，危於劍頭炊。臥聞策董賢，閉門甘忍饑。五侯
盛賓客，驕饗交橫馳。時通問字人，得酒未曾辭。(《山谷詩
集注》，〈次韻奉送公定〉其四，頁 599)

揚雄將生命熱情投注於學術，他「不與俗諧嬉」、「覃思寫天維」、
「閉門甘忍饑」，終以學術留名千載。揚雄以好奇好異之心投下整
個生命去追求知識，是「知識型」的人生形態，是「智者」形態的
人物。〔註11〕

　　揚雄作〈蜀都賦〉等作品，是出於好奇好勝的要求；耗費心力纂
輯《方言》、《太玄》等書，也是出於好奇好深的心理。〔註12〕他以各
類著作與古人「放依而馳騁」，〔註13〕這種追求卓越的精神便是知識
份子的特質。這種特質展現在黃庭堅身上，便是追求「不獨求跨時輩，
須要於前輩中擅場」的成就，〔註14〕這正是好奇、好勝、好深、好博
的學術性格。揚雄的知識型的人生形態，正是黃庭堅所追求的理想。

二、以儒家經典養心治性

　　黃庭堅說「文章者，道之器也；言者，行之枝葉也」，又說「治
經之法，不獨玩其文章，談說義理而已，一言一句，皆以養心治性」，
可見黃庭堅治學首重道德修養，故晁補之稱「魯直於治心養氣，能為

〔註11〕徐復觀：《兩漢思想史》卷二（臺北：臺灣學生書局，1979 年），〈揚
　　　　雄論究〉，頁 460～461。
〔註12〕徐復觀：《兩漢思想史》卷二，〈揚雄論究〉，頁 465～466。
〔註13〕〈揚雄傳〉贊曰：「實好古而樂道，其意欲求文章成名於後世，以為
　　　　經莫大於《易》，故作《太玄》；傳莫大於《論語》，作《法言》；史
　　　　篇莫大於《倉頡》，作《訓纂》……皆斟酌其本，相與放依而馳騁云。」
　　　　班固撰，顏師古注：《新校漢書集注》（臺北：世界書局，1974 年）
　　　　卷 87，頁 3583。
〔註14〕劉琳、李勇先、王蓉貴點校：《黃庭堅全集》正集卷 19，〈王立之承
　　　　奉〉，頁 490。

人所不為，故用於讀書為文字，致思高遠，亦似其為人」。〔註15〕

　　元豐六年（1083），黃庭堅於太和任上作〈奉答聖思講論語長句〉，其詩曰：

> 簿領文書千筆禿，公庭囂訟百蟲鳴。時從退食須臾頃，喜
> 聽鄰家諷誦聲。觀海諸君知浩渺，學山他日看崇成。暮堂
> 吏退張燈火，抱取魯論來講評。（《山谷詩集注》，頁 1083）

此詩為和答他人讀《論語》之作，旨在闡述「不可須臾離道」的思想。首聯與頷聯描述縣官簿領文書繁忙，公庭訴訟如百蟲亂鳴。日暮從公務中暫退，鄰家讀書聲使詩人產生「道不可須臾離」的感悟。頸聯以《論語》為學如為山之典故，勉人進德修業須持之以恆。尾聯再寫詩人於日暮吏退之公堂，點燃燈火，講評《論語》，致力於德業之進修。「時從退食須臾頃」點化自《中庸》「道也者，不可以須臾離也」。〔註16〕可知黃庭堅公務雖繁忙，卻仍秉持不可須臾離道的態度，時時以經典養心治性。

　　黃庭堅治《論語》，重在「取其切於人事者，求諸己躬，改過遷善，勿令小過在己，則善矣」，〔註17〕這種「事事反求諸己」的態度，便是「道不可須臾離」的實踐。他曾說：「近世學士大夫，知好此書者已眾，然宿學者盡心，故多自得；晚學者因人，故多不盡心；不盡其心，故使章分句解，曉析訓詁，不能心通性達，終無所得。」〔註18〕他強調研讀《論語》必須盡心為己，方能有所得；若僅知「章句分解」、「曉析訓詁」，就不能通達心性，終無所得了。研讀經典惟有「事事反求諸己」，方能提升自身的道德修養。

〔註15〕晁補之：《雞肋集》（臺北：臺灣商務印書館，文淵閣《四庫全書》
　　　　1118 冊），卷 33，〈書魯直題高求父揚清亭詩後〉，頁 649。

〔註16〕朱熹注，林松、劉俊田、禹克坤譯注：《四書》（臺北：臺灣古籍，
　　　　2005 年），頁 31。

〔註17〕劉琳、李勇先、王蓉貴點校：《黃庭堅全集》別集卷 14，〈與李少文
　　　　書〉頁 1757。

〔註18〕黃庭堅：《豫章黃先生文集》卷 20，〈論語斷篇〉，頁 215。

三、以儒學觀點闡釋《莊子》齊物論

黃庭堅少時讀《莊子》深受黃幾復影響，他說：

> 方士大夫未知讀莊、老時，幾復數爲余言：莊周雖名老氏訓傳，要爲非得莊周，後世亦難趨入；其斬伐俗學，以尊黃帝、堯、舜、孔子，自揚雄不足以知之。……常恨魏晉以來，誤隨向、郭，陷莊周爲齊物。尺鷃與海鵬之二蟲又何知，乃能消搖游乎？〔註19〕

黃幾復的論述有二：其一，莊周「斬伐俗學」，尊崇黃帝、堯、舜、孔子，維護儒家之道統，爲儒學的繼承人；其二，東漢末年政治敗壞，士人轉向老莊尋求安身立命之道，但向秀與郭象二人以「物適其性即爲逍遙」來闡釋莊學思想，於是產生了「萬物齊一」的謬誤闡釋。

黃庭堅 22 歲時曾作〈幾復讀莊子戲贈〉，闡釋他對齊物論的看法，其詩曰：

> 蜩化槍榆枋，鵬化摶扶搖。大椿萬歲壽，蕣英不重朝。有待於無待，定非各逍遙。譬如宿舂糧，所詣豈得遼？漆園槁項翁，聞風獨參寥。物情本不齊，顯者桀與堯。烈風號萬竅，雜然吹籟簫。聲隨器形異，安可一律調？何嘗用吾私，總領使同條。惜哉向郭誤，斯文晚未昭。胡不棄影事，直以神理超。木資不才生，雁得不才死。投身死生中，未可優劣比。深藏無所用，一寓不得已。逍遙同我誰？歲莫於吾子。（《山谷詩集注》，頁 1198～1199）

全詩就「齊物」與「逍遙」提出議論。他以蜩與鵬、大椿與蕣英爲例，說明萬物的本性不同，不能齊一；又以桀與堯、聲隨器形異爲例，反駁向秀、郭象物適其性便能逍遙的論點。郭象認爲「順應萬物之性」即爲逍遙，〔註20〕但黃庭堅引支道林「夫桀、跖以殘害爲性，若適性

〔註19〕黃庭堅：《豫章黃先生文集》卷23，〈黃幾復墓誌銘〉，頁254。

〔註20〕郭象注曰：「故乘天地之正者，即是順應萬物之性也；御六氣之辯者，即是遊變化之塗也。如斯以往，則何往而有窮哉！」郭象注，成玄英疏，曹礎基、黃蘭發點校：《南華真經注疏》（北京：中華書局，1998年），卷1，〈逍遙遊第一〉，頁9。

爲得者，彼亦逍遙矣」的論點，〔註21〕來反駁向、郭的論點。他認爲物情本來不同，猶如「聲隨器形異」，因此，萬物無法齊一。

在學官任內，黃庭堅作《莊子內篇論》，又作同樣的論述。其文曰：「物之不齊，物之情也……由莊周以來未見賞音者。晚得向秀、郭象，陷莊周爲齊物之書，滑滑以至今，悲夫！」〔註22〕黃庭堅所持「物不能齊」論點，來自孟子和揚雄：

《孟子》：「夫物之不齊，物之情也；或相倍蓰，或相什百，或相千萬。子比而同之，是亂天下也。」〔註23〕

《揚子法言》：「或曰：人有齊死生，同貧富，等貴賤，何如？曰：作此者其有懼乎？信死生齊，貧富同，貴賤等，則吾以聖人爲囂囂。」〔註24〕

孟子認爲「比而同之」的思想是禍亂天下的根源。揚雄也反對「齊死生，同貧富，等貴賤」的思想。這種「物之不齊，物之情也」的論述，是儒家建立社會秩序與倫理規範的基礎。黃庭堅深受儒家思想影響，以「物情本不齊」來闡釋齊物論，實際上與莊子的本意是不同的。

黃庭堅又說：「莊周，昔之體醇白而家萬物者也。時命繆逆，故熙然與造物者游。此其於禮義君臣之際皁白甚明。顧俗學世師，窘束於名物，以域進退，故築其垣而封之於聖智之外。」〔註25〕在其筆下，莊子「於禮義君臣之際皁白甚明」，成了儒學道統的繼承者。黃庭堅認爲由於世俗囿於名物，將莊子屏除於聖賢智者之外，完全是錯誤的。黃寶華認爲黃庭堅有意曲解《莊子》，實質上就是借用《莊子》建立自己的理論，目的是爲「援道入儒」尋找理論根據。他所謂「唯

〔註21〕釋慧皎：《高僧傳》（臺北：廣文書局，1986 年），卷 4，〈支遁傳〉，頁 237。

〔註22〕黃庭堅：《豫章黃先生文集》卷 20，頁 214～215。

〔註23〕《孟子》：（臺北：中華書局據永懷堂本校刊，四部備要本），〈滕文公上〉，頁 16。

〔註24〕揚雄：《揚子法言》（臺北：臺灣商務印書館，文淵閣《四庫全書》696 冊），卷 9，〈君子〉，頁 345～346。

〔註25〕黃庭堅：《豫章黃先生文集》卷 16，〈趙安時字序〉，頁 155。

體道者乃能逍遙」（〈莊子內篇論〉），其實質就是恪守儒家仁義之道，克己正心之後，就能悠遊於世、無往不可。〔註26〕

四、以道教經典修煉養生

《黃庭經》是道教重要經典，也是唐宋以來內丹說的主要理論來源。〔註27〕此書是魏晉間道士養生之書，以存思通神和服氣積精爲主要的修仙理論。〔註28〕修煉者須恬淡無慾，排除情慾糾纏和外物干擾，才能進入虛無靜寂的狀態。這種注重意念專注與虛靜的修行方法，自東晉以來廣受士人歡迎。

蘇軾與道士蹇拱辰交遊，元祐三年（1088）道士將歸廬山，蘇軾書《黃庭經》贈之，李伯時作畫，蘇軾題詩於卷後。黃庭堅與蘇轍均有次韻之作。蘇軾〈書黃庭內景經尾〉詩曰：

> 太上虛皇出靈篇，黃庭眞人舞胎仙。羣者兩卿相後前，灿妙夾侍清且妍。十有二神服銳堅，巍巍堂堂人中天。問我何修果此緣，是心朝空夕了然，恐非其人世莫傳。殿以二士蒼鵠騫，南隨道師歷山淵。山人迎笑喜我還，問誰遣化老龍眠。〔註29〕

詩歌首六句櫽括經文內容，說明修煉《黃庭經》使人心神清爽、十二臟腑之神體形完堅。七至九句說明修煉《黃庭經》可使心性達到「朝空夕了然」的清明境界。詩末四句盛讚李伯時之畫作與《黃庭經》之功效，使卷末蘇、李畫像羽化登仙，追隨道士同遊廬山山淵。

〔註26〕黃寶華：《黃庭堅評傳》（南京：南京大學出版社，1998 年），〈哲學倫理思想〉，頁 185。

〔註27〕《黃庭經》將人身分爲三部八景二十四神，三部爲上元宮、中元宮、下元宮，每一部均有八景神鎮在其中，因此身體各個部位均有神靈居住其中，人們若能存思三部八景二十四神，則體內眞氣調和，就能常保健康、長生不老。

〔註28〕劉連朋、顧寶田注譯：《新譯黃庭經陰符經》（臺北：三民書局，2008 年），〈導讀〉，頁 10～17。

〔註29〕孔凡禮點校：《蘇軾詩集》（北京：中華書局，1996 年），卷 30，〈書黃庭內景經尾〉，頁 1596。

蘇轍次蘇軾詩韻，作〈次韻子瞻書黃庭內景卷後贈蹇道士〉，其詩曰：

> 君誦黃庭內外篇，本欲洗心不求仙。夜視片月墮我前，黑
> 氣剝盡朝日妍。一暑一寒久自堅，體中風行上通天。亭亭
> 孤立孰傍緣，至哉道師昔云然，既已得之戒不傳。知我此
> 心未虧騫，指我嬰兒藏谷淵，言未絕口行已旋，我思其言
> 夜不眠。〔註30〕

詩歌前六句說明蹇道士修煉《黃庭經》的目的在於「洗心」而非「求
仙」，接著三句說明修煉此經使人心靈清明，身形堅閉，體中氣血暢
行。末四句謙稱自己道行淺薄，而蹇道士之道行高深與身形敏捷，令
作者佩服不已。

黃庭堅次蘇軾詩韻，作〈次韻子瞻書黃庭經尾付蹇道士〉，其詩
云：

> 琅函絳簡〈蘂珠篇〉，寸田尺宅可蘄仙。高真接手玉宸前，
> 女丁來謁粲六妍。金鑰閉欲形完堅，萬物蕩盡正秋天，使
> 形如是何塵緣。蘇李筆墨妙自然，萬靈拱手書已傳。傳非
> 其人恐飛騫，當付驪龍藏九淵。蹇侯奉告請周旋，緯蕭探
> 手我不眠。（《山谷詩集注》，頁1035）

此詩前七句隱括自《黃庭經》。首句說明《黃庭經》乃道教修煉內丹
之重要典籍，「琅函」、「絳簡」、「蘂珠篇」均指道教經典。第二句點
化經文「寸田尺宅可治生」，〔註31〕意指存思身中百神，便可乘雲登
仙。三四句點化經文「上清紫霞虛皇前，太上大道玉晨君。閑居蘂珠
作七言，散作五行變萬神」及「神華執巾六丁謁」，〔註32〕意思是說

〔註30〕蘇轍：《欒城集》（臺北：臺灣商務印書館，文淵閣《四庫全書》1112
　　　　冊），卷16，〈次韻子瞻書黃庭內景卷後贈蹇道士拱辰〉，頁181。
〔註31〕劉連朋、顧寶田注譯：《新譯黃庭經陰符經》（臺北：三民書局，2008
　　　　年），〈瓊室〉，頁63。以下所引《黃庭經》經文，均據此本。《黃庭
　　　　經》有上、中、下等三丹田的概念，三丹田各居一神，故有三神，
　　　　而丹田之室方圓一寸，故稱「寸田」。
〔註32〕劉連朋、顧寶田注譯：《新譯黃庭經陰符經》，〈上清〉，頁3；〈常念〉，
　　　　頁67。神華是指六甲陽神，六丁則是六丁女神，二者均屬真武大帝，

《黃庭經》為玉宸君所作，修煉此經可擁有役使六丁女神的力量。五至七句點化經文「七蕤玉籥閉兩扉，重扇金關密樞機」及「結珠固精養神根，玉匙金籥常完堅」而來。〔註33〕《黃庭經》注重服氣積精，修煉者必須如「金鑰」般嚴閉關穴與慾望，才能常保身體完堅長生不老。末六句為詼諧語，讚嘆蘇、李筆墨為稀世之珍，塞道士須交付驪龍深藏九淵，莫為俗人所取，並懇請道士告知藏經之地，詩人願深入九淵探取經卷。

從三人的詩歌唱和看來，宋代讀書人與道士交遊密切，對道教經典亦有相當的涉獵。詩歌中闡述《黃庭經》修煉與養生的思想與方法，傳達「洗心不修仙」的思想，顯現讀書人藉助道教經典修養心性的情形。黃庭堅主張以經典養心治性，此詩雖為唱和之作，但從「洗心不修仙」的思想看來，修煉《黃庭經》可能也是他「養心治性」的方法。

五、從經書中累積詩歌語言

黃庭堅曾說：「杜子美云：『讀書破萬卷，下筆如有神』，此作詩之器也。」〔註34〕精研古人詩法，乃為創作的基本功。他又說：「佳句善字皆當精心，略知某處可用，則下筆時，源源而來矣。」〔註35〕讀書乃是累積詩材的重要途徑，從書中攝取詞語、意義、句法作為創作材料，並且加以鍛鍊，便能「點鐵成金」。他以「長袖善舞，多錢善賈」為喻，〔註36〕說明積學的重要性。這種「無一字無來處」和「佳句善字皆當精心」的主張，其實來自杜甫「讀書破萬卷，下筆如有神」

能行風雨、制鬼神。
〔註33〕劉連朋、顧寶田注譯：《新譯黃庭經陰符經》，〈黃庭〉，頁11～12；〈玄元〉，頁82。
〔註34〕劉琳、李勇先、王蓉貴點校：《黃庭堅全集》續集卷5，〈答徐甥師川〉，頁2028。
〔註35〕劉琳、李勇先、王蓉貴點校：《黃庭堅全集》正集卷19，〈答曹荀龍〉，頁495。
〔註36〕黃庭堅：《豫章黃先生文集》卷19，〈與王觀復書〉，頁201。

及韓愈「於書無所不讀，然正用資以爲詩」的主張。〔註37〕

　　許尹稱黃庭堅「用事深密，雜以儒佛，虞初稗官之說，雋永鴻寶之書，牢籠漁獵，取諸左右」；〔註38〕方回說「黃專用經史雅言、晉宋清談、《世說》中不要緊字，融液爲詩」；〔註39〕翁方剛說黃庭堅「所錄皆漢晉間事，預儲爲詩文材料」。〔註40〕雖然眾人對這些詩法褒貶不一，但都顯示了黃庭堅藉由讀書熟悉典故，豐富詞彙，學習句法的詩學特色。

　　從古人各種著作裡收集作詩的材料和詞句，不失爲一種累積知識、豐富語言的手段。〔註41〕黃庭堅〈演雅〉一詩的詩歌語言即取自辭書，是一種從書中累積詩材的嘗試。演雅，顧名思義，即爲演述《爾雅》。《爾雅》是古代詮釋名物的辭書，保存大量先秦詞語，讀此書能「博務不惑，多識於鳥獸草木之名」。〔註42〕《爾雅》爲現今所知最早的辭書，《方言》、《釋名》、《埤雅》等書都是仿效它的體例編纂的。今人周裕鍇發現〈演雅〉提及的 41 種動物，高達 37 種見於宋人陸佃所撰之《埤雅》。《爾雅》只注蟲鳥之名，但《埤雅》演述蟲鳥秉性，並以之比擬人倫特性，故與〈演雅〉較爲相似。因此，他推斷〈演雅〉應爲《埤雅》之演繹。〔註43〕〈演雅〉云：

　　　桑蠶作繭自纏裹，蛛蝥結網工遮邏。燕無居舍經始忙，蝶爲

〔註37〕胡仔：《漁隱叢話前集》（臺北：台灣商務印書館，文淵閣《四庫全書》1480 冊），卷 35，〈半山老人三〉，頁 238。

〔註38〕劉琳、李勇先、王蓉貴點校：《黃庭堅全集》附錄三，〈黃陳詩注序〉，頁 2409。

〔註39〕錢鍾書：《談藝錄》（臺北：書林出版有限公司，1988 年），頁 23。

〔註40〕錢鍾書：《談藝錄》，頁 23。

〔註41〕周裕鍇：《宋代詩學通論》，頁 151。

〔註42〕郭璞說：「夫《爾雅》者，所以通詁訓之指歸，敘詩人之興詠，總絕代之離詞，辯同實而殊號者也。誠九流之津涉，六藝之鈐鍵，學覽者之潭奧，摛翰者之華苑也。若乃可以博物不惑，多識於鳥獸草木之名者，莫近於《爾雅》。」朱祖延主編：《爾雅詁林敘錄》（武漢：湖北教育出版社，1995 年），上冊，〈郭璞爾雅序〉，頁 205。

〔註43〕周裕鍇：〈宋代〈演雅〉詩研究〉，《文學遺產》，2005 年第 3 期，頁 38～50。

風光勾引破。老鶴銜石宿水飲，稚蜂趨衙供蜜課。鵲傳吉語
安得閒，雞催晨興不敢臥。氣陵千里蠅附驥，枉過一生蟻旋
磨。蚤聞湯沸尚血食，雀喜宮成自相賀。晴天振羽樂蜉蝣，
空穴祝兒成螺蠃。蛣蜣轉丸賤蘇合，飛蛾赴燭甘死禍。井邊
蠹李蟠苦肥，枝頭飲露蟬常餓。天螻伏隙錄人語，射工含沙
須影過。訓狐啄屋真行怪，蟢蛸報喜太多可。鸕鶿密伺魚蝦
便，白鷺不禁塵土涴。絡緯何嘗省機織，布穀未應勤種播。
五技鼫鼠笑鳩拙，百足馬蚿憐鼈跛。老蚌胎中珠是賊，醯雞
甕裏天幾大？螳螂當轍恃長臂，熠燿宵行矜照火。提壺猶能
勸沽酒，黃口只知貪飯顆。伯勞饒舌世不問，鸚鵡纏言便關
鎖。春蛙夏蜩更嘈雜，土蚓壁蟬何碎瑣。江南野水碧於天，
中有白鷗閒似我。（《山谷詩集注》，頁21～23）

這首詩描述四十一種蟲鳥物性，以此比喻世間眾生相。黃庭堅從辭書
中獲取的蟲鳥詞彙，再加上主觀陶冶重塑，創造了新奇的意象。前三
十八句寫眾多蟲鳥為營生而奔忙，甚至自蹈死地而不自知，這些蟲鳥
的種種情態，正是社會眾生的人生百態：作繭自縛、庸庸碌碌、自取
滅亡、陰謀算計、有名無實、目光短淺、狂妄自大、貪得無厭……。
末兩句描寫在紛擾塵世中，作者宛如悠閒高潔的白鷗，點出清高自持
的人生理想。

《爾雅》和《埤雅》這類辭書記錄了豐富的漢語詞彙，姑且不論
〈演雅〉演繹何者，這種從書中尋找詩歌語言的作法，無疑是黃庭堅
力求創新的實踐，其〈演雅〉一出，立刻引起眾人爭相仿作。〔註44〕
〈演雅〉從辭書中擷取詞彙作為詩歌語言，這種手法避免了慣用詞彙
所產生的熟爛，使讀者產生新奇的審美感受，是一種「以故為新」的
創新方法。

除了〈演雅〉，黃庭堅以辭書或字書為題的讀書詩，還有〈讀方
言〉與〈學許氏說文贈諸弟〉。《方言》又稱《輶軒使者絕代語釋別

────────────

〔註44〕仿作〈演雅〉的情形有：曾豐〈續演雅〉、陳著〈次韻演雅〉、方嶽
〈效演雅〉、張至龍〈演雅十章〉、白珽〈續演雅十詩〉、劉克莊〈演
雅二十韻〉等六首。

國方言》，作者揚雄耗費 27 年收集各地方言語料完成此書。《方言》
保存大量漢代漢語語彙，是中國第一部比較方言詞匯。黃庭堅〈讀
方言〉曰：「忽聞輶軒書，澀讀勞輔齶。虛堂漏刻間，九土可領略。
願多載酒人，喜我識字博。」〔註 45〕顯現黃庭堅以「識字博」自豪。
《方言》記載古代各地方言，或可作為新奇的詩歌語言，不過這一
點尚須考證黃庭堅的其他詩作。《說文》是古人治學的基礎，所以欲
通文字之由來，必讀《說文》，因此「蓋無《說文》，則不能通文字
之本，而《爾雅》失其依歸」。〔註 46〕若〈演雅〉是從書中尋找詞彙
的嘗試，那麼「鳥跡蟲紋皆有法」的《說文》〔註 47〕，或許也是黃
庭堅開拓詩歌語言的實踐對象。

　　綜上而論，黃庭堅或以《論語》的一字一句養心治性，或閱讀
《方言》以追尋人生典範，或研讀《莊子》與《黃庭經》以涵養學
術識見，或閱讀《埤雅》以擷取詩歌語言，黃庭堅透過研讀書籍的
途徑，追求道德人格的提升及學術涵養的充實，同時，他更採取了
「以故為新」的策略，從辭書中擷取新的詩歌語言，以做為詩文創
新的材料。

第二節　讀史部詩

　　宋代帝王注重歷史之資治功能，史書體例獲得空前發展，史學
範圍空前擴大。〔註 48〕宋代學風尚理性好議論，讀書人又雅好讀史，
因此多有「以詩論史」之作。仁宗、神宗兩朝是北宋學術文化發達
時期，神宗朝正是黃庭堅少壯時期。元祐年間，黃庭堅也參與了修
史工作，因此，他兼具了詩人與史家的身份。

〔註45〕黃寶華點校：《山谷詩集注》，〈讀方言〉，頁 899～900。
〔註46〕朱祖延主編：《爾雅詁林敘錄》（武漢：湖北教育出版社，1995 年），
　　　　上冊，〈黃侃爾雅音訓〉，頁 349。
〔註47〕黃寶華點校：《山谷詩集注》，〈學許氏說文贈諸弟〉，頁 1246。
〔註48〕姚瀛艇主編：《宋代文化史》（開封：河南大學出版社），1992 年，頁
　　　　307～328。

　　黃庭堅讀史自有其主張，他說：「讀史之法，考當世之盛衰，與君臣之離合。在朝之士，觀其見危之大節；在野之士，觀其奉身之大義。以其日力之餘玩其華藻，以此心術作爲文章，無不如意，何況翰墨與世俗之事哉？」〔註49〕又說：「經術深邃，則觀史易知人之賢不肖，遇事得失易明矣。」〔註50〕其觀史所重有三：考察當世盛衰及君臣離合；觀士人「見危之大節」與「奉身之大義」；觀人之賢不肖。他不僅注重「資治借鑑」的效用，還要效法古人節義、明辨古人賢愚，以追求人格陶養。如此，立身處事有所依歸，爲文賦詩就無不如意了。

一、考當世之盛衰與君臣之離合

（一）劉備與諸葛亮之離合

　　諸葛亮少時，「每自比於管仲、樂毅，時人莫之許也」。〔註51〕劉備三顧茅廬，諸葛亮爲之計定天下。劉備與諸葛亮之遇合備受後人關注，素爲詩人歌詠對象。黃庭堅作〈夜觀蜀志〉即著眼於君臣之遇合，其詩曰：

> 蓋世英雄不自知，暮年初志各參差。南陽隴底臥龍日，北固樽前失箸時。霸主三分割天下，宗臣十倍勝曹丕。寒爐夜發塵書讀，似覆輸籌一局棋。（《山谷詩集注》，頁1331）

此詩首句以「蓋世英雄」評論劉備與諸葛亮的歷史定位。頷聯承第二句，寫劉備與諸葛亮的「初志」。劉備屈居人下，因曹操一句「今天下英雄，唯使君與操耳」，〔註52〕嚇得驚慌失措；諸葛亮一介布衣，躬耕於南陽隴畝。頸聯承第二句寫「暮年」，諸葛亮計定天下，取得

〔註49〕劉琳、李勇先、王蓉貴點校：《黃庭堅全集》正集卷25，〈書贈韓瓊秀才〉，頁655。

〔註50〕劉琳、李勇先、王蓉貴點校：《黃庭堅全集》別集卷17，〈答蘇大通書〉，頁1832。

〔註51〕楊家駱主編：《新校本三國志注附索引》（臺北：鼎文書局，1978年），卷35，〈諸葛亮傳〉，頁911。

〔註52〕〈先主劉備傳〉曰：「先主未發。是時曹公從容謂先主曰：『今天下英雄，唯使君與操耳。本初之徒，不足數也。』先主方食，失匕箸。」楊家駱主編：《新校本三國志注附索引》，卷32，頁875。

三國鼎立之局勢；劉備深得人心，以漢室正統建立蜀漢大業。君臣遇合，開創了蓋世功業。尾聯爲讀史感悟，感嘆歷史興衰之快速。

自古詩人歌詠諸葛亮，多著眼於其才高壽夭，未能完成蜀漢大業。例如：杜甫〈蜀相〉「出師未捷身先死，長使英雄淚滿襟」；〔註53〕王安石〈諸葛武侯〉「武侯當此時，臥龍獨摧藏……勢欲起六龍，東迴出扶桑。惜哉淪中路，怨者爲悲傷。豎子祖餘策，猶能走強梁」；〔註54〕文天祥〈懷孔明〉「斜谷事不濟，將星殞營中。至今出師表，讀之淚沾襟」。〔註55〕但黃庭堅讀史焦點在於賢才與明君的遇合，可見其史識之特出。

（二）晉代清談誤國

漢末至魏晉時代，玄學興起，有清談之風。所謂「魏晉清談」，是指魏晉時代的貴族及知識分子以探討生命、社會、宇宙的哲理爲主要內容，以講究修辭技巧的談說論辯爲基本方式而進行的一種學術社交活動。〔註56〕由於當時名士縉紳「虛談廢務，浮文防要」，〔註57〕因有「清談誤國」之說。

熙寧元年（1068），黃庭堅讀《晉史》，對「清談」提出評論。其詩〈讀晉史〉曰：

> 天下放玄虛，誰知與道俱？唯餘范武子，乃是晉諸儒。（《山谷詩集注》，頁1244）

范甯，字武子，東晉經學家。當天下陷溺玄虛之際，范甯設學校，

〔註53〕杜甫：《杜詩鏡詮》（臺北：華正書局，1990年）卷7，〈蜀相〉，頁316～317。

〔註54〕李壁箋註：《王荊公詩注》（臺北：臺灣商務印書館，文淵閣《四庫全書》1106冊），卷5，〈諸葛武侯〉，頁44。

〔註55〕《全宋詩》卷3598，文天祥〈懷孔明〉，頁43047。

〔註56〕唐翼明：《魏晉清談》（臺北：東大圖書，1992年），頁43。

〔註57〕羲之謂（謝安）曰：「夏禹勤王，手足胼胝；文王旰食，日不暇給。今四郊多壘，宜思自效，而虛談廢務，浮文防要，恐非當今所宜。」見楊家駱主編：《新校本晉書并附編六種》（臺北：鼎文書局，1979年）卷79，〈謝安傳〉，頁2074。

授《五經》，爲《春秋‧穀梁氏》作注。黃庭堅認爲范甯全力維護儒學正統，其貢獻不可抹滅。范甯批判王弼、何晏開清談之風，使天下捨棄儒學，仁義淪喪；知識份子「崇尚虛無，口談玄遠，不屑綜理世務」，﹝註58﹞終致中原淪陷於夷狄，其罪行深於桀紂。﹝註59﹞此詩前後互相烘托，慧眼獨識范甯「眾醉獨醒」的睿智。

　　陳寅恪說：「清談之與兩晉，其始也，爲在野之士，不與當道合作；繼則爲名士顯宦之互爲利用，以圖名利兼收而誤國」。﹝註60﹞從知識份子的責任來說，在野之士隱居山林，不負政治責任，其清談不至誤國；但高官政要崇尚清談，不屑綜理世務，豈非貽誤蒼生？因此，石勒怒罵王衍：「君名蓋四海，身居重任，少壯登朝，至於白首，何得言不豫世事邪？破壞天下，正是君罪。」﹝註61﹞范甯曾抨擊王弼、何晏開清談之風，名士縉紳崇尚玄虛，毀棄禮法名教。因此范甯提振儒學，以安定國家禮法與社會秩序。黃庭堅獨識范甯以蒼生爲念的濟世精神，可謂史識獨特。

（三）唐室衰微之肇因

　　安史之亂是唐朝由盛轉衰的關鍵。玄宗寵幸楊貴妃，聽任楊國忠敗壞朝政，使安祿山坐大叛亂。亂起，玄宗幸蜀，肅宗即位討賊，平息戰亂，但國勢卻從此衰頹。黃庭堅議論安史之亂，著眼於玄宗寵信后妃大閹之昏庸，以及肅宗急於竊取大位之不孝。

1、玄宗輕易廢立儲皇

　　熙寧四年（1071），黃庭堅作〈次韻奉和仲謨夜話唐史〉，其詩

﹝註58﹞ 陳寅恪：《金明館叢稿初編》（北京：三聯書店，2001 年），〈陶淵明之思想與清談之關係〉，頁 210。
﹝註59﹞ 范甯曰：「王何蔑棄典文，不遵禮度，游辭浮說，波蕩後生，飾華言以翳實，騁繁文以惑世，搢紳之徒，翻然改轍，洙泗之風，緬焉將墜。遂令仁義幽淪，儒雅蒙塵，禮壞樂崩，中原傾覆。」見楊家駱主編：《新校本晉書并附編六種》卷 75，〈范甯傳〉，頁 1984～1985。
﹝註60﹞ 陳寅恪：《陳寅恪先生論文集補編》（臺北：九思出版社，1977 年），〈清談與清談誤國〉，頁 25。
﹝註61﹞ 楊家駱主編：《新校本晉書并附編六種》卷 43，〈王衍傳〉，頁 1238。

云：

> 貞觀規摹誠遠大，開元宗社半存亡。才聞冠蓋遊西蜀，又
> 見干戈暗洛陽。哲婦乘時傾嫡后，大閹當國定儲皇。傷心
> 不忍前朝事，願作玄龜獻未央。（《山谷詩集注》，頁 1281）

此詩首聯以貞觀之治與開元之治相比，凸顯唐代國勢衰弱之關鍵。太宗貞觀之治奠定盛世基礎，而開元之治卻是由盛轉衰的關鍵。〔註62〕頷聯寫安史亂起，唐朝國勢不堪一擊。玄宗倉皇離京，詩人以「冠蓋遊西蜀」暗諷玄宗無能守護家國；叛軍迅速攻佔洛陽稱帝，詩人以「干戈暗洛陽」暗示唐朝國力不堪一擊；此即史家之隱晦筆法。頸聯論述國勢衰弱朝政腐敗的原因。「哲婦乘時傾嫡后」寫玄宗因武惠妃讒言，誅殺太子李瑛；〔註63〕「哲婦」意指賢德或多謀深慮的婦人，此為史筆之隱微褒貶。「大閹當國定儲皇」寫玄宗以高力士建議，立李亨（肅宗）為太子。〔註64〕玄宗以寵妃及宦官之意廢立儲君，使得政局動盪人心不安，其昏聵足以敗亡國家。末聯反用神龜「曳尾於塗中」的典故，抒發詩人願化為神龜獻作帝王鑒戒。

〔註62〕〈本紀第二・太宗〉曰：「唐有天下，傳世二十，其可稱者三君，玄宗、憲宗皆不克其終，盛哉，太宗之烈也！」見楊家駱主編：《新校本新唐書附索引》（臺北：鼎文書局，1979 年），卷 2，頁 48。

〔註63〕《新唐書・宗諸子列傳》：惠妃女咸宜公主婿楊洄搆揖妃旨，伺太子短，譖為醜語，惠妃訴于帝，且泣，帝大怒，召宰相議廢之。中書令張九齡諫曰：「太子、諸王日受聖訓，天下共慶。陛下享國久，子孫蕃衍，奈何一日棄三子？……」帝默然，太子得不廢。……惠妃使人詭召太子、二王，曰：「宮中有賊，請介以入。」太子從之。妃白帝曰：「太子、二王謀反，甲而來。」帝使中人視之，如言。……乃召：「太子瑛、鄂王瑤、光王琚同惡均罪，并廢為庶人。……」瑛、瑤、琚尋遇害，天下冤之，號「三庶人」。見楊家駱主編：《新校本新唐書附索引》卷 82，頁 3607～3608。

〔註64〕《新唐書・宦者列傳上》曰：初，太子瑛廢，武惠妃方嬖，李林甫等皆屬壽王，帝以肅宗長，意未決，居忽忽不食。……帝曰：「爾，我家老，揣我何為而然？」力士曰：「嗣君未定耶？推長而立，孰敢爭？」帝曰：「爾言是也。」儲位遂定。見楊家駱主編：《新校本新唐書附索引》卷 207，頁 5860。

史家認爲玄宗朝國勢衰敗之因起於女禍，〔註65〕玄宗眼見高宗至中宗時的女禍，卻未能以此爲鑑，反而窮奢極樂寵溺所愛，因而竄身失國。黃庭堅讀史自有見解，他指出玄宗過失有二：不納丞相張九齡保太子以安人心之諫，反而聽信武惠妃的讒言輕易廢太子殺王儲；又聽從高力士建議立肅宗爲太子，造成政局動盪人心不安。因此，玄宗聽從后妃及宦官的意見輕易廢立儲皇，才是國勢衰微的主因。

2、玄宗寵信貴妃

除了輕易廢立儲皇的昏聵，玄宗寵信楊貴妃的荒淫也是政局衰敗的原因。《楊太眞外傳》爲宋人樂史根據開元天寶年間史事所撰，黃庭堅作〈和陳君儀讀《楊太眞外傳》五首〉，其詩曰：

> 朝廷無事君臣樂，花柳多情殿閣春。
>
> 不覺胡雛心暗動，綺羅翻作墜樓人。（其一）
>
> 扶風喬木夏陰合，斜谷鈴聲秋夜深。
>
> 人到愁來無處會，不關情處總傷心。（其二）
>
> 梁州一曲當時事，記得曾拈玉笛吹。
>
> 端正樓空春晝永，小桃猶學淡燕支。（其三）
>
> 高麗條脫琱紅玉，邐迆琵琶撚綠絲。
>
> 蛛網屋煤昏故物，此生惟有夢來時。（其四）
>
> 上皇曾御昭儀傳，鏡裏觀形只眼前。
>
> 養得祿兒傾四海，千秋更有一伶玄。（其五）

（《山谷詩集注》，頁707～709）

其一，寫玄宗縱情享樂怠於治國，釀成安史之亂，迫使摯愛縊死馬嵬坡。詩中以「君臣樂」、「花柳情」、「殿閣春」鋪陳玄宗宴樂情節，而

〔註65〕〈本紀第五·玄宗〉曰：「女子之禍于人者甚矣！自高祖至于中宗，數十年間，再罹女禍，唐祚既絕而復續，中宗不免其身，韋氏遂以滅族。玄宗親平其亂，可以鑒矣，而又敗以女子。方其勵精政事，開元之際，幾致太平，何其盛也！及侈心一動，窮天下之欲不足爲其樂，而溺其所甚愛，忘其所可戒，至於竄身失國而不悔。」見楊家駱主編：《新校本新唐書附索引》卷5，頁154。

「胡雛心暗動」則指安祿山叛亂之野心。其二，寫貴妃自縊後，玄宗睹物思人之哀思。詩中藉小說中描摹的景物「扶風喬木」與「斜谷鈴聲」，烘托玄宗對貴妃的思念與憾恨。其三，以歡愉往事反襯物是人非的淒涼。貴妃吹奏寧王玉笛的宴樂場所，及華清宮梳洗之處端正樓，如今都已人去樓空，徒留春光流轉。往日之繁華歡樂反襯出玄宗晚年之孤寂淒涼。其四，寫玄宗睹貴妃遺物追念昔日之悲涼。異國進貢的「瑚紅玉」與「邏逤琵琶」均為君王賞賜貴妃的珍寶，昔日榮寵已成今日蛛網煤屋的「故物」，襯托睹物思人的悲苦。其五，寫玄宗觀覽《漢成帝內傳》，卻未以之為鑒，枉費漢代史家伶玄撰寫《趙飛燕外傳》的苦心。

此詩以幽微隱晦手法，批判玄宗荒淫縱欲造成國家動亂。「朝廷無事」、「花柳多情」與「胡雛心動」、「綺羅墜樓」相映襯，凸顯由盛而衰之悲劇，隱晦指責皇帝對於國政之輕忽；「高麗條脫」與「邏逤琵琶」之備極奢華與聲色享樂，烘托了「蛛網屋煤」與「此生有夢」之黯淡荒涼，顯現玄宗之淒涼晚景。黃庭堅鎔裁小說情節，隱含批判褒貶，此即「多委婉顯晦，推見至隱之書法」。〔註66〕

3、玄宗荒淫與肅宗奪權

安史之亂爆發後，肅宗即位靈武討賊，玄宗被迫遜位，此事詩人與史家均有議論，其中以〈大唐中興頌〉最受矚目。天寶十四載（754）安史亂起，太子即位靈武，玄宗遜位。至德二載（757），玄宗自蜀還京，居於興慶宮。上元元年（760），移居西內。上元二年（761）三月底玄宗逝世，元結撰文於同年八月，至大曆六年（771）始刻於永州。其文曰：

> 噫嘻前朝，孽臣姦驕，為昏為妖。邊將騁兵，毒亂國經，
> 群生失寧。大駕南巡，百寮竄身，奉賊稱臣。天將昌唐，
> 繫曉我皇，匹馬北方。獨立一呼，千麾萬旌，我卒前驅。

〔註66〕張高評：《自成一家與宋詩宗風》（臺北：萬卷樓圖書），2004 年，頁219～220。

我師其東，儲皇撫戎，蕩攘群兇；復服指期，曾不踰時，
有國無之。事有至難，宗廟再安，二聖重歡。……〔註67〕

元結撰文於玄宗逝世當年，安史之亂平定已四年。此文雖名為「中興
頌」，卻飽含幽微隱晦的褒貶。肅宗以「儲皇撫戎，蕩攘群兇」為名
而即位，迫使幸蜀的玄宗遜位；亂平之後，雖「宗廟再安，二聖重歡」，
但玄宗親信盡被貶退，淒涼獨居西內。元結藉此指責肅宗爭權之不孝。

〈大唐中興頌〉石刻由顏真卿書寫，其拓本廣為流傳。崇寧三
年（1104），黃庭堅謫遷宜州見石刻，作〈書磨崖碑後〉，其詩云：

春風吹船著浯溪，扶藜上讀〈中興碑〉。平生半世看墨本，
摩挲石刻鬢成絲。明皇不作包桑計，顛倒四海由祿兒。九
廟不守乘輿西，萬官已作鳥擇栖。撫軍監國太子事，何乃
趣取大物為？事有至難天幸爾，上皇蹢躅還京師。内間張
后色可否，外間李父頤指揮。南内淒涼幾苟活，高將軍去
事尤危。臣結〈舂陵〉二三策，〔註68〕臣甫〈杜鵑〉再拜
詩。安知忠臣痛至骨，世上但賞瓊琚詞。同來野僧六七輩，
亦有文士相追隨。斷崖蒼蘚對立久，涷雨為洗前朝悲。（《山
谷詩集注》，頁 478～480）

此詩每四句為一節，共五節。第一節寫詩人遊浯溪，觀〈中興碑〉。
第二節論玄宗荒淫致亂，竄逃西蜀，百官陷賊變節。玄宗內政「不作
包桑計」，導致安祿山叛亂「顛倒四海」；亂起之際，九廟不守，倉皇
奔逃西蜀，陷賊百官如鳥鳥各擇棲所，各自變節。第三節批判肅宗爭
奪大位，致使玄宗處境蹢躅尷尬。〈中興頌〉稱肅宗「儲皇撫戎，蕩
攘群兇」、「宗廟再安，二聖重歡」，黃庭堅以為此處隱含春秋筆法，
因以「撫軍監國太子事」二句，批判肅宗未守太子本分，急於奪取皇

〔註67〕元結：《元次山文集》（臺北：上海商務印書館，四部叢刊初編本），
卷6，頁28。

〔註68〕袁文曰：「余見太史（黃庭堅）親寫此詩於磨崖碑後者，作『臣結春
秋二三策』，詎庸改耶！」袁文：《甕牖閒評》（臺北：臺灣商務印書
館，文淵閣《四庫全書》852冊），卷5，頁450。依袁文所言，「春
秋二三策」所指應為〈大唐中興頌〉。

位，有違人子孝道；兩京收復，「上皇」踽踽返京，顯現玄宗的處境尷尬。第四節就「二聖重歡」點出元結史筆之幽微隱晦處。「內間張后色可否」二句，描寫肅宗因張皇后與李輔國之離間，將玄宗徙居「西內」，極為不孝；又以「南內淒涼幾苟活」二句，道出玄宗晚年處境難堪，極其淒涼。〔註69〕第五節指出元結〈大唐中興頌〉與杜甫〈杜鵑行〉，〔註70〕均以隱晦微婉之春秋筆法，譴責肅宗之無道與不孝，可惜世人不解其隱微褒貶。第六節表現黃庭堅對於前朝史事的感慨。

　　史家對於肅宗奪取大位之事，亦有嚴厲批判。《新唐書》曰：

> 天寶之亂，大盜遽起，天子出奔。方是時，肅宗以皇太子治兵討賊，真得其職矣！……而僖宗在蜀，諸鎮之兵糾合勠力，遂破黃巢而復京師。由是言之，肅宗雖不即尊位，亦可以破賊矣。〔註71〕

僖宗以太子身分糾合藩鎮兵力，平定黃巢之亂；而肅宗卻不以太子身份治兵討賊，顯現其奪位野心。黃庭堅「撫軍監國太子事，何乃趣取大物為」的批判，顯現其獨特史識，因此胡仔評此詩「傑句偉論，殆為絕唱，後來難復措詞矣」。〔註72〕前朝悲足為今朝鑒，黃庭堅讚頌元結春秋筆法之際，也幽幽道出對於宋朝國勢日漸衰弱的不安與關切。吳子良說：「讀〈中興頌〉詩，前後非一，惟黃魯直、潘大臨，皆可為世主規鑒。……建炎亂離奔走之際，猶庶幾少陵不忘君之意耳。」〔註73〕這段話正好為道出了詩人論史鑒今的苦心。

〔註69〕「南內」為興慶宮，原為玄宗舊邸。至德二載（757）十二月，玄宗還都，先居南內興慶宮，上元元年（760），徙居西內甘露殿，上元二年（761）三月底玄宗逝世。

〔註70〕楊倫編輯：《杜詩鏡銓》卷7，頁326，引《容齋隨筆》曰：「時明皇為李輔國劫遷西內，肅宗不復定省，子美作〈杜鵑行〉以傷之。」〈杜鵑行〉有「雖同君臣有舊禮，骨肉滿眼身羈孤」，即指此事。

〔註71〕楊家駱主編：《新校本新唐書附索引》卷6，〈本紀第六·代宗〉，頁181。

〔註72〕胡仔：《漁隱叢話前集》（臺北：台灣商務印書館，文淵閣《四庫全書》1480冊），卷47，頁309。

〔註73〕吳子良：《荊溪林下偶談》（臺北：臺灣商務印書館，文淵閣《四庫全書》1481冊），卷2，〈讀中興頌詩〉，頁500。

二、觀士人見危之大節與奉身之大義

（一）陶淵明的用世大志與詩歌成就

陶淵明生活於「篡」與「亂」的時代，幾度出仕，卻因政治黑暗而歸隱田園。他被稱爲「古今隱逸詩人之宗」，鍾嶸《詩品》將其詩歌列於中品，可見當時其詩文未受矚目。到了唐代，杜甫推崇陶淵明的詩歌，在創作上有意擬陶；白居易推崇陶淵明的處世態度，並學習其詩歌風格。宋代，陶淵明的節操與平淡詩風受到宋人推重，其人格美與詩美成了宋人的典範。

熙寧八年（1075），黃庭堅作〈次韻謝子高讀《淵明傳》〉，其詩曰：

> 枯木嵌空微暗淡，古器雖在無古弦。袖中政有南風手，誰爲聽之誰爲傳？風流豈落正始後？甲子不數義熙前。一軒黃菊平生事，無酒令人意缺然。（《山谷詩集注》，頁552）

詩歌首聯以「淵明蓄無弦琴」典故爲引，頷聯點化舜歌〈南風〉之詩的典故，[註74] 表達陶淵明以琴音寄託濟世理想，卻因生逢亂世而懷才不遇。頸聯推崇陶淵明的詩歌成就及忠義精神。陶淵明的詩歌雖僅被列鍾嶸爲「中品」，但其才情毫不遜色於魏正始年間詩人；其文章所題日月，「義熙以前，則書晉氏年號，自永初（劉裕年號）以來唯云甲子而已」，[註75] 顯現其忠義精神。尾聯以「菊」象徵其固窮守

〔註74〕《史記‧樂書》曰：「故舜彈五弦之琴，歌《南風》之詩而天下大治。」韓兆琦注譯：《新譯史記》（臺北：三民書局，2008年），卷24，頁1269。

〔註75〕楊家駱主編：《新校本宋書附索引》（臺北：鼎文書局，1979年），卷93，頁2289。《南史‧隱逸傳》亦載此事。關於此說，歷來辯說紛紜。胡仔《漁隱叢話前集》載：思悦考淵明之詩，有以題甲子者，始庚子，距丙辰，凡十七年間只九首耳，皆晉安帝時所作也。中有《乙巳歲三月爲建威參軍使節都經前溪作》，此年秋乃爲彭澤令，在官八十餘日，即解印綬，賦《歸去來兮辭》。後一十六年庚申，晉禪宋，恭帝元熙二年也。蕭德施《淵明傳》曰：「自宋高祖王業漸隆，不復肯仕。」於淵明出處，得其實矣。寧容晉未禪宋前二十年，輒恥事二姓，所作詩但題甲子而自取異哉？矧詩中又無標晉年號者，其所

節的情操，推崇陶淵明安貧樂道的精神。

陶淵明的詩歌風流及忠義精神，正是黃庭堅學陶著力之處。他說：「謝康樂、庾義城之於詩，鑪錘之功不遺力也。……蓋二子有意於俗人贊毀其工拙，淵明直寄焉耳。」〔註76〕陶淵明直抒胸臆、不假錘鍊，其作品「不煩繩削而自合」，〔註77〕正符合黃庭堅的審美標準。他尊崇陶淵明效忠晉室的忠義，在〈宿舊彭澤懷陶令〉以「司馬寒如灰，禮樂卯金刀。歲晚以字行，更始號元亮」，指出陶淵明歸隱田園之際，正是司馬氏衰微劉氏興禮作樂之時（「卯金刀」爲「劉」字之拆解），陶淵明因有「甲子不數義熙前」的舉動，此爲效忠晉室之大節；「淒其望諸葛，骯髒猶漢相」指出陶淵明的經世之才可與諸葛亮相比，可惜未得到明主重用，〔註78〕這正是「袖中政有南風手，誰爲聽之誰爲傳」的闡釋。

黃文煥說：「鍾嶸品陶，徒曰隱逸之宗；以隱逸蔽陶，陶又不得見也。析之以憂時念亂，思扶晉衰，思抗宋禪，經濟憤腸，語藏本末，湧若海立，屹若劍飛，斯陶之心膽出矣。」〔註79〕陶淵明的濟世之志及忠義精神，深受黃庭堅推崇。

（二）南霽雲殉國之大義

安祿山叛亂，張巡、許遠死守睢陽，是唐史中極爲悲壯的戰役。至德二載（757），賊兵進攻睢陽，睢陽援絕糧盡，張巡派南霽雲向賀

　　題甲子，蓋偶記一事耳。後人類而次之，亦非淵明之意也。（卷3，頁61～62）又：「永初」爲劉裕年號。
〔註76〕劉琳、李勇先、王蓉貴點校：《黃庭堅全集》外集卷24，〈論詩〉，頁1428。
〔註77〕劉琳、李勇先、王蓉貴點校：《黃庭堅全集》正集卷25，〈題意可詩後〉，頁665。
〔註78〕黃寶華點校：《山谷詩集注》，頁15～16。「骯髒」，抗髒也，意爲高亢婞直之貌。
〔註79〕陶潛著，黃文煥析義：《陶元亮詩四卷》（台南：莊嚴文化，1997年四庫全書存目叢書，集部3，別集類），頁157。

蘭進明與許叔冀求援，但兩人互相牽制、心存觀望而未派兵救援，導致睢陽城陷，守將殉國。黃庭堅作〈書睢陽事後〉，其詩云：

> 莫道睢陽覆我師，再興唐祚匪公誰？流離顛沛義不辱，去就死生心自知。政使賀蘭非長者，豈妨南八是男兒！乾坤震盪風塵晦，愁絕宗臣陷賊詩。（《山谷詩集注》，頁1262）

此詩首聯以反詰語氣稱揚張巡、許遠等人再興唐祚的功績。睢戰役唐軍雖全軍覆沒，但卻阻斷叛軍侵擾江南富庶地區，保留了再興國祚的元氣。頷聯歌頌睢陽守將視死如歸，竭力抗敵的忠義。頸聯寫城困之時，賀蘭進明等人猜忌牽制，觀望坐視，不願出兵救援；南霽雲（排行第八，人稱「南八」）突圍求援不成，再入睢陽抗賊，殉國而死。諸將的互相牽制與觀望，烘托出南霽雲的忠義大節。末聯以敘爲議，描寫國家動盪之際，正是考驗百官氣節的時刻，張巡等人的忠義節操正是士人奉身之大節。

《新唐書》曰：「張巡、許遠，可謂烈丈夫矣。以疲卒數萬，嬰孤墉，抗方張不制之虜，鯁其喉牙，使不得搏食東南……大小數百戰，雖力盡乃死，而唐全得江、淮財用，以濟中興，引利償害，以百易萬可矣。」〔註80〕張巡等人以睢陽孤城，力抗賊兵南侵之攻勢，雖然城破身殉，卻維護了唐朝賴以中興的江淮財用，建立了使天下不亡之功。黃庭堅論述睢陽守將「再興唐祚」大功，論點與史家一致。

黃庭堅對於士大夫之立身處世，最重其人格節操，他說：

> 余嘗爲少年言：「士大夫處世可以百爲，唯不可俗，俗便不可醫也。」或問不俗之狀。老夫曰：「難言也。視其平居無以異於俗人，臨大節而不可奪，此不俗人也。」〔註81〕

不俗之人必須「臨大節而不可奪」，張巡、許遠、南霽雲等人展現了「顛沛流離義不辱」的風骨節操，正是「臨大節而不可奪」的人格典範。這就是他從史書見「在朝之士，觀其見危之大節；在野之士，觀

〔註80〕楊家駱主編：《新校本新唐書附索引》卷192，〈忠義中〉，頁5544。
〔註81〕黃庭堅：《豫章黃先生文集》，卷29，〈書繒卷後〉，頁326。

其奉身之大義」的讀史之法。〔註82〕

三、知人之賢不肖

黃庭堅說:「所論史事不隨世許可,取明於己者而論古人。語約而意深。文章之法度,蓋當如此」〔註83〕讀史貴於發掘眾人未到處,其〈曹公傳〉、〈讀謝安傳〉便闡發了不凡的史識。

(一)曹操謀篡之野心

漢末,天下割據,曹操挾天子令諸侯,乘勢興起。曹操的歷史評價褒貶不一,陳壽認為曹操善於謀畫攻略與駕馭人才,將他定位為三國最傑出的軍事家及政治家;〔註84〕許子將認為曹操是「治世之能臣,亂世之姦雄」;〔註85〕唐太宗以「雄武之姿」讚譽曹操,但又說他「觀沈溺而不拯,視顛覆而不持。乖徇國之情,有無君之跡」;〔註86〕司馬光看重曹操的才能和事功,但又說他「蓄無君之心久矣」。〔註87〕

黃庭堅作〈讀曹公傳〉,對其歷史功過發表了獨特的見解。靈帝、獻帝之時,宦官外戚為禍,忠義之士遭到耘除略盡,曹操才能輕易把持朝政。曹操專政後,殘殺後宮,逼迫獻帝,他運籌演謀,「終已恭

〔註82〕 劉琳、李勇先、王蓉貴點校:《黃庭堅全集》正集卷 25,〈書贈韓瓊秀才〉,頁 655。

〔註83〕 劉琳、李勇先、王蓉貴點校:《黃庭堅全集》正集卷 18,〈答何靜翁書〉,頁 464。

〔註84〕 〈武帝紀〉評曰:「太祖運籌演謀,鞭撻宇內,攬申、商之法術,該韓、白之奇策,官方授材,各因其器,矯情任算,不念舊惡,終能總御皇機,克成洪業者,惟其明略最優也。抑可謂非常之人,超世之傑矣!」見楊家駱主編:《新校本三國志注附索引》卷 1,〈武帝紀〉,頁 55。

〔註85〕 裴松之引孫盛《異同雜語》云:「(曹操)嘗問許子將曰:『我何如人也?』子將不答。固問之,子將曰:『子治世之能臣,亂世之姦雄。』太祖大笑。」見楊家駱主編:《新校本三國志注附索引》卷 1,頁 3。

〔註86〕 李世民〈祭魏太祖文〉。董誥編:《全唐文》(北京:中華書局,2001年),卷 10,頁 130~131。

〔註87〕 司馬光:《資治通鑑》(臺北:中華書局據鄱陽胡氏仿元本校刊,四部備要本),卷 68,頁 20。

讓，腹毒而色取仁」，終由曹丕奪取帝位。﹝註88﹞但篡奪而來的社稷，終將「粢盛殆其不繼」，故其〈讀曹公傳〉詩曰：

> 南征北伐報功頻，劉氏親爲魏國賓。畢竟以丕成霸業，豈能於漢作純臣。兩都秋色皆喬木，二祖恩波在細民。駕馭英雄雖有術，力扶宗社可無人？（《山谷詩集注》，頁709～710）

首聯說明曹操南征北伐，掃除割據，抵禦異族，他憑藉功勳專擅朝政，獻帝成爲其號令諸侯的傀儡。頷聯描寫曹操去世不及一年，曹丕立即篡奪政權，顯見曹氏父子野心。頸聯評論曹操功績，他崇尚法治、抑制豪強兼併、減輕賦役、興修水利、振興教育等，這些舉措安定了社會及經濟的發展，因此「恩在細民」。末聯譴責曹操之謀篡，他雖善於駕馭英雄，但篡奪得來的天下終難國祚綿延。

曹操對於百姓之貢獻不可磨滅，但他自恃功勳攘奪天下的野心，也受到世人嚴厲批判，黃庭堅評曹操功過即著眼於此。曹氏不以正道得天下，故其社稷終被司馬氏所篡。黃庭堅認爲士大夫立身處世，「可以託六尺之孤，寄百里之命，不以千乘之利奪其大節」，曹氏父子之謀篡與野心，顯然並非「可以託六尺之孤」的君子。

（二）謝安之矯情與僥倖

謝安四十歲前隱居東山，時人有「安石不肯出，將如蒼生何」之語；謝安爲相之時，率子姪輩參與淝水之戰大勝，保住東晉偏安局勢；簡文帝崩，謝安與王坦之阻撓桓溫竊取王位，其功績深受史家肯定。

﹝註88﹞黃庭堅〈讀曹公傳序〉：曹公自以勳高宰衡，文對西伯，蟬蛻揖讓之中，而用漢室於家巷。更黨錮之災，義士忠臣耘除略盡；獻靈之間，北面朝者拱而觀變，漢、魏何擇焉？彼見宗廟社稷之無與也。執太阿而用其穎，以司一世之命，左右無不得意；引後宮於鈇鉞，如刈蒲茅。夫匹婦婢使得罪，家人猶爲謝過，而親北面受命之君，自以爲未知死所，嗚呼！『癡憨王』，其誰曰過言？雖然，終已恭讓，腹毒而色取仁，任丕以易漢姓者，何也？漢之末造，雖得罪於社稷骨鯁之臣，而猶不得罪於民，故猶相與愛其名耳。余聞曰：道揆以上惠不足而明有餘，不在社稷而數有功粢盛，殆其不繼哉！感之，作曹公詩一章。（《山谷詩集注》，頁709～710）

故史家評論曰：「苻堅百萬之眾已瞰吳江，桓溫九五之心將移晉鼎，衣冠易慮，遠邇崩心。從容而杜姦謀，宴衍而清群寇，宸居獲太山之固，惟揚去累卵之危，斯為盛矣。」〔註89〕杜甫有詩曰「蒼生起謝安」，〔註90〕可見其歷史評價。

　　然而，黃庭堅讀史卻有不同於前人的論述，其〈讀謝安傳〉曰：

　　傾敗秦師琰與玄，矯情不顧驛書傳。持危又幸桓溫死，太
　　傅功名亦偶然。（《山谷詩集注》，頁1070）

此詩前二句議論謝安聞知淝水捷報時之舉止。謝安子侄大破前秦大軍，謝安聞捷「了無喜色，棋如故」，〔註91〕黃庭堅以為此乃矯飾之舉。後二句評論謝安阻桓溫稱帝之功，出於偶然。桓溫權勢足以廢立帝王之時，謝安每見桓溫便遠遠行禮敬拜。簡文帝駕崩之際，桓溫示意朝廷賜九錫，授意袁宏起草〈九錫文〉以備禪讓，謝安與王坦之趁桓溫病重藉故拖延，桓溫不久病死，禪讓之事便告中止。黃庭堅認為若非桓溫病死，謝安之能耐不足阻撓其稱帝。史家評論謝安「從容而杜姦謀」、「惟揚去累卵之危」，黃庭堅顯然不能苟同，他翻疊「機智沉著」、「功在天下」的評價，另作「矯情不顧驛書傳」、「太傅功名亦偶然」之創見，可謂史識獨具。

　　從上述讀書詩可見，黃庭堅讀史目的不僅在於拓展思想識見，更在於效法忠義節烈之士。他認為以道德學術涵養生命，才能提高詩歌的格調，因此，「以此心術作為文章，無不如意」。

第三節　讀集部詩

　　讀集部詩闡釋的內容有四：一、追尋前人的典範，作為修養品德

〔註89〕楊家駱主編：《新校本晉書并附編六種》卷79，〈謝安傳〉，頁2090。
〔註90〕楊倫編輯：《杜詩鏡詮》，〈宴王使君宅題二首〉，頁945。
〔註91〕〈謝安傳〉曰：玄等既破堅，有驛書至，安方對客圍棋，看書既竟，便攝放床上，了無喜色，棋如故。客問之，徐答云：「小兒輩遂已破賊。」既罷，還內，過戶限，心甚喜，不覺屐齒之折，其矯情鎮物如此。見楊家駱主編：《新校本晉書并附編六種》卷79，頁2075。

的理想；二、鑑賞前人詩作，以提升藝術鑑賞水準；三、研讀前人詩作並推陳出新，以擅場前輩；四、評論鑑賞詩歌，提出詩學主張。以下分述之。

一、追尋典範

（一）陶淵明之樂易

宋人學習的前人典範中，陶淵明是最受矚目的對象，他的高潔人格與自然詩風，普受宋人推崇。蘇軾稱「陶淵明欲仕則仕，不以求之為嫌，欲隱則隱，不以去之為高，飢則扣門而乞食，飽則雞黍以延客，古今賢之，貴其真也」。〔註 92〕即便是寫詩，陶淵明也是以其本色毫無點染地與世人相見，〔註 93〕宋人稱「淵明之為詩，寫其胸中之妙耳」。〔註 94〕這種自然率真的性格正是宋人推崇的人格典型。

黃庭堅〈和答李子真讀陶庚詩〉表現了向慕陶淵明之情，其詩曰：

> 樂易陶彭澤，憂思庾義城。風流掃地盡，詩句識餘情。往
> 者不再作，前賢畏後生。君言得意處，此意少人明。（（《山
> 谷詩集注》，頁 569）

此詩首句以「樂易」兩字概括陶淵明的人格與詩風。陶淵明早年積極用世卻屢遭挫敗，中年歸隱田園固窮守真，其間經歷了許多徬徨與抉擇。躬耕隴畝的生活，經常是「寒餒常糟糠」，〔註 95〕但他卻抱著「豈不實辛苦，所懼非飢寒。貧富常交戰，道勝無戚顏」的態度面對窮困的生活，〔註 96〕可知陶淵明安貧樂道的高貴情操。

〔註 92〕蘇軾：《蘇軾文集》，卷 68，〈書李簡夫詩集後〉，頁 2148。

〔註 93〕葉嘉瑩：《迦陵談詩》（臺北：東大圖書，2005 年），頁 47。

〔註 94〕魏慶之：《詩人玉屑》（臺北：台灣商務印書館，文淵閣《四庫全書》
1481 冊），卷 12，〈韓杜〉，頁 181。

〔註 95〕逯欽立校注：《陶淵明集》（臺北：里仁書局，1981 年），卷 4，〈雜
詩〉之八，頁 119。

〔註 96〕逯欽立校注：《陶淵明集》（臺北：里仁書局，1981 年），卷 4，〈詠
貧士〉七首之五，頁 126。

黃庭堅評論陶淵明的詩歌自然天眞，他說：

> 謝康樂、庾義城之於詩，鑪錘之功不遺力也。然陶彭澤之
> 牆數仭，謝、庾未能窺者，何哉？蓋二子有意於俗人贊毀
> 其工拙，淵明直寄焉耳。〔註97〕

> 寧律不諧，而不使句弱；用字不工，不使語俗，此庾開府
> 之所長也，然有意於爲詩也。至於淵明，則所謂不煩繩削
> 而自合。〔註98〕

陶淵明詩歌「無意於俗人贊毀」、「不煩繩削而自合」，這種不事雕琢的
自然，正因詩人「直寄焉耳」。他無意於俗人讚毀，故其詩歌展現了自
然質樸的特質。他歌詠陶淵明「空餘詩語工，筆落九天上」，又說「向
來非無人，此友獨可尙」，〔註99〕足見他將陶淵明視爲效法的典範。

（二）杜甫之忠義

　　黃庭堅推崇陶淵明的忠義，也推崇杜甫的憂國憂民。《潘子眞
詩話》記載：「山谷嘗爲余言：老杜雖在流落顛沛中，未嘗一日不
在本朝，故善陳時事，句律精深，超古作者，忠義之氣激發而然。」
〔註100〕杜甫一生顛沛流離，對家國未曾一日忘懷，故其憂國憂民的
忠義，也流露在作品中。黃庭堅曾作〈次韻伯氏寄贈蓋郎中喜學老
杜詩〉，推崇杜甫的忠義，其詩曰：

> 老杜文章擅一家，國風純正不欹斜。帝閽悠邈開關鍵，虎
> 穴深沈探爪牙。千古是非存史筆，百年忠義寄江花。潛知
> 有意升堂室，獨抱遺編校舛差。（《山谷師集注》，頁1308）

杜甫繼承《國風》的寫實精神，故其詩歌能「擅一家」。「帝閽悠邈開
關鍵，虎穴深沈探爪牙」兩句喻示杜詩的寫實精神：杜甫披露朝政與
時事，其處境猶如直探「虎穴」；因杜詩的流傳，世人得以知曉朝政

〔註97〕 劉琳、李勇先、王蓉貴點校：《黃庭堅全集》外集卷24，〈論詩〉，頁1428。
〔註98〕 劉琳、李勇先、王蓉貴點校：《黃庭堅全集》正集卷25，〈題意可詩
　　　　後〉，頁665。
〔註99〕 黃寶華點校：《山谷詩集注》，〈宿舊彭澤懷陶令〉，頁15。
〔註100〕 魏慶之：《詩人玉屑》（臺北：台灣商務印書館，文淵閣《四庫全書》
　　　　1481冊），卷16，〈不忘君〉，頁231。

得失。因此，杜詩記錄「千古是非」，猶如不朽的史書。杜詩關心時政、反映社會的表現，乃是忠義精神的顯現，因此黃庭堅以「百年忠義寄江花」稱道其忠義。

黃庭堅十七歲時，曾評論杜甫〈北征〉以「書一代之事」勝韓愈〈南山〉。〔註101〕〈北征〉寫肅宗借回紇兵力平定安史之亂，全詩以春秋史筆寫出以夷抗夷的恥辱，展現杜甫的忠義之情。此外，黃庭堅〈老杜《浣花谿圖》引〉亦見其追慕，其詩云：

> 拾遺流落錦官城，故人作尹眼爲青。碧雞坊西結茅屋，百花潭水濯冠纓。故衣未補新衣綻，空蟠胸中書萬卷。探道欲度羲皇前，論詩未覺《國風》遠。干戈崢嶸暗寓縣，杜陵韋曲無雞犬。老妻稚子且眼前，弟妹飄零不相見。此公樂易眞可人，園翁溪友肯卜鄰。鄰家有酒邀皆去，得意魚鳥來相親。浣花酒船散車騎，野墻無主看桃李。宗文守家宗武扶，落日寒驢馱醉起。願聞解鞍脫兜鍪，老儒不用千戶侯。中原未得平安報，醉裡眉攢萬國愁。生綃鋪牆粉墨落，平生忠義今寂寞。兒呼不蘇驢失腳，猶恐醒來有新作。常使詩人拜畫圖，煎膠續絃千古無。（《山谷詩集注》，頁1009～1011）

黃庭堅描繪杜甫流落錦官城的生活，刻畫其憂國憂民形象。浣花溪畔的生活，是杜甫一生較爲安定的時期，當他與鄰人酣飲之時，仍不忘社稷民生。「願聞解鞍脫兜鍪，老儒不用千戶侯」兩句，描寫老翁杜甫一心報國；「中原未得平安報，醉里眉攢萬國愁」兩句，描寫未得捷報，憂思攢眉的神態。這四句刻畫出杜甫忠義的形象。詩末以「平生忠義今寂寞」，顯現黃庭堅以杜甫的異代知己自居。

葉嘉瑩說：「他（杜甫）與眾不同的最傑出處，是那『以天下爲己任』的自然天性。」〔註102〕杜甫「以天下爲己任」的襟懷，正是黃庭堅的人生典範。正如方回所言：「學老杜詩，當學山谷詩，又當

〔註101〕 胡仔：《漁隱叢話前集》（臺北：台灣商務印書館，文淵閣《四庫全書》1480冊），卷12，〈杜少陵七〉，頁110。

〔註102〕 葉嘉瑩：《葉嘉瑩說詩講稿》（北京：中華書局，2008年），〈結合中西詩論看幾首中國舊詩中形象與情意之關係〉，頁65～66。

知山谷所以處遷謫而浩然於去來者，非但學詩而已。」〔註103〕可見黃庭堅學杜不僅學其詩歌法度，更學其道德人格。

（三）元結之耿介

元結（719～772），字次山，其詩多諷喻時政，反映人民疾苦，曾作〈舂陵行〉與〈賊退示官吏〉，爲飽經戰亂與深受徵索剝削的百姓請命。黃庭堅曾以元結自比，如「心似次山羞曲肘」，及「窮山爲吏如漫郎」。〔註104〕元結個性耿介率直，以「漫」自稱，號漫郎、漫叟，他以「于時不爭」、「與世不佞」、「與時仁讓」、「處世清介」、「必忠必直」、「必方必正」自勉，可知其荒浪誕漫性情乃是耿介自持的表現。〔註105〕

時人譏誚元結「漫有所爲」，故元結作〈漫論〉自表心志：

> 世有規檢大夫，持規之徒來問叟曰：「公漫然何爲？」對曰：「漫爲何似然？」對曰：「漫然。」規者怒曰：「人以漫指公者，是他家惡公之辭，何得翻不惡漫而稱漫爲？漫何檢括，漫何操持，漫何是非，漫不足準，漫不足規，漫無所用，漫無所施，漫也何效，漫焉何師。公髮已白，無終惑之。」叟俛首而謝曰：「吾不意公之說漫而至於此意，如所說漫焉足恥。吾當於漫，終身不羞，著書作論，當爲漫流。於戲！九流百氏有定限耶？吾自分張獨爲漫家。」規檢之徒則奈我何。〔註106〕

本文以元結與時人的問答，表現其耿介自持的人格。元結不爲追名逐利、蠅營狗苟之徒，任人嗤笑其拙於顯達而不改其「漫」，終身不羞於「漫」。他於九流十家之外，自立爲「漫家」，可見其堅守耿介立身

〔註103〕 方回：《瀛奎律髓》（臺北：臺灣商務印書館，文淵閣《四庫全書》1366 冊），卷 43，〈戲題巫山縣用杜子美韻〉，頁 476。

〔註104〕 黃寶華點校：《山谷詩集注》，〈還家呈伯氏〉，頁 530；〈雕陂〉，頁 843。

〔註105〕 元結：《元次山文集》（臺北：上海商務印書館，四部叢刊初編本），卷 6，〈自箴〉，頁 28。

〔註106〕 元結：《元次山文集》（臺北：上海商務印書館，四部叢刊初編本），卷 8，〈漫論〉，頁 42～43。

的心志。

黃庭堅讀〈漫論〉，追慕漫叟之耿介，仿其形式作〈漫尉〉。其詩曰：

> **豫**章黃魯直，既拙又狂癡。往在江湖南，漁樵乃其師。腰斧入白雲，揮車棹清溪。虎豹不亂行，鷗鳥相與嬉。遇人不崖異，順物無瑕疵。不知愛故厭，不悔爲人欺。晨朝常漫出，莫夜亦漫歸。漫尉葉公城，漫撫病餘黎。不篡非己事，不趨非吾時。人罵狂癡拙，魯直更喜之。**或**請陳漫尉，壽尉蒲萄卮。酒行激懦氣，攘袂起哨規：「君子守一官，烏肯苟簡爲？奈何如秋葭，信狂風離披。漫行恐汙德，漫止將敗機。漫默買猜謗，漫言來詬譏。」**漫**尉謝答客，願客深長思：「漫行無軌躅，漫止無畬畷，漫默怨者寡，漫言知者希。吾生漫叟後，不券與之齊。於戲獨如子，因使目爲眉。強顏不計返，乾坤一醯雞。崑崙視糟垤，既化不自知。悔吝雖萬塗，直道甚坦夷。覆轍索孤竹，奔車求仲尼。以旌招虞人，賤者不肯尸。玉潤安可涸，日光安可緇？斯言出繫表，當以罔象窺。賦分有自然，那用時世移？吾漫誠難改，盡醉不敢辭。」（《山谷詩集注》，頁1149～1150）

黃庭堅追慕漫叟「不從於役」，欽佩其「人性物理淵然詣於根理」，〔註107〕故效元結以「漫尉」自稱，作〈漫尉〉以表達其耿介自守、與世不爭的心志。此詩前二十句爲漫尉之自述。漫尉爲人眞率，不存機心；其立身順應世情，知足敦厚；其爲官仁民愛物、盡忠職守、知止不爭。世人罵之狂、拙、痴，但他卻堅守節操。二十一句至三十二句爲第二部分，世俗以爲「漫」將汙德、敗機、招致猜謗和詬譏，因此規勸漫尉改其「漫」。三十三句至結尾爲第三部分，描述漫尉闡釋「漫」的道德意義，並表達堅守節操之心志。漫者不受法度侷限，不受名利羈絆，不招致埋怨，不爲世人所知，不將生命耗於追逐名利；奔競名利之途沒有有道之士，惟以直道立身，其德行光

〔註107〕 黃寶華點校：《山谷詩集注》，〈漫尉并序〉，頁1149～1150。

輝才能如「玉潤」與「日光」之不可掩藏。世俗雖視「漫」爲離經叛道之言行，但詩人不顧俗人譏誚，終身奉行。

黃庭堅效元結自稱「漫尉」，以「漫」立身，堅守正道不求顯達，顯見元結乃黃庭堅立身處世之典範。少時，黃庭堅以元結耿介操守爲楷模；晚年，黃庭堅遊浯溪，尋漫叟遺跡，發出「實深千載尙友之心」的感嘆。〔註108〕歷經黨爭與史禍，仍推崇元結「與世聱牙古性情」的人格，〔註109〕足見黃庭堅一生都以傲岸崢嶸的元結爲典範。

（四）蘇軾之固窮守節與耿介曠達

1、以固窮持節的陶淵明揄揚蘇軾之風骨

陶淵明的詩名在唐朝前並不顯赫，卻在宋代達到顛峰。錢鍾書說：「淵明文名，至宋而極。永叔推〈歸去來辭〉爲晉文獨一；東坡和陶，稱爲曹、劉、鮑、謝、李、杜所不及。自是厥後，說詩者幾於萬口同聲，翕然無間。」〔註110〕宋人以陶淵明爲學習典範，而蘇軾更將崇陶現象推至顛峰。蘇軾說陶淵明「欲仕則仕，不以求之爲嫌；欲隱則隱，不以去之爲高；飢則扣門而乞食，飽則雞黍以迎客」，〔註111〕他非常推崇陶淵明任眞自得的人格，他自認與淵明「性剛才拙，與物多忤」之性格相似，以致於「平生出仕，以犯世患」，晚年謫遷，蘇軾誦陶詩撫慰心靈，他盡和陶詩，將109首和陶詩編爲詩集，「欲以晚節師範其萬一也」。〔註112〕

建中靖國元年（1101），黃庭堅在承天寺觀此詩卷，作〈跋子瞻

〔註108〕 劉琳、李勇先、王蓉貴點校：《黃庭堅全集》別集卷2，〈浯溪崖壁記〉，頁1497。

〔註109〕 張健：《王士禛論詩絕句三十二首箋證》（臺北：文史哲出版社，1994年），頁76。

〔註110〕 錢鍾書：《談藝錄》（臺北：書林，1988年），第24條〈陶淵明詩顯晦〉，頁88。

〔註111〕 蘇軾：《蘇軾文集》（北京：中華書局，1996年），卷68，〈書李簡夫詩集後〉，頁2148。

〔註112〕 蘇轍：《欒城後集》（臺北：臺灣商務印書館，文淵閣《四庫全書》1112冊），卷21，〈子瞻和陶淵明詩集引〉，頁754。

和陶詩〉：

> 子瞻謫嶺南，時宰欲殺之。飽喫惠州飯，細和淵明詩。彭
> 澤千載人，東坡百世士。出處雖不同，風味乃相似。(《山谷
> 詩集注》，頁 416～417)

蘇軾謫居嶺南七年，政敵盡貶元祐黨人，企圖將蘇軾逐於國土之外，
欲陷之於死地，首聯所寫便是這種艱險處境。頷聯描寫蘇軾面對險
境，卻以「飽吃惠州飯，細和淵明詩」的曠達，超脫了政治與現實的
枷鎖。末兩聯讚賞耿介超曠的蘇軾與固窮守節的陶淵明，同爲千古不
朽的典範。陶淵明自覺地從官場中退隱，甘受貧困不改其志，其風骨
與操守千載不朽；蘇軾在官場上幾遭橫逆，卻以曠達超脫困頓，「不
以一身禍福，易其憂國之心」。〔註113〕兩人雖出處不同，但面對困境
的持節與曠達並無二致。黃庭堅提出「東坡百世士」的評價，不愧爲
蘇軾的知己。陳永正說：「從歷史的角度去評價這兩個人物，特別是
對蘇軾，一個被流放的人，如果不是眞正的知己，是不容易作出『百
世士』的評語的。」〔註114〕黃庭堅無疑是蘇軾最深切的文化藝術知
音，是蘇軾價值的最有力的闡發者。〔註115〕

建中靖國元年（1101）七月，蘇軾病逝常州。黃庭堅失去了畢生
嚮慕的師友，他說：

> 東坡先生遂捐館舍，豈獨賢士大夫悲痛不能已，「人之云
> 亡，邦國殄瘁」者也，可惜可惜！立朝堂堂，危言讜論，
> 切於事理，豈復有之？然有自常州來，云東坡病亟時，索
> 沐浴，改朝衣，談笑而化，其胸中固無憾矣。〔註116〕

蘇軾直言敢諫、剛正不阿，雖屢遭貶謫，但其胸懷天下的責任感，
使之處窮境而不失氣節；病篤之際，「談笑而化，其胸中固無憾矣」，

〔註113〕陸游：《渭南文集》（臺北：臺灣商務印書館，文淵閣《四庫全書》
1163 冊），卷29，〈跋東坡帖〉，頁 531。

〔註114〕陳永正：《黃庭堅詩選》（臺北：遠流出版社，2000 年），頁 205。

〔註115〕張海鷗：《北宋詩學》，頁 204。

〔註116〕劉琳、李勇先、王蓉貴點校：《黃庭堅全集》正集卷18，〈與王庠周
彥書〉，頁 467～468。

其超曠胸襟令人崇敬。蘇軾以詩歌諷諫時政，黃庭堅不認同其「發為訕謗侵陵，引頸以承戈，披襟而受矢，以快一朝之忿者」的作風，〔註117〕但他卻推崇東坡「至於臨大節而不可奪，則與天地相始終」的節操。〔註118〕黃庭堅主張以「胸中涇渭分，隨俗塵光裡」的態度處世，但當性情與世俗牴牾時，他的選擇是「與其和本折卻，不如壁立千仞」。〔註119〕由此詩可見黃庭堅在艱險的謫遷生活中，深深折服蘇軾「壁立千仞」的耿介風骨。

2、以不畏權貴的李白揄揚蘇軾之耿介

元豐七年（1084），蘇軾過紫極宮，見道士所刻李白詩卷，因次李白〈潯陽紫極宮感秋〉詩韻，作〈和李太白〉。〔註120〕李白〈潯陽紫極宮感秋作〉詩曰：

> 何處聞秋聲，翛翛北窗竹。迴薄萬古心，攬之不盈掬。靜坐觀眾妙，浩然媚幽獨。白雲南山來，就我簷下宿。嬾從唐生決，羞訪季主卜。四十九年非，一往不可復。野情轉蕭散，世道有翻覆。陶令歸去來，田家酒應熟。〔註121〕

李白胸懷拯物濟世之志，可惜懷才不遇。李白四十九歲，於紫極宮作此詩，感嘆世道翻覆，虛度半生光陰。「嬾從唐生決一句」典出《史記·范雎蔡澤列傳》，蔡澤功名未成時，曾向唐舉問卜，唐舉曰：「先生曷鼻，巨肩，魋顏，蹙齃，膝攣。吾聞聖人不相，殆乎先生乎？」蔡澤知唐舉戲之，乃曰：「富貴吾所自有，吾所不知者壽也，願聞之。」

〔註117〕 黃庭堅：《豫章黃先生文集》卷26，〈書王知載朐山雜詠後〉，頁296。
〔註118〕 劉琳、李勇先、王蓉貴點校：《黃庭堅全集》正集卷22，〈東坡先生真贊三首〉，頁558。
〔註119〕 劉琳、李勇先、王蓉貴點校：《黃庭堅全集》別集卷17，〈答崇勝密老書〉，頁1852。
〔註120〕 蘇軾〈和李太白〉序曰：「李太白有《潯陽紫極宮感秋》詩，時紫極宮，今天慶觀也。……太白詩云：『四十九年非，一往不可復。』予亦四十九，感之，次其韻。……」孔凡禮點校：《蘇軾詩集》（北京：中華書局，1996年），卷23，頁1232～1233。
〔註121〕 王琦輯注：《李太白全集》（臺北：華正書局，1979年），卷24，〈潯陽紫極宮感秋作〉，頁1114。

「羞訪季主卜」典出《史記・日者列傳》，賈誼訪卜者司馬季主，司馬季主告之「賢之行也，直道以正諫；三諫不聽之退」，「故騏驥不能與罷驢爲駟，而鳳皇不與燕雀爲群，而賢者亦不與不肖者同列」。〔註122〕李白以這兩個典故表達滿腔用世熱情已消磨殆盡，既然年歲已近半百，又無法在政治上有所施展，不如效法陶淵明歸隱田園。

三百多年後，四十九歲的蘇軾亦過紫極宮，讀李白詩卷，次韻作〈和李太白〉：

> 寄臥虛寂堂，月明浸疏竹。泠然洗我心，欲飲不可掬。**流光發永歎，自昔非余獨。行年四十九，還此北窗宿。緬懷卓道人，白首寓醫卜。謫仙固遠矣，此士亦難復。世道如弈棋，變化不容覆。惟應玉芝老，待得蟠桃熟。**〔註123〕

前八句描述詩人寄宿紫極宮，感懷李白不爲世用的身世，因有「流光發永歎，自昔非予獨」之感慨，表達了蘇軾對於仕途舛逆的感嘆。後八句以李白及卓道士難以復生，感嘆人生如棋局，其變化不容回復，唯有曠達自持，才是超脫困境之道。

建中靖國元年（1101）七月，蘇軾病逝常州，隔年黃庭堅過紫極宮，見李、蘇詩作，作〈次蘇子瞻和李太白潯陽紫極宮感秋詩韻追懷太白子瞻〉。其詩曰：

> 不見兩謫仙，長懷倚修竹。行遶紫極宮，明珠得盈掬。平生人欲殺，耿介受命獨。往者如可作，抱被來同宿。砥柱閱頹波，不疑更何卜。但觀草木秋，葉落根自復。我病二十年，大斗久不覆。因之酌蘇李，蟹肥社醅熟。（《山谷詩集注》，頁 412～414）

此詩前八句表達對李白與蘇軾耿介人格的敬佩。「平生人欲殺，耿介受命獨」指出李、蘇的人格節操及人生境遇相似：李白因不願「摧眉

〔註122〕 楊家駱主編：《新校本史記三家注并附編二種》（臺北：鼎文書局，1979 年），卷 79，〈范雎蔡澤列傳〉，頁 2418；卷 127，〈日者列傳〉，頁 3215～3220。
〔註123〕 孔凡禮點校：《蘇軾詩集》（北京：中華書局，1996 年），卷 23，〈和李太白〉，頁 1232～1233。

折腰事權貴」而失意落拓，舉世唯杜甫爲之惋惜，因有「世人皆欲殺，吾意獨憐才」的惺惺相惜；蘇軾因耿介立身而陷於險境，謫居嶺南之際，黃庭堅發出「子瞻謫嶺南，時宰欲殺之」的不平之鳴。〔註124〕「往者如可作，抱被來同宿」表達了尚友古人之心。最後八句自述欲以李、蘇爲人生典範，「砥柱閱頹波，不疑更何卜」二句不僅推崇李蘇二人介特自信，也是常以〈砥柱銘〉自勉的黃庭堅之夫子自道。

身爲蘇軾的知己，黃庭堅看到蘇軾與李白的境遇相似：李白懷有鴻鵠之志，卻在現實牢籠中折翼挫傷，飽受斥鷃之輩竊笑；蘇軾耿介不阿數遭貶謫，爲了堅持拯物濟世之志，甘受政敵攻訐與打壓。張海鷗認爲稱李、蘇爲「兩謫仙」者極具文化慧眼。長李白四十二歲的賀知章，最早稱他爲「謫仙人」，但第一個充分認識李白價值的人，卻是小李白十一歲的杜甫；長蘇軾三十歲的歐陽脩，最早從蘇軾身上預感到一代文化天才將「獨步天下」，而小蘇軾九歲的黃庭堅，則是蘇軾最深切的文化藝術知音，是蘇軾價值的最有力的闡發者。〔註125〕蘇黃「務相勉於道，不務相引於利」的高潔情操，〔註126〕實爲「愛人以德」的最佳典範。

二、鑑賞前人詩歌

（一）庾信晚年之憂思風格

精研前人詩歌之法度，乃黃庭堅學詩之法。他曾論述前人作品之工拙，他說：

> 謝康樂、庾義城之於詩，鑪錘之功不遺力也。然陶彭澤之牆數仞，謝、庾未能窺者，何哉？蓋二子有意於俗人贊毀

〔註124〕 杜甫〈不見〉曰：「世人皆欲殺，吾意獨憐才。敏捷詩千首，飄零酒一杯。」黃庭堅〈跋子瞻和陶詩〉曰：「子瞻謫嶺南，時宰欲殺之。」

〔註125〕 張海鷗：《北宋詩學》，頁204。

〔註126〕 楊慶存：《黃庭堅與宋代文化》（開封：河南大學出版社，2002年），〈蘇黃友誼與宋代文化〉，頁116。

其工拙，淵明直寄焉耳。〔註127〕

寧律不諧，而不使句弱；用字不工，不使語俗，此庾開府
之所長也，然有意於爲詩也。至於淵明，則所謂不煩繩削
而自合。〔註128〕

庾信對詩句的鍛鍊不遺餘力，其詩歌工整精巧，可見人力鍛鍊之巧
妙；淵明直抒胸臆，不求俗人讚毀，其詩歌「不煩繩削而自合」，顯
現樸拙天眞的高妙。這是黃庭堅對庾、陶詩歌的評論。

但詩人的詩歌風格未必始終如一，須全面探究才能客觀論斷。
〈和答李子眞讀陶庾詩〉便全面而客觀地評論了陶淵明與庾信的詩
歌成就，其詩曰：

樂易陶彭澤，憂思庾義城。風流掃地盡，詩句識餘情。往
者不再作，前賢畏後生。君言得意處，此意少人明。（《山
谷詩集注》，頁569）

此詩以陶淵明和庾信爲例，論述品評詩歌須照應各期作品，方能客
觀論斷。首聯分別以「樂易」和「憂思」概括陶、庾二人晚年的風
格。陶淵明歸隱之後，作品表現安貧樂道的風格；庾信晚年家國滅
亡羈旅北地，〔註129〕作品充滿憂戚悲涼的家國之思。頷聯論述後人
閱讀前人詩歌，僅能略識其風流才情，無法盡賞其心志襟懷。頸聯
點化自杜甫「今人嗤點流傳賦，不覺前賢畏後生」句，〔註130〕說明
後人論詩之偏頗。庾信早年多綺麗淫靡之宮體詩，故史家評爲「綺

〔註127〕劉琳、李勇先、王蓉貴點校：《黃庭堅全集》外集卷24，〈論詩〉，
頁1428。

〔註128〕劉琳、李勇先、王蓉貴點校：《黃庭堅全集》正集卷25，〈題意可詩
後〉，頁665。

〔註129〕庾信爲庾肩吾之子，字子山，封義城公，爲南北朝時期著名文學家。
他早年仕梁，寫了許多淫靡綺麗的宮體詩賦，爲「宮體詩」重要作
家，與徐陵齊名，世稱「徐庾體」。後來出使西魏，宇文泰滅梁，
庾信便留滯西魏，歷仕西魏、北周。由於國破家亡，羈旅北地，其
後期風格一變爲蒼勁、悲涼。

〔註130〕杜甫著，楊倫箋注：《杜詩鏡詮》（臺北：華正書局，1990年），卷
9，頁397。〈戲爲六絕句〉其一曰：庾信文章老更成，凌雲健筆意
縱橫。今人嗤點流傳賦，不覺前賢畏後生。

豔」，晚年一變爲蒼勁悲涼，故杜甫評之「庾信文章老更成，凌雲健筆意縱橫」。世人未識其老成，獨以「綺麗」評之有失客觀。末聯則稱許李子眞論詩慧眼獨具。

楊愼說：「庾信之詩，爲梁之冠絕，啓唐之先鞭。史評其詩曰綺豔，杜子美稱之曰清新，又曰老成。綺豔清新，人皆知之，而其老成，獨子美能發其妙。」〔註131〕此語道盡杜甫獨具慧眼。杜甫鑑賞各家詩作，各得其優長，故能集大成。黃庭堅鑑賞古人規矩法度，亦得杜甫論詩要訣。世人以「綺麗」論庾信，而黃庭堅識其「憂思」與老成；世人以「隱逸」論淵明，黃庭堅見其「袖中政有南風手」之積極用世。〔註132〕可見黃庭堅論詩之慧眼與特識。

（二）杜甫之美刺教化精神

杜甫是宋人學詩的典範，錢鍾書曾說：「自唐以來，欽佩杜甫的人很多，而大吹大擂地向他學習的恐怕以黃庭堅爲最早。」〔註133〕黃庭堅曾稱道杜甫說：

> 由杜子美以來四百餘年，斯文委地，……子美詩妙處，乃在無意於文。夫無意而意已至，非廣之以《國風》《雅》《頌》，深之以《離騷》《九歌》，安能咀嚼其意味、闖然入其門邪！
>
> 〔註134〕

杜甫具有「無意而意已至」的高妙境界，而且繼承了《國風》、《雅》、《頌》、《離騷》、《九歌》的美刺教化精神。因此，杜甫成了黃庭堅規摹古人的典範。

黃庭堅推崇杜詩的美刺教化精神，其〈次韻伯氏寄贈蓋郎中喜學老杜詩〉曰：

〔註131〕　楊愼：《升菴集》（臺北：臺灣商務印書館，文淵閣《四庫全書》1270冊），卷54，頁475。

〔註132〕　黃寶華點校：《山谷詩集注》，〈次韻謝子高讀淵明傳〉，頁552。

〔註133〕　錢鍾書選注：《宋詩選注》（北京：人民出版社，2005年），頁98。

〔註134〕　劉琳、李勇先、王蓉貴點校：《黃庭堅全集》正集卷16，〈大雅堂記〉，頁437。

老杜文章擅一家，國風純正不欹斜。帝閽悠邈開關鍵，虎
穴深沈探爪牙。千古是非存史筆，百年忠義寄江花。潛知
有意升堂室，獨抱遺編校舛差。（《山谷詩集注》，頁1308）

他認爲杜詩繼承《國風》的美刺教化精神，故能自成一家。《詩大序》
說：「上以風化下，下以風刺上，主文而譎諫，言之者無罪，聞之者
足以戒，故曰風。」〔註135〕黃庭堅以「國風純正不欹斜」稱道杜詩，
便是推崇這種教化美刺精神。「帝閽悠邈開關鍵，虎穴深沈探爪牙」
兩句，是指杜甫直探朝政優劣，記錄戰亂流離，反應民生疾苦。杜
甫更以褒貶隱微的史筆記錄了「千古是非」，因此讀杜詩宛如讀史籍。

其實，黃庭堅少時便曾深深推重杜甫詩歌的美刺教化精神。范溫
《潛溪詩眼》記載：

孫莘老嘗謂老杜〈北征〉詩勝退之〈南山〉詩，王平甫以
謂〈南山〉勝〈北征〉，終不能相服。時山谷尚少，乃曰：
「若論工巧，則〈北征〉不及〈南山〉，若書一代之事，
以與《國風》、《雅》、《頌》相爲表裡，則〈北征〉不可無；
而〈南山〉雖不作未害也。」二公之論遂定。〔註136〕

〈北征〉記載唐軍無力禦敵，京城淪陷，肅宗應允回紇擄掠所到之地，
以助唐軍平定戰亂。此詩記錄了以夷抗夷的國家恥辱，足以爲帝王後
世鑑戒。黃庭堅論〈南山〉不及〈北征〉，乃就「書一代之事」著眼，
他認爲杜甫〈北征〉與《國風》、《雅》、《頌》「相爲表裡」，便是肯定
杜詩繼承了《國風》的美刺教化精神。

黃庭堅少時便識得〈北征〉「書一代之事」之價值〔註137〕，晚年
又在〈書磨崖碑後〉以「安知忠臣痛至骨，世上但賞瓊琚詞」，鑑賞

〔註135〕 陳奐：《詩毛氏傳疏》（臺北：臺灣學生書局，1986年），卷1，頁1。
〔註136〕 胡仔：《漁隱叢話前集》（臺北：台灣商務印書館，文淵閣《四庫全
　　　　書》1480冊），卷12，〈杜少陵七〉，頁110。
〔註137〕 據黃𪷪《黃山谷年譜》載：嘉祐四年己亥，先生是歲以後游學淮南。
　　　　嘉祐六年辛丑，先生是歲在淮南。先生有作二室墓誌云：「庭堅年
　　　　十七，從舅氏李公擇學於淮南，始識孫公，得聞言行之要，啟迪獎
　　　　勵，使知向道之方者，孫公爲多。」（頁29）因此，山谷論〈北征〉
　　　　與〈南山〉之時，年紀大約十七歲上下。

杜詩記錄史事之隱微筆法，可見他對杜甫之美刺教化精神深爲推重。

三、跨越時輩、擅場前輩

　　宋人作詩，往往盡心於前人作品意蘊未盡處、情節空白處、留有餘地處、美中不足處，張高評稱之爲「遺妍之開發」。〔註138〕黃庭堅教導後輩「不獨求跨時輩，須要於前輩中擅場爾」，〔註139〕其詩歌創作不僅要超越時輩，更要與前人爭勝。黃庭堅的讀書詩亦有承他人名篇而創新者，可說是盡心於遺妍之開發。

（一）效沈炯以佛典爲詩，次韻見巧

　　元豐二年（1079），黃庭堅遊明慶寺，觀《廣弘明集》，見沈炯遊明慶寺之作品，因有次韻之作。沈炯〈同庾中庶肩吾周處士弘讓游明慶寺〉曰：

　　　　鷲嶺三層塔，菴園一講堂。馴鳥逐飯磬，狎獸繞禪床。摘
　　　　菊山無酒，然松夜有香。幸得同高勝，於此瑩心王。〔註140〕
首聯藉佛陀說法之地鷲嶺與菴園，稱美明慶寺爲佛教勝地。次聯描寫烏鳥循著召集僧徒吃飯的飯磬聲就食，野獸馴服地伏繞禪床，稱揚佛法沾溉萬物。頸聯寫寺院生活幽靜，雖無酒可飲，卻有澄人心靈之菊芳與松香。末聯寫與好友同訪明慶寺，瑩淨了心中的癡嗔愛惡等雜念，獲得清明心境。

　　沈炯在這首詩中運用「鷲嶺」、「菴園」、「飯磬」、「禪床」、「心王」等佛典爲詩歌語言，黃庭堅次其詩韻，仿效他以佛典作詩，作〈三月壬申，同堯民希孝觀淨名寺經藏，得《弘明集》中沈炯〈同庾肩吾諸人游明慶寺〉詩，次韻奉呈二公〉，其詩曰：

〔註138〕張高評〈同題競作與宋詩之遺妍開發——以〈陽關圖〉、〈續麗人行〉爲例〉，《文與哲》第 9 期，2006 年 12 月，頁 9。

〔註139〕劉琳、李勇先、王蓉貴點校：《黃庭堅全集》正集卷 19，〈王立之奉承〉，頁 490。

〔註140〕釋道宣：《廣弘明集》（臺北：上海商務印書館，四部叢刊初編本），卷 30，頁 495。

秘藏開新譯，天花雨舊堂。證經多寶塔，寢疾淨名床。鳥
語雜歌頌，蛛絲凝篆香。同游得趙李，談道過何王。(《山谷
詩集注》，頁 1301)

首聯描述閱讀佛教典籍之審美感受，猶如親見佛陀現身說法，各色香
花自空中飛落。「秘藏」是指諸佛之妙法。「新譯」指唐代已下諸譯之
佛典，此指《廣弘明集》。〔註 141〕次聯描寫閱讀佛教經典之後，心靈
得到佛法浸潤，一切妄念歇滅。「證經多寶塔」原指佛陀講解《法華經》，
多寶塔從地下湧出，十方諸佛集會證明，六萬恒河沙等菩薩及其眷屬
護持流布；「寢疾淨名床」引用佛經「唯置一床，寢疾而臥，心不起也；
如人臥疾，攀緣都息，妄想歇滅，即是菩提」之意。〔註 142〕頸聯寫明
慶寺環境幽靜，鳥語中傳來陣陣誦經聲，蛛網上凝結裊裊煙篆。末聯
寫與堯民希孝等高勝之友談經論道，猶勝何晏王弼之談玄。沈炯遊明
慶寺得以「瑩心王」，黃庭堅「談道過何王」亦不遑多讓。

沈炯原作使用「鷲嶺」、「菴園」、「飯磬」、「禪床」、「心王」等
佛典為詩歌材料，黃庭堅亦運用「秘藏」、「新譯」、「天花」、「證經
多寶塔」、「寢疾淨名床」、「歌頌」等佛典，可見此詩為黃庭堅馳騁
學問、因難見巧之創作。運用佛典作詩，正是從典籍中尋找語言詞
彙的實踐；仿效沈炯使用佛典又次其詩韻，更可見「擅場前輩」之
企圖。

（二）戲效禪月詠慧遠，翻案出奇

東晉《蓮社高賢傳》記載慧遠邀陶潛入蓮社許之飲酒之事，〔註 143〕
自唐代以來，有許多歌詠慧遠送客不過虎溪的詩歌。唐五代時期貫休

〔註 141〕 唐代已下之諸譯為新譯，以前者為舊譯。黃詩曰「秘藏開新譯」，
可知沈炯之詩應出於唐代僧人道宣所撰之《廣弘明集》，而非南梁
高僧僧祐所著之《弘明集》。且沈炯詩實見於《廣弘明集》。

〔註 142〕 黃蘗山斷際禪師著，唐裴休集并序：《傳心法要》http://www.bfnn.org/
book/books/0853.htm（2009.08.18 瀏覽）。

〔註 143〕 佚名：《蓮社高賢傳》（臺北：藝文印書館，百部叢書集成本），〈不
入社諸賢傳〉，頁 27。其文曰：「時遠法師與諸賢結蓮社，以書招淵
明。淵明曰：『若許飲則往。』許之，遂造焉。」

和尚有〈再游東林寺作五首〉，便是歌詠慧遠「買酒」「過溪」之事。
其詩曰：

> 愛陶長官醉兀兀，送陸道士行遲遲。買酒過溪皆破戒，斯
> 何人斯師如斯。〔註144〕

慧遠持身嚴謹，臨終之時嚴守過午不食之戒律而不飲蜜水，但為了邀
陶潛入蓮社而「將詩博綠醅與陶潛」；他送客不論貴賤不過虎溪，卻
與道士陸修靜相談甚歡，過溪數百步。對僧侶來說，戒行深恪的慧遠，
「買酒」、「過溪」皆為破戒之舉。

　　黃庭堅對「買酒、過溪之舉」有不同闡釋，他作〈戲效禪月作遠
公詠〉其序曰：

> 遠法師居廬山下，持律精苦，過中不受蜜湯，而作詩換酒
> 飲陶彭澤；送客無貴賤不過虎溪，而與陸道士行過虎溪數
> 百步，大笑而別。故禪月作詩云：「愛陶長官醉兀兀，送陸
> 道士行遲遲。買酒過溪皆破戒，斯何人斯師如斯。」故效
> 之。（《山谷詩集注》，頁416）

「禪月」即貫休的法號。雖然二人皆歌詠慧遠持律精苦之高節，但禪
月法師認為慧遠「買酒過溪皆破戒」，而黃庭堅卻藉「許陶淵明飲」、
「送陸修靜過虎溪」兩事，闡釋慧遠嚴整自律與包羅眾象之胸襟。〈戲
效禪月作遠公詠〉曰：

> 邀陶淵明把酒椀，送陸修靜過虎溪。胸次九流清似鏡，人
> 間萬事醉如泥。（《山谷詩集注》，頁416）

世人視「邀陶淵明把酒椀，送陸修靜過虎溪」為破戒之舉，但黃庭堅
卻有不同闡釋。慧遠持律精苦、是非分明，他以「情無取捨」的態度
面對世俗順逆是非，正是佛教眾生平等之意。慧遠臨終「三請三拒」，
〔註145〕可見其自律嚴謹。「胸次九流清似鏡」既是對眾生的包容，也

〔註144〕 釋貫休：《禪月集》（臺北：臺灣商務印書館，文淵閣《四庫全書》1084
　　　　冊），卷21，頁509。其序曰：遠公高節，食後不飲，而將詩博綠醅
　　　　與陶潛飲，別人不得，又送客不以貴賤，不過虎溪，只在寺門前，而
　　　　送陸修靜道士過虎溪數百步。今寺門前有道士岡，送道士至此止也。
〔註145〕 《高僧傳》記：「以晉義熙十二年八月初，動散至六日，困篤。

是律己的嚴謹。「邀陶淵明把酒椀，送陸修靜過虎溪」是對眾生「情無取捨」的表現，亦即「人間萬事醉如泥」的處世智慧。

　　契嵩對慧遠人品的論述，可與黃庭堅之闡釋相呼應。他說：

> 陸修靜異教學者而送過虎溪，是不以人而棄言也。陶淵明酖湎於酒而與之交，蓋簡小節而取其達也。跋陀高僧以顯異被擯而延且譽之，蓋重有識而矯嫉賢也。謝靈運以心雜不取而果歿於刑，蓋識其氣而慎其終也。盧循欲叛而執手求舊，蓋自信道也。桓玄振威而抗對不屈，蓋有大節也。〔註146〕

慧遠以超然世俗的姿態與名士、高官、異族、叛逆等眾生交遊，他不介入世俗事端，因此不受利害牽累。他從異教之人，交醉鄉之隱，禮斥逐之客，拒盛名之士，敦睦故舊而不避禍，臨將帥之威而守道不撓，〔註147〕正因其胸次涵納九流，心靈清似明鏡，故能自由出入於人間萬事。

　　總之，〈戲效禪月作遠公詠〉雖題為「戲效」，但黃庭堅對原作翻案的目的卻在於闡釋「胸中涇渭分，隨俗塵光裡」的獨特領悟，此又為「擅場前輩」的實踐。

（三）與蘇軾同題競作，開發遺妍

　　黃庭堅與時人詩酒唱和，致力於「跨時輩」之實踐。其詩歌多有唱和次韻之作，其〈薄薄酒二章〉便為同題競作之較量。

　　熙寧七年（1074），蘇軾任密州太守，與教授趙杲卿（1022～1092）交情甚篤。趙杲卿家貧好酒，不擇酒之優劣而大醉，醉後高歌曰：「薄薄酒，勝茶湯；醜醜婦，勝空房。」蘇軾賞其曠達，推廣其意而作〈薄

大德耆年皆稽顙請飲豉酒，不許；又請飲米汁，不許；又請以蜜和水為漿，乃命律師令披卷尋文得飲與不，卷未半而終。」釋慧皎：《高僧傳》（臺北：廣文書局，1986年），卷6，〈慧遠傳〉，頁333。

〔註146〕釋契嵩：《鐔津集》（臺北：臺灣商務印書館，文淵閣《四庫全書》1091冊），卷16，〈題遠公影堂壁〉，頁564。

〔註147〕釋契嵩：《鐔津集》卷16，〈題遠公影堂壁〉，頁564。

薄酒二首〉。其詩曰：

> 薄薄酒，勝茶湯；麤麤布，勝無裳；醜妻惡妾勝空房。五
> 更待漏靴滿霜，不如三伏日高睡足北窗涼。珠襦玉柙萬人
> 祖送歸北邙，不如懸鶉百結獨坐負朝陽。生前富貴，死後
> 文章，百年瞬息萬世忙，夷、齊、盜跖俱亡羊，不如眼前
> 一醉是非憂樂兩都忘。（其一）

> 薄薄酒，飲兩鐘；麤麤布，著兩重；美惡雖異醉暖同，醜
> 妻惡妾壽乃公。隱居求志義之從，本不計較東華塵土北窗
> 風。百年雖長要有終，富死未必輸生窮。但恐珠玉留君容，
> 千載不朽遭樊崇。文章自足欺盲聾，誰使一朝富貴面發紅。
> 達人自達酒何功，世間是非憂樂本來空。〔註148〕（其二）

〈薄薄酒二首〉其一，前五句檃括趙明叔詩意，表達知足常樂、隨遇
而安之思想。第六句之後，以三個「不如」排比鋪陳「知足常樂」之
思想：為官者「五更待漏靴滿霜」的辛苦，不如隱者夏日酣睡北窗的
閒適；富貴者「珠襦玉柙」，由「萬人祖送」歸葬北邙的榮華，不如
鶉衣百結的農夫取暖於冬陽下的自在；伯夷叔齊為名死於首陽山，盜
跖為利死於東陵，與其汲汲名利，不如一醉忘卻世俗是非憂樂。〈薄
薄酒二首〉其二，前六句檃括趙明叔詩意，將「美惡醉暖」齊一，表
達「安分知足」之意。七至十二句說明達者雖齊一仕隱等同富窮，但
富貴卻潛藏災禍。不論是足履「東華塵土」的仕者，或身受「北窗風」
的隱者，均可求志達義。人生百年終有一死，「富死」未必輸與「生
窮」。但是，富貴者以「珠玉」陪葬以求形貌不腐，卻引來盜墓之徒
的凌辱毀壞，因此富貴潛藏災禍，畢竟不如「生窮」來得自在。詩末
四句說明文章是獲取一朝富貴的憑藉，若自信「死後文章，名垂千
古」，不異欺瞞瞽者與聾者。通達者不須飲酒，自能超脫萬物，洞悉
世間的是非與憂樂。

　　蘇軾〈薄薄酒二首〉以薄酒、麤布、醜妻惡妾等題材，表達知足

〔註148〕孔凡禮點校：《蘇軾詩集》（北京：中華書局，1996年），卷14，頁
　　　687～689。

常樂、隨遇而安的哲理，寄寓了超曠通達的思想，於趙明叔的原作未到處加以開拓填補，顯現開發遺妍之特色。元豐元年（1078），黃庭堅和蘇軾〈薄薄酒二首〉作〈薄薄酒二章〉，其序曰：

> 蘇密州爲趙明叔作〈薄薄酒二章〉，憤世疾邪，其言甚高。以予觀趙君之言，近乎知足不辱，有馬少游之餘風。故代作二章，以終其意。

馬少游乃漢代馬援從弟，任郡中卑微小官，一生只求衣暖食飽、鄉里稱善。〔註149〕黃庭堅認爲趙明叔有「馬少游之餘風」，因作二章闡發「知足不辱」之意。其詩曰：

> 薄酒可與忘憂，醜婦可與白頭。徐行不必駟馬，稱身不必狐裘。無禍不必受福，甘餐不必食肉。富貴於我如浮雲，小者譴訶大戮辱。一身畏首復畏尾，門多賓客飽僮僕。美物必甚惡，厚味生五兵。匹夫懷璧死，百鬼瞰高明。醜婦千秋萬歲同室，萬金良藥不如無疾。薄酒一談一笑勝茶，萬里封侯不如還家。（其一）
>
> 薄酒終勝飲茶，醜婦不是無家。醇醪養牛等刀鋸，深山大澤生龍蛇。秦時東陵千户食，何如青門五色瓜？傳呼鼓吹擁部曲，何如春雨一池蛙？性剛太傅促和藥，何如羊裘釣煙沙？綺席象床琱玉枕，重門夜鼓不停檛，何如一身無四壁，滿船明月臥蘆花？吾聞食人之肉，可隨以鞭朴之戮；乘人之車，可加以鈇鉞之誅。不如薄酒醉眠牛背上，醜婦自能搔背癢。（其二）（《山谷詩集注》，頁628～630）

〈薄薄酒二章〉其一，「徐行不必駟馬」等四句，從行、衣、食、禍福等方面闡述「知足常樂」思想。「富貴於我如浮雲」等八句，說明富貴潛伏災禍，其災禍小者爲斥責、憂讒畏譏、爲賓客童僕而勞形，

〔註149〕　〈馬援列傳〉：（援）從容謂官屬曰：「吾從弟少游常哀吾慷慨多大志，曰：『士生一世，但取衣食裁足，乘下澤車，御款段馬，爲郡掾史，守墳墓，鄉里稱善人，斯可矣。致求盈餘，但自苦耳。』」引自楊家駱主編：《新校本後漢書并附編十三種》（臺北：鼎文書局，1978年），卷24，頁838。

其大者則戮身喪命。匹夫因懷璧而死，高明之家鬼瞰其室，唯知足才能免受災禍。末四句呼應主旨，以「醜婦」「薄酒」遠勝美物與富貴，再次表達「知足不辱」的思想。其二，前四句論述知足常樂的思想，享用「醇醪養牛」等同身受「刀鋸」的災禍，唯有如龍蛇般隱居「深山大澤」，方能獲得適性逍遙。「秦時東陵千戶食」等十句，運用數個典故，說明功名富貴羈絆人性，潛藏殺戮，唯有適性逍遙之生活才能保身全真。千戶食邑的東陵侯，秦滅後種瓜長安城東，可見富貴如浮雲；富貴者擁鼓吹部曲，孔珪以為不如春雨中的清亮蛙聲；剛烈的太傅蕭望之受詔輔政，他身居高位卻因讒毀而飲酖自殺，不如身披羊裘垂釣隱居的嚴光來得逍遙。「綺席」、「象床」、「瑂玉枕」、「重門」、「夜鼓」均如同「刀鋸」，不如貧者靜臥蘆叢靜賞滿船明月來得逍遙。末六句再次論述「食人之肉」與「乘人之車」隨時有「鞭朴」和「鈇鉞」的災禍，滿足於「醜婦」、「薄酒」，才能逍遙自在。

　　陳巖肖稱山谷詩「清新奇峭，頗造前人未嘗道處，自為一家，此其妙也」。〔註150〕試比較蘇黃詩作，可見黃庭堅追求新變之努力。蘇軾對原作「是非憂樂兩都忘」、「是非憂樂本來空」之闡釋，他齊一窮富死生，表現出曠達的思想；黃庭堅另作解會，他認為富貴潛藏「鞭朴之戮」與「鈇鉞之誅」，因有「知足不辱」之闡釋。蘇東坡齊一萬物、等同生死，因有「達人自達酒何功」之曠達，黃庭堅在此基礎上開發遺妍，解作揚棄功名隱居田園之逍遙適性，可見其「不獨求跨時輩，須要於前輩中擅場爾」之努力。

四、論述詩法，指點後進

　　黃庭堅的讀集部詩有四首論述詩法、指點後進的作品，這些作品論述的觀點主要有四，以下分述之。

〔註150〕陳巖肖：《庚溪詩話》（臺北：臺灣商務印書館，文淵閣《四庫全書》
　　　　1479 冊），卷下，頁 70。

（一）人品為詩美之根源

黃庭堅認為「文章者，道之器也；言者，行之枝葉也」，詩歌是道德的載體，是情性的展現，因此，孝友忠信乃是詩文的根本。詩人須以敦厚醇粹的道德涵養性情，其詩文方能展現深厚的藝術之美。黃庭堅論陶淵明「詩中不見斧斤，而磊落清壯，惟陶能之」，〔註151〕他認為胸次豁達灑脫，豪情壯志顯露於外，便形成磊落清壯的風格。這種論述頻見於其詩歌之中，如〈謝仲謀示新詩〉說：

> 贈我新詩許指瑕，令人失喜更驚嗟。清於夷則初秋律，美似芙蓉八月花。采菲直須論下體，鍊金猶欲去寒沙。唐朝韓老誇張籍，定有雲孫作世家。（《山谷詩集注》，頁 1302）

「采菲直須論下體」典出《詩經》「采葑采菲，無以下體」，〔註152〕「菲」與「葑」為菁蕪，山谷藉此論述人品是詩文的根柢。「鍊金猶欲去寒沙」語出劉禹錫〈浪濤沙〉「千濤萬灑雖辛苦，吹盡狂沙始到金」，〔註153〕詩歌創作猶如「鍊金」，作者的品德修養須經一再鍛鍊琢磨，才能提升詩歌的藝術之美。因此，他認為詩藝之美來自磊落人品。

又如〈還深父同年兄詩卷〉其詩曰：

> 四體懶不佳，百蟲夜相煎。呼燈探床頭，忽得故人編。一哦肺渴減，再讀頭風痊。清切如其人，石齒漱潺湲。……（《山谷詩集注》，頁 1229）

此詩以人品的清切評論詩藝之美。「清切」是人品之美，「清切如其人」一句藉用創作者的人品之美評論其詩歌之美；換句話說，詩歌的藝術之美，是來自創作者的情性之美。再如〈奉答謝公靜與榮子邕論狄元規孫少述詩長韻〉說：

〔註151〕 郭紹虞輯：《宋詩話輯佚》（臺北：華正書局，1981 年），頁 363～364。引自《漫叟詩話》，〈黃山谷草書筆跡〉。

〔註152〕 《詩經·邶風·谷風》曰：「采葑采菲，無以下體。」臺灣開明書店斷句：《斷句十三經經文》（臺北市：臺灣開明，1991 年），頁 9。

〔註153〕 劉禹錫：《劉夢得文集》（臺北：上海商務印書館，四部叢刊初編本），卷9，〈浪濤沙詞〉其 8，頁 66。

謝公遂如此，宰木已三霜。無人知句法，秋月自澄江。二
子學邁俗，窺杜見牖窗。試斵郢人鼻，未免傷手創……（《山
谷詩集注》，頁 107～108）

此詩三、四句論述人品與詩美的關係。「無人知句法，秋月自澄江」
意指：謝師厚有絕妙句法，其高妙句法並非一般的覓句小技，而是來
自高潔如秋月映澄江的人格修爲。因此，創作不僅是句法的鍛鍊琢
磨，更是一種養心治性的品德修爲。

　　總之，創作者想展現詩歌的藝術之美，必須重視人格修養。人品
修養是詩美的根源，這種主張是黃庭堅獨特的論述。

（二）以「清」爲審美標準

　　黃庭堅以「清」評論人品，也以「清」評論詩文。他評論淵明
之詩作「磊落清壯」；評論嵇康之詩作「豪壯清麗，無一點塵俗氣」；
〔註154〕評論友人之詩作「李侯詩律嚴且清」。〔註155〕「清」是高潔
人格，也是不俗的藝術之美。其讀集部詩以「清」鑑賞詩美，例如：
〈謝仲謀示新詩〉以「清於夷則初秋律，美似芙蓉八月花」評論其
讀詩的審美感受。「夷則」是中國傳統音樂的十二律之一。古人將十
二律與月令相聯繫，夷則對應的月令爲孟秋七月。〔註156〕張仲謀詩
歌「清」勝純淨的初秋之聲，「美」如清麗的仲秋芙蓉。他又曾評張
仲謀的詩歌「用意刻苦，故語清壯；持心豈弟，故聲和平」，〔註157〕
詩歌的「清」來自詩人「用意刻苦」與「持心豈弟」，因此，創作者
著意於詩藝與人品的鍛鍊，才能使詩歌呈現「清壯」的審美特質。

〔註154〕　劉琳、李勇先、王蓉貴點校：《黃庭堅全集》別集卷6，〈書嵇叔夜
　　　　　詩與姪榎〉，頁1562。
〔註155〕　黃寶華點校：《山谷詩集注》，〈再次韻兼簡履中南玉三首〉，頁329。
〔註156〕　《禮記·月令》曰：「孟秋之月日在翼，昏建星中，旦畢中。其日
　　　　　庚辛。其帝少皞，其神蓐收。其蟲毛，其音商，律中夷則。」王夢
　　　　　鷗註譯：《禮記今註今譯》（臺北：臺灣商務印書館，2009年，頁
　　　　　306。
〔註157〕　劉琳、李勇先、王蓉貴點校：《黃庭堅全集》外集卷23，〈書張仲謀
　　　　　詩集後〉，頁1409。

此外，在〈還深父同年兄詩卷〉也以「清切如其人，石齒漱潺湲。園林秋郊靜，桃李春畫妍」（《山谷詩集注》，頁 1229），評論友人詩歌的「清切」的特質。「清切」意指清高的人品，在此以高潔的人品比喻清新不凡的詩作。詩作之美如同山石間潺湲清澈的水流，又如秋郊中清幽靜僻的園林，又像春陽下妍麗清雅的桃花與李花，這三種清新的景物具體地闡釋了詩歌的「清切」之美。

黃庭堅追求「不俗」的人格與「不俗」的詩歌。這種新穎清麗的風格就是一種不俗的表現，「以清爲美」的審美觀可以跨越塵俗，正是宋人追求的藝術之美。

（三）用意刻苦，切忌好奇

黃庭堅指導晚輩詩文，強調作詩注重詩歌命意，須「觀古人用意曲折處講學之」。〔註158〕他說：「學者不見古人用意處，但得其皮毛，所以去之更遠。」〔註159〕所以學習古人必先深究其用意經營，才能習得創作要領。他認爲「凡作一文，皆須有宗有趣，始終關鍵，有開有闔」。〔註160〕可見，命意經營是黃庭堅致力之處。他在〈謝仲謀示新詩〉論述了「用意」的重要，其詩曰：

> 贈我新詩許指瑕，令人失喜更驚嗟。清於夷則初秋律，美
> 似芙蓉八月花。采菲直須論下體，鍊金猶欲去寒沙。唐朝
> 韓老誇張籍，定有雲孫作世家。（《山谷詩集注》，頁 1302）

此詩尾聯藉著韓愈〈調張籍〉的詩意，論述注重詩歌「用意」之主張。韓愈推崇李、杜豪壯沉鬱的詩風及憂國傷時精神，他以「李杜文章在，光焰萬丈長」推崇其詩歌成就。他反對老是鑽進書堆尋章摘句，否則就會陷入「經營無太忙」的雕琢窠臼。詩末韓愈以「乞君飛霞佩，與

〔註158〕劉琳、李勇先、王蓉貴點校：《黃庭堅全集》外集卷21，〈與王立之〉，頁 1371。

〔註159〕郭紹虞輯：《宋詩話輯佚》（臺北：華證書局，1981 年），卷上，〈學詩貴識〉，頁 317。

〔註160〕黃庭堅：《豫章先生文集》卷19，〈答洪駒父書二首〉，頁 203。

我高頡頏」，勉勵張籍效李杜注重命意的精神。〔註161〕黃庭堅在〈謝
仲謀示新詩的〉尾聯以「唐朝韓老誇張籍」，勉勵好友效法李、杜注
重命意，才能避免落入摘章抉句的窠臼中。

　　黃庭堅認爲唯有注重命意，才能避免好奇之病。〈奉答謝公靜與
榮子邕論狄元規孫少述詩長韻〉便有此論述，其詩曰：

> 謝公遂如此，宰木已三霜。無人知句法，秋月自澄江。二
> 子學邁俗，窺杜見牖窗。試斮郢人鼻，未免傷手創。蟹胥
> 與竹萌，乃不美羊腔……（《山谷詩集注》，頁107～108）

此詩以「蟹胥與竹萌，乃不美羊腔」論述創作者須以詩歌命意爲重。
「蟹胥」即蟹醬，「竹萌」就是竹筍，「羊腔」是羊肋。前兩種東西雖
是異饌珍饈，但卻不如羊腔能飽人腸肚；異饌可偶爾品嚐，但不可嗜
異饌而棄常珍。黃庭堅以羊腔比喻詩歌命意，評述狄、孫詩作尚有「好
奇」之病，指點二人必須注重命意，才是創作的正途。

　　黃庭堅晚年曾引劉勰之語論述「好奇」之病，他說：

> 南陽劉勰嘗論文章之難云：「意飜空而易奇，文徵實而難
> 工。」此語亦是沈、謝輩爲儒林宗主時，好作奇語，故後
> 生立論如此。好作奇語自是文章病，但當以理爲主，理得
> 而辭順，文章自然出群拔萃。……文章蓋自建安以來，好
> 作奇語，故其氣象衰薾，其病至今猶在。〔註162〕

語言只是思想的載體，所以詩文當以義理爲主體。詩文的思想豐富，
語言表達順暢，自然會出類拔萃；一味追求翻新出奇的想像，詩文氣
勢便會顯得衰弱，這便是「好奇」之病。換句話說，「理得辭順」的
詩文如美味的羊腔，可以飽足心靈；但一味追求出奇的詩文，便如「蟹
胥與竹萌」，風味雖奇特，但只能淺嚐了。

（四）注重詩歌言志傳統

　　除了學習古人注重命意之優長，黃庭堅還重視《詩經》以來的言

〔註161〕屈守元、常思春主編：《韓愈全集校注》（成都：四川大學出版社，
　　　　　1996年），卷34，頁703～704。
〔註162〕黃庭堅：《豫章黃先生文集》卷19，〈與王觀復書三首〉，頁201。

志傳統，他稱美王安石「論詩終近周南」，〔註163〕推崇杜甫「國風純正不敧斜」，〔註164〕與時人切磋詩藝時，也常論及詩歌言志傳統。〈題劉法直詩卷〉其詩曰：

> 往日劉隨州，作詩驚諸公。老兵睨前輩，欺詆阮嗣宗。才卿望長卿，歲數未三百。豈其苗裔耶？詩句侵唐格。慨然古人風，乃在逐客篇。朝廷重九鼎，政欲多此賢。虎豹九關嚴，漂零落閑處。空餘三百篇，不隨夜臺去。（《山谷詩集注》，頁 1104）

「詩者，志之所之也，在心爲志，發言爲詩，情動於中而形於言」，〔註165〕詩歌是表達情志的媒介，這就是「詩言志」的傳統。黃庭堅稱道友人詩歌「慨然古人風」、「空餘三百篇」，便是指劉法直以詩歌傳達心志，具有「詩言志」的傳統。他以「三百篇」揄揚劉法直之詩作，可見其注重《詩經》之言志傳統。

在〈還深父同年兄詩卷〉中，黃庭堅評論友人之詩作「雍容比興體，百物落眼前」（《山谷詩集注》，頁 1229）。比興爲《詩》之六義，是指引譬連類的創作手法。它不直言論述，而以比擬象徵之手法表達情志，正是溫柔敦厚的詩教表現。詩人以「雍容比興體」創作詩歌，即爲實踐了「溫柔敦厚」的詩教。他認爲「詩者，人之情性也」，「情之所不能堪，因發於呻吟調笑之聲，胸次釋然，而聞者亦有所勸勉」，〔註166〕可見黃庭堅論述詩法，著重溫柔敦厚的詩教以及詩言志的傳統。

此外，〈奉答謝公靜與榮子邕論狄元規孫少述詩長韻〉以「窺杜見牖窗」，評論狄、孫二人跨越時輩超越流俗，學杜有小成。黃庭堅推崇杜甫忠義人格，以及「千秋史筆」的詩騷美刺傳統，更推崇杜詩之感

〔註163〕 黃寶華點校：《山谷詩集注》，〈有懷半山老人再次韻二首〉，頁 87。
〔註164〕 黃寶華點校：《山谷詩集注》，〈次韻伯氏寄贈蓋郎中喜學老杜詩〉，頁 1308。
〔註165〕 陳奐：《詩毛氏傳疏》（臺北：臺灣學生書局，1986 年），卷 1，頁 1。
〔註166〕 黃庭堅：《豫章黃先生文集》卷 26，〈書王知載朐山雜詠後〉，頁 296。

時記事與比興諷諭，與「《國風》、《雅》、《頌》相爲表裡」。〔註167〕可見，黃庭堅極重詩歌之詩騷傳統。

五、其　他

　　讀集部詩除了上述作品，尚有摘句爲韻之作，如〈奉和文潛贈無咎，篇末多見及以「既見君子，云胡不喜」爲韻〉、〈賈天錫惠寶薰乞詩，予以「兵衛森畫戟，燕寢凝清香」十字作詩報之〉、〈以「同心之言，其臭如蘭」爲韻寄李子先〉、〈陪謝師厚遊百花洲，盤礴范文正公祠下，道羊曇哭謝安石事，因讀「生存華屋處，零落歸山丘」爲十詩〉等。這類詩作大都是摘錄前人字句爲詩韻，並未就原作抒發其感悟或闡釋。以〈陪謝師厚遊百花洲，盤礴范文正公祠下，道羊曇哭謝安石事，因讀「生存華屋處，零落歸山丘」〉爲例，黃庭堅與謝師厚同遊范仲淹祠堂，眾人談及羊曇哭謝安之典故，黃庭堅於是摘錄曹植〈箜篌引〉詩句爲韻，作詩感念范仲淹「憂樂天下」之襟懷，表達「九原尚友心，白首要同歸」的推崇之意。

　　黃庭堅另有〈謫居黔南十首〉，任淵曾指出此詩爲「摘樂天句」，注引說：

> 蓋山谷謫居黔南時，取樂天江州、忠州等詩，偶有會於心者，摘其數語，寫置齋閣。或嘗爲人書，世因傳以爲山谷自作，然亦非有意與樂天較工拙也。詩中改易數字，可作爲作詩之法，故因附見爲此。（《山谷詩集注》，頁304～305）

葛立方與洪邁曾以此爲「點鐵成金」之作，〔註168〕後人或以此指責

〔註167〕　胡仔：《漁隱叢話前集》（臺北：台灣商務印書館，文淵閣《四庫全書》1480冊），卷12，〈杜少陵七〉，頁110。

〔註168〕　葛立方《韻語陽秋》卷一曰：近觀山谷〈黔南十絕〉，七篇全用樂天〈花下對酒〉、〈渭川舊居〉、〈東城尋春〉、〈西樓〉、〈委順〉、〈竹窗〉等詩，餘三篇用其詩略點化而已。《容齋隨筆》曰：又有〈黔南十絕〉，盡取白樂天語，其七篇全用之，其三偏頗有改易處。樂天〈寄行簡〉詩凡八韻，後四韻云：「相去六千里，地絕天邈然。十書九不達，何以開憂顏？渴人多夢飲，饑人多夢餐。春來夢何處？合眼到東川。」魯直翦爲兩首，其一云：「相望六千里，天地隔江山。十書九不到，

黃庭堅剽竊白居易詩作，實爲穿鑿附會之說。黃庭堅謫居黔南，吟誦前人詩作以抒發心中塊壘，於其會心之處，或「摘其數語，寫置齋閣」，或書白居易忠州詩歌以答人求墨，因有〈謫居黔南十首〉。紹聖三年（1096），黃庭堅作〈書樂天忠州詩遺王聖涂〉，提及「書樂天忠州得意詩遺之」之事，〔註169〕此文可證任淵所言不假。

《道山清話》曾引曾紆的言論，反駁「點鐵成金」的謬誤，其文曰：

> 曾紆云：山谷用樂天語作《黔南》詩。……紆愛之，每對人口誦，謂是點鐵成金也。范寥云：寥在宜州嘗問山谷。
> 山谷云：「庭堅少時誦熟，久而忘其爲何人詩也。嘗阻雨衡山尉廳，偶然無事，信筆戲書爾。」寥以紆點鐵之語告之，
> 山谷大笑曰：「烏有是理？便如此點鐵！」〔註170〕

黃庭堅謫居宜州，逝世前，范寥隨侍其側，這段記錄可信度極高。白居易雖屢遭謫遷，但其曠達適性、自得其樂的態度對宋人影響不小。黃庭堅在其抑鬱悲苦的謫遷生涯，吟誦白居易曠達開適詩作以排遣抑鬱，亦爲人之常情。陳金現以爲〈謫居黔南十首〉是黃庭堅以罕見改易而不避狹義性的互文方式，引用了白居易的詩歌，〔註171〕但根據曾紆的說法，顯見〈謫居黔南十首〉爲「信筆戲書」的筆墨，其「賦詩言志」的意圖極爲明確。

先秦已有「賦詩言志」傳統，賦詩者「斷章取義」，誦讀前人詩

何用一開顏。」其二云：「病人多夢醫，囚人多夢赦。如何春來夢，合眼在鄉社。」洪邁：《容齋隨筆》（臺北：台灣商務印書館，文淵閣《四庫全書》851 冊），卷1，〈黃魯直詩〉，頁 275。

〔註169〕　〈書樂天忠州詩遺王聖涂〉：營丘王聖涂守忠州，其治民事如庖丁解牛；其擒吏姦如病傴之承蜩。故不幾時，郡中無一事。頗以樽俎，求樂天平生行樂處，集歌舞醉其像。予故書樂天忠州得意詩遺之，使知予欲槃然於其間而不得也。引自《黃庭堅全集》別集卷7，頁 1597。

〔註170〕　王暐：《道山清話》（臺北：臺灣商務印書館，文淵閣《四庫全書》1037 冊），頁 654～655。

〔註171〕　陳金現：《宋詩與白居易的互文性研究》（高雄：中山大學中文研究所博士論文，2008 年），頁 89。

歌委婉含蓄地表達心志。就闡釋學而言，文本的闡釋必定會受到讀者的歷史環境、時代潮流、生活經驗、個人性格等因素影響。黃庭堅雖「少時誦熟」白居易詩，但年久難免記誦不清，〈謫居黔南十首〉與原作的差異，或可視爲黃庭堅對原作的闡釋，在無意間投射於「信筆戲書」的筆墨之中，這種訛誤潛藏了詩人的思想感情。

　　雖同遭謫遷，但兩人的處境多有不同。白居易升遷爲忠州刺史，不久便可回京；停留忠州一年多，妻兒在身旁，弟弟白行簡亦同住忠州，因此，公務之閒暇，尙能寄情山水。但黃庭堅謫居黔州之初，僅一妾一子陪伴，赦免之日遙遙無期；爲避免連累他人、全身避禍，他謝病杜門。處境與心境的差異，使黃庭堅在無意識的情況下，將其思想情感投射於原作，產生了字句的舛差。試看其異同：

（其一）相望六千里，天地隔江山。十書九不到，何用一開顏。
（白詩）相去六千里，地絕天邈然。十書九不達，何以開憂顏。

〔註172〕

（其二）霜降水反壑，風落木歸山。舟舟歲華晚，昆蟲皆閉關。
（白詩）霜降水返壑，風落木歸山。舟舟歲將宴，物皆復本源。

〔註173〕

（其三）冷淡病心情，暄和好時節。故園音信斷，遠郡親賓絕。
（白詩）冷澹痛心情，暄和好時節。故園音信斷，遠郡親賓絕。

〔註174〕

（其四）山郭燈火稀，峽天星漢少。年光東流水，生計南枝鳥。
（白詩）山郭燈火稀，峽天星漢少。年光東流水，生計南枝鳥。

〔註175〕

〔註172〕白居易：《白氏長慶集》（臺灣：臺灣商務印書館，文淵閣《四庫全書》1080冊，卷10，〈寄行簡〉，頁108
〔註173〕白居易：《白氏長慶集》卷11，〈歲晚〉，頁118。
〔註174〕白居易：《白氏長慶集》卷11，〈花下對酒二首〉，頁115。
〔註175〕白居易：《白氏長慶集》卷11，〈西樓夜〉，頁113。

（其五）☐冥懷☐齊遠近，委順隨南北。歸去誠可憐，天涯住亦得。

（白詩）☐宜懷☐齊遠近，委順隨南北。歸去誠可憐，天涯住亦得。

〔註176〕

（其六）老色日上面，☐歡悰☐日去心。今既不如昔，後當不如今。

（白詩）老色日上面，☐歡情☐日去心。今既不如昔，後當不如今。

〔註177〕

（其七）噴噴雀引雛，梢梢筍成竹。時物感人情，憶我故鄉曲。

（白詩）噴噴雀引雛，稍稍筍成竹。時物感人情，憶我故鄉曲。

〔註178〕

（其八）苦雨初入梅，瘴雲稍含毒。泥秧水畦稻，灰種畬田粟。

（白詩）苦雨初入梅，瘴雲稍含毒。泥秧水畦稻，灰種畬田粟。

〔註179〕

（其九）輕紗一幅巾，小簟六尺床。無客盡日靜，有風終夜涼。

（白詩）輕紗一幅巾，小簟六尺床。無客盡日靜，有風終夜涼。

〔註180〕

（其十）☐病☐人多夢☐醫☐，☐囚☐人多夢☐赦☐。如何春來夢，合眼☐在鄉社☐。

（《山谷詩集注》，頁304～306）

（白詩）☐渴☐人多夢☐飲☐，☐飢☐人多夢☐餐☐。春來夢☐何處☐，合眼☐到東川☐。

〔註181〕

整體來說，這十首詩歌均爲「賦詩言志」之表現。其三、四、七、八、九等五首，均完整摘錄原作詩句，爲純粹的「賦詩言志」之作。另外五首字句稍有改易，可見黃庭堅感情的投射。其一，改易「相去六千里」爲「相望六千里」字，其「望」字顯現詩人與乖隔千里的親人，兩相渴盼的激切心情。原作「去」字說明己身所在乃「地

〔註176〕 白居易：《白氏長慶集》卷11，〈委順〉，頁119。

〔註177〕 白居易：《白氏長慶集》卷11，〈東城尋春〉，頁114。

〔註178〕 白居易：《白氏長慶集》卷10，〈孟夏思渭村舊居寄舍弟〉，頁108。

〔註179〕 白居易：《白氏長慶集》卷10，〈孟夏思渭村舊居寄舍弟〉，頁108。

〔註180〕 白居易：《白氏長慶集》卷11，〈竹窗〉，頁119～120。

〔註181〕 白居易：《白氏長慶集》卷10，〈寄行簡〉，頁108。

絕天渺然」之地，而黃庭堅易以「望」字，凸顯遷客與親人「隔江山」，將其渴盼親人的孤寂情緒，寫得生動而濃烈。其二，原作寫霜降風落之際，水源返回江壑，木葉回歸大地，萬物回復本源，一切依循自然法則生生不息。黃詩將原作「物皆復本源」的理性曠達，改易爲「昆蟲皆閉關」的空寂幽靜，藉此烘托出遷客的孤寂落寞。其五，原作表達出齊一遠近、委順南北，「天涯」、「歸去」如一的思想，顯現出超脫逆境的曠達。「宜懷齊遠近」的「宜」字是理性思考後所生的豁達思維，黃庭堅易之爲「冥懷齊遠近」，「冥」字暗示詩人早已以「齊遠近」的曠達面對逆境。其六，原作寫面容老態漸現，心中「歡情」日少，因有青春歡樂逐日逝去的感慨。黃詩易之爲「歡悰日去心」，不同於白居易的是：隨著年光消逝的不僅是歡愉的人事，連憂悶心緒也隨著之逝去，顯現詩人對年華逝去的感傷。其十，原作以「渴人」與「飢人」夢見飲食之情態，反襯謫遷者僅能夢見「東川」的愁悶，表達其思鄉情懷。黃詩則易之爲「病人」渴望「良醫」，「囚人」渴望「赦免」，反映了疾病纏身且赦免之日遙遙無期的處境，其盼望病癒與赦免的渴望溢於言表，而且詩歌的韻腳被改易成逼仄的入聲韻，更顯現其抑鬱。

　　詮釋者總是以當代自我意識來詮釋古人之著作，詮釋者不必努力、也不可能與古人處於同一境界。〔註182〕因此當飽受黨爭與謫遷之苦的黃庭堅，吟誦詩歌化解苦悶時，他便已將自身的種種情志融入作品當中了。當他填補所忘之字詞的時候，便有可能在不自覺當中，將自我意識填補於作品之中。因此這十首小詩的誤誦與誤寫，其實是借前人語以擴瀉自己複雜的謫遷情懷，〔註183〕無意間將其心境投射於詩中，是讀者黃庭堅對白居易原作的填補與闡釋。

　　從讀集部詩的內容看來，黃庭堅閱讀前人詩作，大多是出於繼承

〔註182〕　龍協濤：《文學解讀與美的再創造》（臺北：時報出版社，1993年），
　　　　　頁17～18。
〔註183〕　楊慶存：《黃庭堅與宋代文化》（開封：河南大學出版社，2002年），
　　　　　頁68。

與開拓的目的。他讚揚淵明、李白、杜甫、元結、蘇軾等人的風骨，並以之爲人格典範；他鑑賞前輩詩人的詩歌，並從其中學習其詩歌精神；他次韻、仿作前輩詩人的作品，盡力於遺妍開發，力求超越；他品評鑑賞他人詩歌優劣，並論述、揭示個人的詩學主張。這些都再次指向讀書學古的新變進路，黃庭堅藉著讀書學古的途徑，以達到提升品德修養、學術涵養以及藝術素養的生命境界。

第五章　黃庭堅讀書詩之藝術風貌

　　黃庭堅與蘇軾同爲宋詩代表人物，他們雖並稱「蘇黃」，但對後世的影響卻有極大不同。蘇軾爲天才洋溢的詩人，才力不足者難效其萬一，因此學之者不易有所成；黃庭堅刻苦用功，提出許多具體創作方法，學之者易得門徑，故學黃者眾。嚴羽說：

> （宋詩）至東坡山谷始出己意以爲詩，唐人之風變矣。山谷用工尤爲深刻，其後法席盛行，海內稱爲江西宗派。〔註1〕

由於蘇、黃的開創與努力，使宋詩顯現了不同於唐詩的宋調特色，其中又以黃庭堅對詩歌技法的開創，對當世及後代產生了重大影響。劉克莊說：

> 豫章稍後出，會萃百家句律之長，究極歷代體製之變，蒐獵奇書，穿穴異聞，作爲古律，自成一家，雖隻字半句不輕出，遂爲本朝詩家宗祖。〔註2〕

如嚴羽所言，黃庭堅用工深刻，他精研歷代詩歌體製及各家詩法優長，故能「薈萃百家句律之長」、「究極歷代體製之變」，創建了可遵循的理論和技法，提供一條明確的學詩門徑。本章試從體式、藝術形式、章法布置三方面，探究黃庭堅讀書詩的藝術風貌，以瞭解其學古變古之所得。

〔註1〕 嚴羽：《滄浪詩話》（臺北：台灣商務印書館，文淵閣《四庫全書》1480 冊），〈詩辯〉，頁 812。
〔註2〕 劉克莊〈江西詩派小序〉，見丁福保：《歷代詩話續編》（臺北：木鐸出版社，1988 年），頁 477。

第一節　黃庭堅讀書詩的體式分析

一、閱讀文本之分析

筆者檢索上海古籍出版社之《山谷詩集注》（黃寶華點校，2003年），得讀書詩 27 首。依照所讀文本分類，得讀經部詩四首，讀史部詩九首，讀子部詩部二首，讀集部詩十二首。

讀經部詩 4 首，分別爲〈學許氏說文贈諸弟〉、〈演雅〉、〈讀方言〉、〈奉答聖思講論語長句〉，其閱讀文本有《說文》、《埤雅》、《方言》、《論語》，前三者屬小學，如上一章所述，這是黃庭堅從辭書中尋找新詞彙的創作嘗試，藉著運用新奇詞彙，使讀者產生陌生新奇的感受，是一種「以故爲新」的實踐。

讀史部詩 9 首，分別爲〈讀曹公傳〉、〈夜觀蜀志〉、〈讀晉史〉、〈次韻謝子高讀淵明傳〉、〈讀謝安傳〉、〈書睢陽事後〉、〈次韻奉和仲謨夜話唐史〉、〈和陳君儀讀楊太眞外傳五首〉、〈書磨崖碑後〉，其中以魏晉史書爲題材者佔 5 首，以唐代史書爲題材者佔 4 首。有關魏晉史籍的讀書詩，其內容分別評騭曹操、劉備與諸葛亮、范甯、陶淵明、謝安等人物的歷史功過；有關唐代史籍之詩作，則聚焦於一代治亂之因，其論述焦主題點在於玄宗荒淫敗壞國政與寵信楊妃的歷史悲劇，肅宗不孝爭權奪位，以及睢陽守將的忠義節操。詩人論述各朝史事，各有所重。

讀子部詩僅有 2 首，分別爲〈幾復讀莊子戲贈〉、〈次韻子瞻書黃庭經尾付蹇道士〉，前者以儒家「物之不齊，物之情」思想闡釋齊物論，顯現其儒道融合的思想特性，後者則以道教經典爲詩材，可見儒者借鑑道教修煉方法修養心性的嘗試。這兩首詩顯現了宋人會通各家、涉獵廣泛的博贍學養。

讀集部詩 12 首，分別爲〈漫尉〉、〈謝仲謀示新詩〉、〈和答李子眞讀陶庚詩〉、〈薄薄酒二章〉、〈次韻伯氏寄贈蓋郎中喜學老杜詩〉、〈三月壬申，同堯民希孝觀淨名寺經藏，得《弘明集》中沈炯同、庾肩吾諸人遊明慶寺詩，次韻奉呈二公〉、〈還深父同年兄詩卷〉、〈奉答謝公

靜與榮子邕論狄元規孫少述詩長韻〉、〈題劉法直詩卷〉、〈跋子瞻和陶詩〉、〈次蘇子瞻和李太白潯陽紫極宮感秋詩韻追懷太白子瞻〉、〈戲效禪月作遠公詠〉。這類詩歌或竊比前賢，或鑑賞前人詩作，或評論時人作品，或切磋詩藝，或指點後進，顯現黃庭堅將詩歌抒情言志的功能，廣泛運用於社交酬答與學問切磋。此外，黃庭堅還次韻古人李白、沈炯的詩作，仿效禪月歌詠慧遠，顯現了詩人馳騁詩藝、開發遺妍、與前人爭勝的努力。

以上四類作品，以讀集部詩 12 首為最多，讀史部詩 9 首為次。這種情況顯現了兩種意涵：一、12 首讀集部詩中共有 11 首「以詩論詩」的讀書詩，顯現宋人精研詩法，談詩、論詩、說詩的風氣鼎盛，這種情形正好與宋代詩話蓬勃發展互為表裡；二、宋代史學發達，詩人兼具史家身份者不在少數。宋人以史書、史事為詩歌題材，借鑑史筆入詩，於詩中議論史事的作品不少，顯示了史學與詩學的融合會通現象。簡而言之，黃庭堅的讀書詩顯示現了宋詩向書本取材、以學問為詩、以議論為詩，以及好論詩法的特質。

二、詩歌篇題之分析

依照篇題分類，純以書名或篇名為題的讀書詩有 10 首，以和答題贈為題的讀書詩有 17 首。

純以書名或篇名為題名的讀書詩有：〈讀方言〉、〈讀謝安傳〉、〈讀晉史〉、〈讀曹公傳〉、〈夜觀蜀志〉、〈書睢陽事後〉、〈和陳君儀讀楊太眞外傳五首〉、〈書磨崖碑後〉、〈戲效禪月作遠公詠〉、〈演雅〉、〈漫尉〉等。這些作品多論述自身讀書所感，或尋找典範，或評論史事，或開發遺妍，或以古代詞彙為詩材，或仿前人之創作，均可視為黃庭堅積學儲寶、自出新意之創作。

以和答題贈為題的讀書詩，其題目多冠以「和」、「答」、「謝」、「還」、「贈」、「題」、「跋」、「次韻」等文字，這類作品多為唱酬贈答之作。和前一類相比，和答題贈類的讀書詩不僅具有養心治性、積學

儲寶、自出新意的特質，而且宋人將詩歌用於切磋學問、馳騁才學，顯見宋代詩歌和生活結合的特性。

劉攽《中山詩話》說：「唐詩賡和，有次韻，有依韻，有用韻。」〔註3〕次韻，是按照原詩韻字的順序來創作新詩；用韻，是使用原詩全部韻字，但不依原來順序來作新詩；依韻，是使用與原詩韻腳相同韻部的字來押韻。由於次韻詩必須按照原詩韻字的順序來創作，因此是因難見巧的創作方式。這種形式流行於中唐的白居易、元稹、劉禹錫等人之間，到宋代成為普遍的手法，自中唐至北宋中期，它專用在兩位以上的詩人間的寄贈酬答。

次韻詩未必在篇題上明記「次韻」字樣，某些只記為「和」、「奉答」、「和答」者，也可能是次韻詩，但須與原詩逐一比對，否則無從確認。黃庭堅的讀書詩題為「和」、「奉和」、「和答」者，有〈奉答聖思講論語長句〉、〈和答李子真讀陶庚詩〉、〈和陳君儀讀楊太眞外傳五首〉三首，因所和原詩難以考察，因此無法確認是否為次韻詩。標有「次韻」字樣的讀書詩有六首：〈次韻奉和仲謨夜話唐史〉、〈次韻謝子高讀淵明傳〉、〈次韻子瞻書黃庭經尾付蹇道士〉、〈次韻伯氏寄贈蓋郎中喜學老杜詩〉、〈次蘇子瞻和李太白潯陽紫極宮感秋詩韻追懷太白子瞻〉、〈三月壬申，同堯民希孝觀淨名寺經藏，得《弘明集》中沈炯同、庾肩吾諸人遊明慶寺詩，次韻奉呈二公〉。末二首為次古人詩韻之作品，其餘四首均為次韻時人讀書詩之詩作。次韻形式的詩歌本為因難見巧之創作，以此形式創作讀書詩，更顯其限制與困難。次韻形式的讀書詩不僅展現了詩人積學的成果，更顯現詩人們以才學爭勝，於難中求巧的詩歌競技。

總之，黃庭堅的讀書詩以經史子集為創作題材，並以唱和贈答為主要表現形式，呈現了宋代社會學術蓬勃發展的盛況，同時也展現了宋人以詩歌切磋學問、馳騁才學的特色。

〔註3〕 劉攽：《中山詩話》（臺北：臺灣商務印書館，文淵閣《四庫全書》1478 冊），頁 269。

三、各期詩歌之分析

　　如第二章第三節所述，宋代造紙術與印刷術進步，使印本文化風行，促進了學術與教育的發展，官私藏書也因此極為發達。帝王提倡學術，注重國家藏書的收藏，文官制度造就了許多有錢、有閒、有才的讀書人，因此民間產生為數不少的藏書家。黃庭堅生活於學術發達，藏書豐厚的時代，其家族本身就有豐厚的藏書，舅父李常為史上第一位成立私人圖書館的讀書人，黃庭堅一生也結交了許多藏書家，又曾任職學官和館閣。這些經歷使他獲得更多悠遊書海的機會。他曾作〈東觀讀未見書〉，描述盡閱國家藏書的喜悅感受；又寫〈聞致政胡朝請多藏書以詩借書目〉、〈次韻元翁從王夔玉借書〉二詩，描述借閱私人藏書的情形。〔註4〕表 5-1 為黃庭堅讀書詩的繫年表，以下試分析各時期創作讀書詩的情形。

表 5-1　黃庭堅讀書詩繫年表〔註5〕

時　　間	年齡	官職	數量	篇　　　　名	備註
治平三年（1066）	22 歲	鄉居	1	〈幾復讀莊子戲贈〉	
治平四年（1067）	23 歲	鄉居	1	〈學許氏說文贈諸弟〉	登進士第
熙寧元年（1068）	24 歲	葉縣尉	2	〈讀謝安傳〉、〈讀晉史〉	
熙寧三年（1070）	26 歲	葉縣尉	1	〈漫尉〉	
熙寧四年（1071）	27 歲	葉縣尉	3	〈書睢陽事後〉、〈次韻奉和仲謨夜話唐史〉、〈謝仲謀示新詩〉	
熙寧八年（1075）	31 歲	學官	2	〈次韻謝子高讀淵明傳〉、〈夜觀蜀志〉	
元豐元年（1078）	34 歲	學官	2	〈和答李子真讀陶庾詩〉、〈薄薄酒二章〉	

〔註4〕元祐三年，作〈東觀讀未見書〉；元豐四年作〈聞致政胡朝請多藏書以詩借書目〉；元豐六年作〈次韻元翁從王夔玉借書〉。

〔註5〕依據鄭永曉《黃庭堅年譜新編》編定黃庭堅讀書詩繫年。

元豐二年 （1079）	35歲	學官	4	〈和陳君儀讀楊太眞外傳五首〉、〈讀曹公傳〉、〈次韻伯氏寄贈蓋郎中喜學老杜詩〉、〈三月壬申，同堯民希孝觀淨名寺經藏，得《弘明集》中沈炯同、庾肩吾諸人遊明慶寺詩，次韻奉呈二公〉	
元豐四年 （1081）	37歲	太和令	1	〈還深父同年兄詩卷〉	
元豐六年 （1083）	39歲	德平監	3	〈演雅〉、〈讀方言〉、〈奉答聖思講論語長句〉	
元祐元年 （1086）	42歲	館職	1	〈奉答謝公靜與榮子邕論狄元規孫少述詩長韻〉	
元祐二年 （1087）	43歲	館職	1	〈題劉法直詩卷〉	
元祐三年 （1088）	44歲	館職	1	〈次韻子瞻書黃庭經尾付蹇道士〉	
紹聖四年 （1097）	53歲	謫居黔州		〈謫居黔南十首〉	白居易詩
建中靖國元年（1101）	57歲	謫居江陵	1	〈跋子瞻和陶詩〉	
崇寧元年 （1102）	58歲	謫居鄂州	2	〈次蘇子瞻和李太白潯陽紫極宮感秋詩韻追懷太白子瞻〉、〈戲效禪月作遠公詠〉	
崇寧三年 （1104）	60歲	謫居宜州	1	〈書磨崖碑後〉	

　　黃庭堅在葉縣尉（維持地方治安官吏）四年間，有〈讀謝安傳〉、〈讀晉史〉、〈漫尉〉、〈書睢陽事後〉、〈次韻奉和仲謨夜話唐史〉、〈謝仲謀示新詩〉等六首讀書詩。這個時期的讀書詩以讀史居多，四首讀史之作，或論謝安功名之僥倖，或論范甯於清談禍國之際提倡儒學，或論玄宗輕易廢立儲皇之昏瞶，或論睢陽戰役再興唐祚之功績，種種論述足見詩人學識博深，史識不凡。其〈謝仲謀示新詩〉一詩，既論人品爲詩歌根柢，又論詩歌命意之重要性，顯現其獨特詩學主張。〈漫尉〉一詩，追慕元結之耿介風骨，表達詩人澹泊名利之心志。總之，詩人在此時已展現出不凡的詩學主張與學問涵養。

熙寧五年至元豐二年（1072 年～1079 年），黃庭堅任職北京學官
共八年，此時的讀書詩明顯偏多，有〈次韻謝子高讀淵明傳〉、〈夜觀
蜀志〉、〈和陳君儀讀楊太眞外傳五首〉、〈讀曹公傳〉、〈和答李子眞讀
陶庾詩〉、〈次韻伯氏寄贈蓋郎中喜學老杜詩〉、〈薄薄酒二章〉、〈三月
壬申，同堯民希孝觀淨名寺經藏，得《弘明集》中沈炯同、庾肩吾諸
人遊明慶寺詩，次韻奉呈二公〉等八首。這個時期仍以讀史四首最多，
其讀史或論陶淵明之忠義節操及詩歌成就，或論劉備與諸葛亮之遇
合，或鎔裁小說情節以議論玄宗寵信貴妃事，或評曹操施恩細民、謀
篡漢室之功過，其論史意見獨到，於他人未到處別生眼目。黃庭堅在
此時期之讀集部詩亦有四首，或鑑賞陶淵明之樂易與庾信之憂思，或
推崇杜甫之忠義節操與寫實精神，或與蘇軾同題競作而別作解會，或
次韻古人以佛典入詩，其鑑賞古人詩作別具慧眼，其次韻、仿效與同
題競作之作品，顯現其跨躍時輩、擅場前輩之努力。

　　元豐三年至元豐八年春夏（1080 年～1085 年），黃庭堅擔任太
和、德平的地方官共五年，有〈還深父同年兄詩卷〉、〈演雅〉、〈讀方
言〉、〈奉答聖思講論語長句〉等四首讀書詩，其中〈演雅〉及〈讀方
言〉最爲特別。〈演雅〉一詩演繹宋人陸佃的《埤雅》，〔註6〕〈讀方
言〉則是闡釋閱讀揚雄《方言》之感悟。《埤雅》與《爾雅》性質相
似，使人「多識於鳥獸草木之名」，〔註7〕是詮釋古代名物的辭書；《方
言》仿《爾雅》體例，收錄漢代各地方言，保存大量上古漢語詞彙。
詩人閱讀辭書並以之爲題材創作詩歌，這種從詞書中蒐獵詩歌語言的
方法，不僅是「以學問爲詩」，也是一種「以故爲新」的實踐。從這
兩首詩看來，黃庭堅「蒐獵奇書，穿穴異聞」的特色，〔註8〕在此時
已有具體的成果。

〔註6〕依據周裕鍇〈宋代〈演雅〉詩研究〉之論述。
〔註7〕朱祖延：《爾雅詁林敘錄》（武漢：湖北教育出版社，1995 年），上冊，
　　　　〈郭璞爾雅序〉，頁 205。
〔註8〕劉克莊〈江西詩派小序〉，丁福保輯：《歷代詩話續編》（臺北：木鐸
　　　　出版社，1988 年），頁 478。

　　元豐八年（1085）四月至元祐六年（1091），黃庭堅擔任館職，前後近七年。在司馬光推薦之下，黃庭堅參與修史；他從事校書、修書的工作，得以大量閱讀國家秘藏；與蘇軾等人詩歌唱和往來，為元祐詩壇的風流人物；他與錢勰、王仲至、司馬光父子等藏書家也有許多詩文往來。這是黃庭堅詩名卓著的時期，也是詩歌創作的高峰。〔註9〕館職七年雖涵泳於豐厚的典籍之中，但其讀書詩卻僅有三首：〈奉答謝公靜與榮子邕論狄元規孫少述詩長韻〉、〈題劉法直詩卷〉及〈次韻子瞻書黃庭經尾付蹇道士〉。這三首詩作或指點後進詩法，或鑑賞友人詩作，或閱讀道教典籍，其閱讀文本不若前期之多元。

　　紹聖元年（1094 年）至徽宗崇寧四年（1105 年），黃庭堅在謫遷中度過了晚年。這個時期（大約 12 年）有〈跋子瞻和陶詩〉、〈次蘇子瞻和李太白潯陽紫極宮感秋詩韻追懷太白子瞻〉、〈戲效禪月作遠公詠〉、〈書磨崖碑後〉等四首讀書詩。謫遷荒僻之地，生活簡陋，為了避禍全身、不牽累他人，黃庭堅常杜門謝病，雖然創作不多，卻是詩藝最為純熟的階段。這四首詩或以陶淵明之固窮守節推崇蘇軾之風骨，或以李白之耿介不阿揄揚蘇軾之節操，或歌詠慧遠持身嚴謹、包容眾生，或論玄宗昏聵與肅宗奪位。詩人經歷史禍與黨爭，磨鍊出「和光同塵」的處世智慧，其立身自持仍舊耿介傲岸，故讚賞元結、杜甫的忠義，推崇陶、李、蘇三人的節操；其處世則化為慧遠的胸次寬闊、包容眾生，因有「胸次九流清似鏡，人間萬事醉如泥」的圓融通達。

　　然而，館職期間既為黃庭堅詩名卓著的創作高峰，為何其讀書詩數量卻不及葉縣尉與學官階段？這種情形或許與元祐時期詩壇的發展

〔註9〕 王明清《玉照新志》曰：「元祐初修《神宗實錄》，秉筆者極天下之文人，如黃、秦、晁、張是也，故詞采粲然，高出前代。」（臺北：臺灣商務印書館，文淵閣《四庫全書》1038 冊），卷 1，頁 619。又釋覺範《石門文字禪》說：「秦少游、張文潛、晁無咎，元祐間俱在館中，與黃魯直居四學士。而東坡方為翰林，一時文物之盛，自漢唐已來未有也。」（臺北：臺灣商務印書館，文淵閣《四庫全書》1116冊），卷 27，《跋三學士帖》，頁 523。

密不可分。元祐年間，京師名流薈萃，游賞雅集興盛，唱酬和答頻繁，詩人們藉著詩歌交游往來，筆、墨、紙、硯、茶、書、畫等日用之物，皆成詩人的創作題材及傳情達意的憑藉。〔註10〕黃庭堅與蘇軾等元祐名流交游唱酬頻繁，耗費較多精力於宴飲唱酬。根據任淵的說法，「山谷在京師，多與東坡唱和。四年夏，東坡出知杭州，遂無詩伴。而山谷常苦眩冒。多在史局，又多侍母夫人醫藥，至六年六月，遂丁家艱，故此數年之間作詩絕少」。〔註11〕任淵說明了元祐四年之後黃庭堅詩歌創作減少的原因，不過在元祐四年之前，黃庭堅的創作量極大，但讀書詩卻僅有三首，可見元祐詩壇的宴飲頻繁，致使其創作重心偏於唱酬贈達的題材。

而學官職責在於學術研究及教育學子，雖然官位卑微且生活清冷，但有充足時間研讀經典、從事創作。換句話說，黃庭堅 35 歲之前的各階段讀書詩數量較多，與其家學淵源、青年時期勤於積學，及學官職責及學官清冷生活不無關係。

總之，黃庭堅讀集部詩「以詩論詩」的特質，反應宋人論詩、說詩的風氣鼎盛，其讀史部書「以詩論史」的形式，更顯示史學與詩學的融合會通情形；詩人以「因難見巧」的次韻形式創作讀書詩，展現了詩人以才學相尚，於難中求巧的詩歌競技。

第二節　黃庭堅讀書詩的藝術形式

讀書詩是以書本內容爲詩材的創作方式，是詩人閱讀文本之後的感悟，其內容必然涉及詩人如何闡釋文本，及如何表達審美感受。筆者試著歸納其藝術技巧，發現黃庭堅的讀書詩具有以下四種特色：一、高度隱括，精於鎔裁；二、援引前人，證其論述；三、善用翻案，

〔註10〕據鄭永曉《黃庭堅年譜新編》附錄四之〈作品篇目索引〉，黃庭堅自元豐八年入京至元祐八年，詩歌創作總計 419 首，其中元祐元年 108 首，二年 120 首，三年 119 首，四年僅 45 首，五年 1 首，六年、七年均無，八年僅 14 首。

〔註11〕黃寶華點校：《山谷詩集注》，〈目錄〉，頁 18～19。

別出新意;四、精選意象,巧於取譬。試分析之。

一、高度檃括,巧於鎔裁

「檃括」原是矯正彎木的工具,蘇軾曾取陶淵明〈歸去來〉辭,「稍加檃括,使就聲律」,〔註12〕意指「雖微改其詞,而不改其意」,〔註13〕即改變文體卻不改原作本意。張高評所謂「檃括」,指變更文體,以表現類似之內容和主題者。詳言之,運用既有作品之內容或情節,經過剪裁改造,而成推陳出新之作品者,皆謂之檃括。〔註14〕本文即取張高評「檃括」之意爲定義。

黃庭堅曾將歐陽脩的〈醉翁亭記〉,檃括爲詞〈瑞鶴仙(環滁皆山也)〉,魏慶之稱「山谷善檃括如此」,〔註15〕可見在宋人眼中黃庭堅是個善於檃括的高手。這種檃括法也被應用於讀書詩中,例如〈和陳君儀讀楊太眞外傳五首〉,每首均擷取小說情節加以檃括剪裁,以短短二十字,將楊妃的愛情故事生動地呈現讀者眼前。其詩曰:

> 朝廷無事君臣樂,花柳多情殿閣春。
> 不覺胡雛心暗動,綺羅翻作墜樓人。(其一)
> 扶風喬木夏陰合,斜谷鈴聲秋夜深。
> 人到愁來無處會,不關情處總傷心。(其二)
> 梁州一曲當時事,記得曾拈玉笛吹。
> 端正樓空春晝永,小桃猶學淡燕支。(其三)
> 高麗條脫珋紅玉,邐迤琵琶撚綠絲。
> 蛛網屋煤昏故物,此生唯有夢來時。(其四)

〔註12〕曹銘校編:《東坡詞編年校注及其研究》(臺北:華正書局,1980年),126〈哨遍〉,頁72。

〔註13〕蘇軾:《蘇軾文集》(北京:中華書局,1996年),卷59,〈與朱康叔二十首〉之13,頁1789。。

〔註14〕張高評:《會通化成與宋代詩學》(臺南:成大出版組,2000年),頁279。

〔註15〕魏慶之:《詩人玉屑》(臺北:台灣商務印書館,文淵閣《四庫全書》1481冊),卷21,〈山谷檃括醉翁亭記〉,頁298～299。

上皇曾御昭儀傳，鏡裏觀形只眼前。

養得祿兒傾四海，千秋更有一伶玄。(其五)

(《山谷詩集注》，頁707～708)

其一，前兩句乃檃括玄宗戲請纏頭事。[註16] 楊妃琵琶，玄宗羯鼓，寧王吹笛，藉著君臣歡宴，與後兩句互爲烘托，顯現戰亂醞生之危急。其二，前兩句則檃括玄宗幸蜀行至扶風見石楠樹，至斜谷口雨中聞鈴聲，因而悼念貴妃之事，[註17] 藉此烘托玄宗睹物思人之悲哀。其三，前兩句檃括楊妃竊寧王紫玉笛吹奏之事，[註18] 後兩句之端正樓乃華清宮貴妃梳洗之所，以歡宴之場景烘托人去樓空之凄涼。其四，前兩句檃括玄宗以「高麗紅玉支」及「邏逤檀琵琶」賜贈楊妃之事，[註19] 表達景物依舊人事已非之悲痛。其五，前兩句檃括玄宗覽《漢成帝內傳》之事，[註20] 表達玄宗未能以史爲鑒之

[註16] 樂史《楊太眞外傳》：「寧王吹玉笛，上羯鼓，妃琵琶，馬仙期方響……自旦至午，歡洽異常。時唯妃女弟秦國夫人端坐觀之。曲罷，上戲曰：『阿瞞樂籍，今日幸得供養夫人。請一纏頭。』秦國曰：『豈有大唐天子阿姨，無錢用耶？』遂出三百萬爲一局焉。」(臺北：商務印書館，百部叢書集成本)，卷上，頁7～9。

[註17] 《楊太眞外傳》：「上發馬嵬，行至扶風道。道旁有花，寺畔見石楠樹團圓，愛玩之，因呼爲端正樹，蓋有所思也。又至斜谷口屬霖雨，涉旬於棧道，雨中聞鈴聲，隔山相應。上既悼念貴妃，因採其聲爲《雨霖鈴曲》，以寄恨焉。」(卷下，頁7)

[註18] 《楊太眞外傳》：「九載二月，上舊置五王帳，長枕大被，與兄弟共處其間。妃子無何竊寧王紫玉笛吹，故詩人張祜詩云：『梨花靜院無人見，閑把寧王玉笛吹。』」(卷上，頁5)《楊太眞外傳》：「華清宮有端正樓，即貴妃梳洗之所；有蓮花湯，即貴妃澡沐之室。」(卷上，頁3)

[註19] 《楊太眞外傳》：「妃子琵琶邏逤檀，寺人白季貞使蜀還獻。……絃乃末訶彌羅國永泰元年所貢者，淥水蠶絲也，光盈如貫珠。」(卷上，頁7～8) 又曰：「新豐有女伶謝阿蠻，善舞《凌波曲》，舊出入宮禁，貴妃厚焉。是日，詔命舞。舞罷，阿蠻因進金粟裝臂環，曰：『此貴妃所賜。』上持之，淒然垂涕曰：『此我祖大帝破高麗，獲二寶：一紫金帶，一紅玉支。朕以歧王所進〈龍池篇〉賜之金帶，紅玉支賜妃子。……』言訖，又涕零。」(卷下，頁8～9)

[註20] 《楊太眞外傳》：「上在百花院便殿，因覽《漢成帝內傳》，時妃子後至，以手整上衣領曰：『看何文書？』上笑曰：『莫問。知則又殢人。』覓去，乃是漢成帝獲飛燕，身輕欲不勝風。恐其飄著，帝爲造水晶

昏聵。

又如〈書磨崖碑後〉，寫盡玄宗之昏聵與肅宗之不孝，其詩曰：

……明皇不作包桑計，顛倒四海由祿兒。九廟不守乘輿西，萬官已作鳥擇栖。撫軍監國太子事，何乃趣取大物爲？事有至難天幸爾，上皇跼蹐還京師。内間張后色可否，外間李父頤指揮。南内淒涼幾苟活，高將軍去事尤危。……

（《山谷詩集注》，頁 478～480）

「明皇不作包桑計」等四句檃括銷裁玄宗荒廢朝政，導致亂起之事；「撫軍監國太子事」四句檃括肅宗未盡太子職責，急於爭奪皇位之事；「内間張后色可否」等四句，檃括玄宗返京幽居内廷，受制於張后與李輔國之事。詩人精選史事，善加檃括，以敍爲議，將玄宗之昏聵與肅宗之不孝寫得淋漓盡致。

以上這兩首讀書詩均是精選史事善加檃括的作品，這種手法又可見於〈次韻奉和仲謨夜話唐史〉，詩中「哲婦乘時傾嫡后，大閹當國定儲皇」兩句，便是檃括玄宗聽信寵妃及宦官之言，廢太子李瑛、立肅宗爲皇儲，以敍爲議，揭示了唐朝國勢衰亡的原因。

另外，採用檃括手法的讀書詩，還有讀子部詩〈幾復讀莊子戲贈〉：

蜩化槍榆枋，鵬化摶扶搖。大椿萬歲壽，冀英不重朝。有待於無待，定非各逍遙。譬如宿舂糧，所詣豈得遼？漆園槁項翁，聞風獨參寥。物情本不齊，顯者桀與堯。烈風號萬竅，雜然吹籟簫。聲隨器形異，安可一律調？何嘗用吾私，總領使同條。惜哉向郭誤，斯文晚未昭。胡不棄影事，直以神理超。木資不才生，雁得不才死……（《山谷詩集注》，頁 1198～1199）

此詩共有三處檃括《莊子》的内容。「蜩化槍榆枋，鵬化摶扶搖……」等八句檃括自〈逍遙遊〉的三個寓言：蜩與學鳩以短見嗤笑鵬鳥；上古有大椿者以八千歲爲春；適百里者宿舂糧，而適千里者三月聚

盤，令宮人掌之而歌舞。」（卷上，頁 9～10）

糧。〔註21〕「烈風號萬竅，雜然吹籟簫。聲隨器形異，安可一律調」四句，則隱括自〈齊物論〉大塊噫氣萬竅怒號之寓言，〔註22〕詩人藉此說明萬物不齊的想法。「木資不才生，雁得不才死」則隱括自〈山木〉，其中有「昨山中之木，以不材得終其天年；今主人之雁，以不材死」的寓言。〔註23〕黃庭堅先隱括文意，再提出論述，以闡釋其讀書所得。

　　另一首採用隱括法的讀子部詩為〈次韻子瞻書黃庭經尾付蹇道士〉，其詩曰：

　　　　琅函絳簡〈蘂珠篇〉，寸田尺宅可蘄仙。高眞接手玉宸前，
　　　　女丁來謁粲六妍。金鑰閉欲形完堅，萬物蕩盡正秋天。……

　　　　《山谷詩集注》，頁 1035)

此詩之前六句先隱括〈黃庭內景經〉經文，後七句稱讚蘇軾之書法與李伯時之繪畫精巧。前一部分的內容，純就修煉之方法以及修煉之功效加以隱括，後一部分顯現唱酬之社交現象，全篇純就經文內容隱括，作者並未加上論述。

二、援引前人，證其論述

　　詩人就其閱讀內容加以闡述、議論、創新，這是宋人馳騁才學的方法之一，更是宋詩「以學問為詩」的特性。此外，若能援引前人之論述，作為自己闡釋經典的論證，更可展現詩人融通經典的博學多才。

　　在黃庭堅的讀書詩中，確有這種融通經典的展現，如〈幾復讀莊子戲贈〉引用前人意見反駁「齊物論」思想，其詩曰：

　　　　蜩化槍榆枋，鵬化摶扶搖。大椿萬歲壽，蕣英不重朝。有
　　　　待於無待，定非各逍遙。譬如宿舂糧，所詣豈得遼？漆園

〔註21〕黃錦鋐：《新譯莊子讀本》（臺北：三民書局，2007 年），〈逍遙遊〉，頁 3～4。
〔註22〕黃錦鋐：《新譯莊子讀本》（臺北：三民書局，2007 年），〈齊物論〉，頁 16～17。
〔註23〕黃錦鋐：《新譯莊子讀本》（臺北：三民書局，2007 年），〈山木〉，頁 260。

槁項翁，聞風獨參寥。物情本不齊，顯者桀與堯。烈風號
萬竅，雜然吹籟簫。聲隨器形異，安可一律調？何嘗用吾
私，總領使同條。惜哉向郭誤，斯文晚未昭。……（《山谷
詩集注》，頁1198～1199）

向秀、郭象注《莊子》，他們以為大鵬高翔，小鳥低飛，雖小大有別，
但都各任本性、適其本分，這就是「逍遙」。〔註24〕但黃庭堅以為向、
郭「各任本性」的闡釋是錯誤的，所以他引支道林的看法加以反駁。
支道林曰：「夫桀、紂以殘害為性，若適性為得者，彼亦逍遙也。」
〔註25〕若「各任其性」為逍遙，那麼桀、紂的殘害本性豈非也是逍遙。

　　又如〈謝仲謀示新詩〉，則摘引前人詩句和論詩意見，予人指點
詩法。其詩曰：

贈我新詩許指瑕，令人失喜更驚嗟。清於夷則初秋律，美
似芙蓉八月花。采菲直須論下體，鍊金猶欲去寒沙。唐朝
韓老誇張籍，定有雲孫作世家。（《山谷詩集注》，頁1302）

第五句採用《詩經》「采葑采菲，無以下體」之意，〔註26〕說明詩文
的根柢來自人品修養。第六句引用劉禹錫「千淘萬灑雖辛苦，吹盡狂
沙始到金」的詩意，〔註27〕說明創作過程必須注重品德與詩法的鍛
鍊，才能使詩歌化為精金美玉。第七句引韓愈〈調張籍〉詩意，說明
文學創作必須注重命意，才能避免落入「經營無太忙」、摘章扶句的
窠臼中。〔註28〕

〔註24〕莊周著，郭象注：《南華真經》（臺北：上海商務印書館，四部叢刊
　　　　初編本），卷1，頁4。郭象注曰：「苟足於其性，則雖大鵬無以自貴
　　　　於小鳥，小鳥無羨於天池，而榮願有餘矣。故大小雖殊，逍遙一也。」
〔註25〕釋慧皎：《高僧傳》（臺北：廣文書局，1986年），卷4，〈支遁傳〉，
　　　　頁237。
〔註26〕語出《詩經・邶風・谷風》，臺灣開明書店斷句：《斷句十三經經文》
　　　　（臺北市：臺灣開明，1991年），頁9。
〔註27〕劉禹錫：《劉夢得文集》（臺北：上海商務印書館，四部叢刊初編本），
　　　　卷9，〈浪淘沙詞〉其8，頁66。
〔註28〕屈守元、常思春主編：《韓愈全集校注》（成都：四川大學出版社），頁
　　　　703～704。〈調張籍〉：李杜文章在，光焰萬丈長。不知群兒愚，那用
　　　　故謗傷？蚍蜉撼大樹，可笑不自量。伊我生其後，舉頸遙相望。夜夢

　　再如〈和答李子真讀陶庾詩〉則引用杜甫的論詩絕句來評論詩人，其詩曰：

> 樂易陶彭澤，憂思庾義城。風流掃地盡，詩句識餘情。往者不再作，前賢畏後生。君言得意處，此意少人明。（《山谷詩集注》，頁 569～570）

史家引揚雄之語，評庾信為「詞賦之罪人」。〔註29〕杜甫曾評庾信曰：「庾信文章老更成，凌雲健筆意縱橫。今人嗤點流傳賦，不覺前賢畏後生。」〔註30〕黃庭堅此詩第三聯借用杜甫詩意為庾信翻案。庾信早年的詩風靡麗，因身世之變，一變為晚年的「憂思」風格，若不瞭解詩人風格的轉變，便無法做出精確的評論，故黃庭堅引用杜甫論詩意見作為佐證。

三、善用翻案，別出新意

　　黃庭堅的讀書詩不僅櫽括、援引前人的作品，他更試圖挑戰、反駁前人的言論與思想。這種翻案的手法與宋人注重理性思辨、追求自成一家，以及儒佛思想會通等因素密切相關。

　　翻案，原是法律名詞，本指推翻既已定讞之罪案而言，引伸有解黏去縛，推陳出新、變通濟窮、反常合道之意。〔註31〕黃永武稱這種技巧為「翻疊」，他將「翻疊」分為兩種形式：一為純然意義上的翻疊，即就前人的意思作翻案文章，須並觀前人的句意，才能明白翻疊的用心；二稱為形式上的翻疊，是就詩中各句字面上的句意來作翻

多見之，書思反微茫。徒觀斧鑿痕，不矚治水航。想當施手時，巨刃磨天揚。垠崖劃崩豁，乾坤擺雷硠。惟此兩夫子，家居率荒涼。帝欲長吟哦，故遣起且僵。翦翎送籠中，使看百鳥翔。平生千萬篇，金薤垂琳琅。……顧語地上友，經營無太忙。乞君飛霞珮，與我高頡頏。

〔註29〕〈庾信傳〉曰：「揚子雲有言：『詩人之賦，麗以則，詞人之賦，麗以淫。』若以庾氏方之，斯又詞賦之罪人也。」楊家駱主編：《新校本周書附索引》（臺北：鼎文書局，1978 年），卷 41，頁 744。

〔註30〕楊倫編輯：《杜詩鏡詮》（臺北：華正書局，1990 年），卷九，〈戲為六絕句〉其一，頁 397。

〔註31〕張高評：《宋詩之傳承與開拓》（臺北：文史哲出版社，1990 年），頁 13。

疊。〔註32〕本節「翻案」是指純然意義上的翻疊，意指推翻原作內容，就原作不足處提出創見。

　　黃庭堅闡釋詩文，便以推翻他人論點，另作闡釋或解讀的方法，揭示其獨特論述。例如〈演雅〉一詩，句句就原作翻案。其詩曰：

　　桑蠶作繭自纏裹，蛛蝥結網工遮邏。燕無居舍經始忙，蝶爲風光勾引破。老鶴銜石宿水飲，稚蜂趨衙供蜜課。鵲傳吉語安得閒，雞催晨興不敢臥。氣陵千里蠅附驥，枉過一生蟻旋磨。蝨聞湯沸尚血食，雀喜宮成自相賀。晴天振羽樂蜉蝣，空穴祝兒成蜾蠃。蛣蜣轉丸賤蘇合，飛蛾赴燭甘死禍。井邊蠹李螬苦肥，枝頭飲露蟬常餓。天螻伏隙錄人語，射工含沙須影過。訓狐啄屋眞行怪，蟏蛸報喜太多可。鸕鶿密伺魚蝦便，白鷺不禁塵土涴。絡緯何嘗省機織，布穀未應勤種播。五技鼫鼠笑鳩拙，百足馬蚿憐鱉跛。老蚌胎中珠是賊，醢雞甕裏天幾大？螳螂當轍恃長臂，熠燿宵行矜照火。提壺猶能勸沽酒，黃口只知貪飯顆。伯勞饒舌世不問，鸚鵡繞言便關鎖。春蛙夏蜩更嘈雜，土蚓壁蟫何碎瑣。江南野水碧於天，中有白鷗閒似我。（《山谷詩集注》，頁21～23）

此詩描寫四十一種動物物性，見於《埤雅》者三十七種，乃黃庭堅對《埤雅》的翻案。〔註33〕《埤雅》以動物本性作爲人類倫理的比附，在《埤雅》書中受到讚揚的動物，在〈演雅〉詩中卻備受嘲笑，例如：《埤雅》稱蠶「以繭自衣」，〔註34〕但〈演雅〉卻憐其「作繭自纏裹」；《埤雅》稱雞「信度如此」，〔註35〕但〈演雅〉卻以「雞催晨興不敢臥」，諷其不得安閒；《埤雅》稱蟻「有君臣之義」，〔註36〕〈演雅〉

〔註32〕黃永武：《中國詩學——鑑賞篇》（臺北：巨流出版社，1999 年），頁226～228。

〔註33〕周裕鍇：〈宋代〈演雅〉詩研究〉，《文學遺產》，2005 年 03 期。

〔註34〕陸佃：《埤雅》（臺北：台灣商務印書館，文淵閣《四庫全書》222 冊），卷 11，頁 149。

〔註35〕陸佃：《埤雅》卷 6，頁 104。《埤雅》：「『風雨如晦，雞鳴不已。』言雞之信度如此。」

〔註36〕陸佃：《埤雅》卷 10，頁 139。《埤雅》：「莊子曰：『道在螻蟻。』螳

卻以「枉過一生蟻旋磨」，譏其庸庸碌碌。可見〈演雅〉所述的物性與《埤雅》大相逕庭。此詩前三十八句將《埤雅》中具有正人君子特質的動物，翻疊為殘缺醜陋的人格特質，句句用典，句句翻案，顯現出詩人構思新穎之創意。

又如〈幾復讀莊子戲贈〉，則提出「物性本不齊」的翻案，其詩曰：

> 蜩化槍榆枋，鵬化摶扶搖。大椿萬歲壽，蕣英不重朝。有待於無待，定非各逍遙。譬如宿舂糧，所詣豈得遼？漆園槁項翁，聞風獨參寥。物情本不齊，顯者桀與堯。烈風號萬竅，雜然吹籟簫。聲隨器形異，安可一律調？何嘗用吾私，總領使同條。惜哉向郭誤，斯文晚未昭。胡不棄影事，直以神理超。木資不才生，雁得不才死。投身死生中，未可優劣比。深藏無所用，一寓不得已。逍遙同我誰？歲莫於吾子。（《山谷詩集注》，頁 1198～1199）

此詩內容主要是對「齊物」思想提出翻案。「物情本不齊，顯者桀與堯」一句，引用支道林「夫桀、跖以殘害為性，若適性為得者，彼亦逍遙矣」的論點，[註37] 反駁各適其性以為逍遙的思想。他又舉「烈風號萬竅」為例，說明烈風吹動萬物，其聲音隨著器皿之形不同而有差異，以此證明萬物不齊才是真理。

黃庭堅的讀史之作〈讀謝安傳〉，亦採用翻案手法，發表了獨特的史識：

> 傾敗秦師琰與玄，矯情不顧驛書傳。持危又幸桓溫死，太傅功名亦偶然。（《山谷詩集注》，頁 1070）

這首詩前兩句就謝安淝水之戰的沉著表現來翻案，後兩句就謝安維護晉室之功績來翻案。其一，史載謝安沉著地帶領子侄輩戰勝苻堅，維繫東晉之偏安局勢。但詩人卻另有見解：大勝苻堅，乃因謝琰和謝玄善於用

有君臣之義，故其字从豈，亦或从義。」

〔註37〕釋慧皎：《高僧傳》（臺北：廣文書局，1986 年），卷 4，〈支遁傳〉，頁 237。

兵；謝安得驛書聞捷報，了無喜色並棋如故，過戶限而不覺屐齒折，此乃故作鎮定之矯情舉措。其二，史載桓溫欲篡晉室，示意袁宏起草九錫文，但謝安暗中拖延，文未成桓溫病死，謝安拖延之策保全了晉室國祚。但詩人卻別出眼目：桓溫威勢顯赫，謝安無計可施，僅能消極拖延，幸而桓溫病死，否則晉室不保，故謝安護國之功純屬僥倖。黃庭堅藉著翻案，「於古人不到處，別生眼目」，發表了獨特的創見。

另一首讀史之作〈次韻謝子高讀淵明傳〉，亦是詩人「別生眼目」之作：

> 枯木嵌空微暗淡，古器雖在無古弦。袖中政有南風手，誰為聽之誰為傳？風流豈落正始後，甲子不數義熙前。一軒黃菊平生事，無酒令人意缺然。（《山谷詩集注》，頁 552）

此詩就鍾嶸《詩品》對於陶淵明的評價來翻案。鍾嶸評陶淵明為「古今隱逸詩人之宗」，但黃庭堅藉「舜彈五弦之琴，歌《南風》之詩」的典故，論述陶淵明早年懷有積極用世之志，但生逢亂世而被迫歸隱。此外鍾嶸《詩品》僅將陶淵明的作品列於「中品」，黃庭堅以為陶詩具有「不煩繩削而自合」的自然天真，故以「風流豈落正始後」為陶淵明翻案，對陶淵明的詩壇地位給予極高評價。

黃庭堅的讀集部詩〈戲效禪月作遠公詠〉乃就禪月對慧遠「過溪」、「買酒」的「破戒」闡述，予以翻案。其詩並序曰：

> 遠法師居廬山下，持律精苦，過中不受蜜湯，而作詩換酒飲陶彭澤；送客無貴賤不過虎溪，而與陸道士行過虎溪數百步，大笑而別。故禪月作詩云：「愛陶長官醉兀兀，送陸道士行遲遲。買酒過溪皆破戒，斯何人斯師如斯。」故效之。
>
> 邀陶淵明把酒椀，送陸修靜過虎溪。胸次九流清似鏡，人間萬事醉如泥。（《山谷詩集注》，頁 416）

禪月法師從「持守戒律」的觀點來看，慧遠「買酒」、「過溪」皆為破戒。但黃庭堅以為慧遠並非破戒，而是展現出自律嚴謹精苦、處世包羅眾象的智慧。「胸次九流清似鏡」顯現其胸襟廣闊而又是非分明，「人間萬事醉如泥」顯現其包容眾生、情無取捨，這正是黃庭堅所謂「胸

中涇渭分，俗裡塵光和」的處世之道。

　　黃庭堅過潯陽紫極宮讀李白詩集，又見蘇軾和李白之作，因作〈次蘇子瞻和李太白潯陽紫極宮感秋詩韻追懷太白子瞻〉，詩中亦對李白詩句提出翻案，其詩曰：

　　　　不見兩謫仙，長懷倚修竹。行遶紫極宮，明珠得盈掬。平
　　　　生人欲殺，耿介受命獨。往者如可作，抱被來同宿。砥柱
　　　　閱頹波，不疑更何卜。但觀草木秋，葉落根自復。我病二
　　　　十年，大斗久不覆。因之酹蘇李，蟹肥社醅熟。（《山谷詩集
　　　　注》，頁 412～414）

《史記》記載蔡澤功名未成時請唐舉看相，唐舉譏之，但蔡澤仍自信「富貴吾自所有」；〔註 38〕賈誼問卜於司馬季主，季主告之賢者「直道以正諫」，「賢者亦不與不肖者同列」。〔註 39〕李白以此典故翻案，作「懶從唐生決，羞訪季主卜」，表達不慕榮利的心志。黃庭與堅對李白詩句再作翻案，作「砥柱閱頹波，不疑更何卜」，以表達不求聞達與介特自持的心志。蔡澤與賈誼的典故經過李白翻疊，顯現李白視富貴如浮雲的心志，黃庭堅再對李白詩句翻疊，顯現黃庭堅耿介持身的淡泊心志，層層翻疊，顯現其構思極其新奇巧妙。

　　以上各篇均採用翻案法闡釋原作，其翻疊內容可見作者的巧妙構思。翻案必須建立在博學的基礎上，將熟典新用，才能避免熟爛陳腐，妙脫蹊徑，這是一種超越前人的途徑。因此唯有廣泛閱讀，積學儲寶，才能化生有無，形象超妙。黃庭堅以翻案法闡釋典籍，不僅顯現了作者的博學多才，也展現了新奇創意，提供讀者多種思考問題的角度。

四、意象為喻，闡釋美感

　　六朝時期，許多詩歌鑑賞者以生活中各種事物為比喻，以傳達鑑

〔註38〕楊家駱主編：《新校本史記三家注并附編二種》（臺北：鼎文書局，
　　　　1979 年），卷 79，〈范雎蔡澤列傳〉，頁 2418。
〔註39〕楊家駱主編：《新校本史記三家注并附編二種》，卷 127，〈日者列傳〉，
　　　　頁 3215～3220。

賞者閱讀文學作品的審美感受，例如：沈約用謝朓「好詩圓美流轉如彈丸」評論王筠的詩歌；〔註40〕鮑照稱謝靈運的五言詩「如初發芙蓉，自然可愛」；〔註41〕鍾嶸評曹植的文章「譬人倫之有周、孔，鱗羽之有龍鳳，音樂之有琴笙，女工之有黼黻」。〔註42〕鑑賞者藉「彈丸」、「芙蓉」、「周孔」、「龍鳳」、「琴笙」、「黼黻」等意象，傳達其審美感受，人們可從這些意象產生聯想，進而領受鑑賞者讀詩的情韻和審美感受。

　　這種訴諸直覺的感悟方式，羅根澤稱為「比喻的品題」，郭紹虞稱為「象徵的批評」，葉嘉瑩稱為「意象化的喻示」，張伯偉稱為「意象批評」，鄧新華稱為「象喻」。〔註43〕雖稱謂不同，但其內涵一致。所謂「象喻」，就是以「意象」或「意境」為媒介，藉比喻和象徵的手法傳達人對詩文的直覺體驗和審美感受。〔註44〕

　　黃庭堅闡釋詩文，亦採用象喻手法。他擷取提煉了美好生動的自然意象和意蘊雋永的人文意象，委婉含蓄地傳達出閱讀詩文的審美感受。以下試從自然與人文意象，分析黃庭堅闡釋文本的特色。

（一）以自然意象為喻

　　劉勰曾說：「物色之動，心亦搖焉。」〔註45〕自然景物不僅是詩人創作的題材，同時也啟迪了詩人的心性。詩人對自然景物與社會人事產生聯想，加以比興、隱喻、象徵，藉此傳達出深刻的人生體驗。「象喻」的闡釋手法，主要以自然景物為「意象」或「意境」作為喻示。例如〈謝仲謀示新詩〉：

〔註40〕楊家駱主編：《新校本南史附索引》（臺北：鼎文書局，1979 年），卷22，〈王筠傳〉，頁 609。

〔註41〕楊家駱主編：《新校本南史附索引》，卷 34，〈顏延之傳〉，頁 881。

〔註42〕王叔岷撰：《鍾嶸詩品箋證稿》（臺北：中央研究院中國文哲研究所，1992 年），頁 149。

〔註43〕鄧新華：《中國古代詩學解釋學研究》（北京：中國社會科學出版社，2008），頁 112。

〔註44〕鄧新華：《中國古代詩學解釋學研究》，頁 112。

〔註45〕劉勰著：《文心雕龍》（臺北：臺灣商務印書館，文淵閣《四庫全書》1478 冊），卷 10，〈物色〉，頁 64。

> 贈我新詩許指瑕，令人失喜更驚嗟。清於夷則初秋律，美
> 似芙蓉八月花。采菲直須論下體，鍊金猶欲去寒沙。唐朝
> 韓老誇張籍，定有雲孫作世家。(《山谷詩集注》，頁 1302)

詩中第二聯使用「夷則初秋律」和「芙蓉八月花」兩種自然意象闡釋
其審美感受。音樂有十二律，每一個音律對應一個季節，「夷則」是專
屬於初秋的清美之聲。芙蓉是指荷花，在蕭颯秋風之中，點點殘荷更
顯其清美。詩人以初秋之清音與八月之殘荷為喻，具體地闡釋張仲謀
詩歌給予人的清美感受。

　　除了以單一意象為喻，黃庭堅又以多種自然景物，精心營造某種
意境，藉此闡釋其審美感受，如〈還深父同年兄詩卷〉：

> 四體懶不佳，百蟲夜相煎。呼燈探床頭，忽得故人編。一
> 哦肺渴減，再讀頭風痊。清切如其人，石齒漱潺湲。園林
> 秋郊靜，桃李春晝妍。雍容比興體，百物落眼前。仍仍愁
> 時語，聽猿三峽船。梅黃雨撲地，水白雁橫天。……(《山
> 谷詩集注》，頁 1229)

此詩稱讚友人詩卷有「清切」之美，黃庭堅精選「石齒漱潺湲」、「園
林秋郊靜」、「桃李春晝妍」等自然美景，喻示詩歌之美如潺湲流瀉於
石岩之清泉，如秋郊靜謐清雅的園林，如春陽下紅白相映彼此爭妍的
桃花與李花。透過這三個清新優美的意境，詩人具體地傳達了詩歌給
人的審美感受。此外，詩人又以「聽猿三峽船」、「梅黃雨撲地」、「水
白雁橫天」等自然景致，營造愁緒瀰漫的悲苦意境，喻示友人詩作所
傳達出來的悲愁情感。

　　又如〈奉答謝公靜與榮子邕論狄元規孫少述詩長韻〉一詩：

> 謝公遂如此，宰木已三霜！無人知句法，秋月自澄江。二
> 子學邁俗，窺杜見牖窗。試斲郢人鼻，未免傷手創。……((《山
> 谷詩集注》，頁 107～108)

詩中營造一種清新脫俗的意境，喻示謝師厚詩歌清雅不俗的藝術之
美。「秋月自澄江」意為：清爽寂寥的秋夜，皎潔明月獨自映照澄澈
的江面。詩人營造了這種高潔清美的意境，喻示謝師厚之人品高潔與

句法清新。

　　黃庭堅藉著境界的描述，闡釋了詩歌的藝術特質。這種以意境爲喻的手法，正是晚唐司空圖所創的「境界描述」的闡釋方式。這種方式充滿了含蓄蘊藉、餘味無窮的藝術特色，使人對詩歌產生了無窮的想像。

（二）以人文意象為喻

　　除了自然意象，黃庭堅還運用了文史、佛典、飲食、醫藥、遊戲等意蘊雋永的人文意象，闡發其閱讀詩文的審美感受。如〈次韻伯氏寄贈蓋郎中喜學老杜詩〉運用「關鍵」、「史筆」等文史意象，喻示其閱讀感受。其詩曰：

> 老杜文章擅一家，國風純正不欹斜。帝閽悠邈開關鍵，虎穴深沉探爪牙。千古是非存史筆，百年忠義寄江花。潛知有意升堂室，獨抱遺編校舛差。（《山谷詩集注》，頁 1308）

「帝閽」，指宮闕、朝廷；「關鍵」，指鎖門的木拴；「爪牙」，本爲動物的尖爪和利齒，引伸爲仗勢欺人的走狗；「虎穴」，爲危險的境地。此詩第三句「帝閽悠邈開關鍵」喻示了杜甫的詩歌具有披露時政、反應社會的寫實精神，第四句「虎穴深沉爪牙」則喻示杜甫不畏迫害、不計生死的忠義精神。第五句「史筆」一詞，本指史官直言記載歷史的筆法，在此喻示杜詩寄寓褒貶的「詩史」本色。詩人運用了四個意蘊深遠的人文意象，深刻地傳達出杜甫詩歌的藝術特色。

　　以文史意象爲喻的手法中，還有風格類比的喻示手法。黃庭堅以前人風格比附後人詩作，藉著兩者之間的類比，傳達其審美感受，周師益忠謂之「舉古以證今，援甲以顯乙」的論詩技巧，〔註46〕例如〈題劉法直詩卷〉：

> 往日劉隨州，作詩驚諸公。老兵睨前輩，欺詆阮嗣宗。才卿望長卿，歲數未三百。豈其苗裔耶？詩句侵唐格。慨然

────────────

〔註46〕周益忠：《宋代論詩詩研究》（臺北：臺灣師範大學國文研究所，1988年）。

　　古人風，乃在〈逐客〉篇。朝廷重九鼎，政欲多此賢。虎
　　豹九關嚴，漂零落閑處。空餘三百篇，不隨夜台去。(《山谷
　　詩集注》，頁 1104)

劉隨州即唐代詩人劉長卿，其性格剛烈，詩作反應社會離亂及政治
失意，有「五言長城」之稱。詩中以「豈其苗裔耶，詩句侵唐格」
一句，將劉法直與劉長卿類比，說明其詩風與劉長卿近似；又以「慨
然古人風，乃在逐客篇」一句，將劉法直與李斯類比，說明其詩歌
議論縱橫，深具古人之風；還以「空餘三百篇」將其詩歌與《詩經》
類比，說明劉法直的詩歌具備諷喻政教的美刺精神。

　　黃庭堅以人文意象爲象喻的作品中，又以佛經意象最爲獨特。
宋代儒、道、釋三家的思想發達，有些詩歌批評家開始採用佛經意
象來品評詩歌，例如：嚴羽以「金翅擘海，香象渡河」品評李白、
杜甫的詩歌筆力雄健、氣象渾厚；〔註 47〕又以「羚羊挂角，無跡可
求」爲喻，〔註 48〕強調詩歌的審美情感具有含蓄蘊藉、不具形跡的
特色。但在嚴羽之前，黃庭堅就已將佛經意象運用於詩歌的創作之
中了。〈三月壬申，同堯民希孝觀淨名寺經藏，得《弘明集》中沈炯
同、庾肩吾諸人游明慶寺詩，次韻奉呈二公〉便以佛經意象喻示其
審美感受。其詩曰：

　　秘藏開新譯，天花雨舊堂。證經多寶塔，寢疾淨名床。鳥
　　語雜歌頌，蛛絲凝篆香。同游得趙李，談道過何王。(《山谷
　　詩集注》，頁 1301)

黃庭堅於明慶寺閱讀《廣弘明集》，見其中收錄沈炯同與友人同遊名
慶寺之作品，因而次韻作此詩。詩中以「天花雨舊堂」、「證經多寶
塔」、「寢疾淨名床」等佛經意象，〔註 49〕闡釋閱讀經藏之清明澄淨

〔註 47〕嚴羽：《滄浪詩話》(臺北：台灣商務印書館，文淵閣《四庫全書》
　　　　 1480 冊)，〈詩評〉，頁 817。「金翅擘海」語出《華嚴經》，「香象渡
　　　　 河」語出《傳燈錄》。
〔註 48〕嚴羽：《滄浪詩話》(臺北：台灣商務印書館，文淵閣《四庫全書》
　　　　 1480 冊)，〈詩辨〉，頁 811。
〔註 49〕「天花」典出《大乘本生心地觀經》，指佛講經說法，感動天神，各

感受。閱讀《廣弘明集》的審美感受，如同親見佛陀現身說法，天花紛紛飄落；又如親見佛陀講經，多寶塔湧出，十方諸佛集會；更如靜臥禪床，消彌一切慾念貪妄，心靈清明。作者以佛經意象營造出來的絕妙境界，喻示閱讀《廣弘明集》所獲得的澄澈清明感受。

此外，黃庭堅又以飲食意象，喻示詩歌命意與思想的重要，如〈奉答謝公靜與榮子邕論狄元規孫少述詩長韻〉曰：

……蟹胥與竹萌，乃不美羊腔。自往見謝公，論詩得濠梁。
世方尊兩耳，未敢築受降。……（《山谷詩集注》，頁107～108）

「蟹胥」即蟹醢、蟹醬；「竹萌」即竹筍；「羊腔」即羊肋。「蟹胥與竹萌，乃不美羊腔」意指「蟹胥」與「竹萌」雖為珍饈異饌，但卻不如「羊腔」能飽人脾胃。詩中以「羊腔」比喻詩歌之命意與思想，以「蟹胥」和「竹萌」比喻好作奇語之病，黃庭堅藉此指點狄、孫二人詩文當以思想義理為主，「理得辭順」的詩文猶如美味的羊腔，乃可使人心靈飽足。

詩人也曾以「藥」喻詩，以「病症」的痊癒喻示讀詩感受，如〈還深父同年兄詩卷〉有「一哦肺渴減，再讀頭風痊」兩句（《山谷詩集注》，頁1229），意指友人之詩句高妙，使人「肺渴減」、「頭風癒」，這便是以「病症」的消除喻示讀詩的審美感受。此外，〈學許氏說文贈諸弟〉有「猶勝雙陸伴兒嬉」（《山谷詩集注》，頁1246），借用宋代風行的遊戲雙陸棋，喻示閱讀《說文》的審美樂趣。

以上四種讀書詩的藝術技巧，均為黃庭堅學古變古的具體實踐。以「檃括」為例，詩人以前人的書卷為材料，精心擷取、濃縮其意象，以「破體為文」的方式，賦予詩文全新的面貌；以「援引」為例，詩人引用前人的思想，改換為凝煉的語句，使詩歌句意耳目一新；以「翻案」為例，詩人推翻原作內容，自出議論，使詩文的構思產生新奇的理趣；以「象喻」為例，詩人超越常見之意象，取

色香花紛紛從天空落下；「多寶塔」典出《法華經》，指佛說此經時，多寶塔從地涌出，十方諸佛集會證明，六萬恒河沙等菩薩及其眷屬護持流佈；「淨名床」典出《傳心法要》，指修行者須如臥疾之人，所有妄想消歇、慾念停止，才能心性澄淨。

用生新奇警的比喻，使詩歌產生陌生而新奇的風格。這些藝術技巧都出於詩人會通百家的繼承與創新，由此可見，黃庭堅藉著讀書的途徑「出入百家」，在博通前人成就的基礎上進行新變，以達到「包括眾作」的藝術境界，進而達成「自成一家」的目標。

第三節　黃庭堅讀書詩的章法布置

黃庭堅注重詩文的章法安排，他說：「凡作一文，皆須有宗有趣，始終關鍵，有開有闔，如四瀆雖納百川，或匯而為廣澤，汪洋千里，要自發源注海耳。」〔註50〕又說：「但始學詩，要須每作一篇，輒須立一大意，長篇須曲折三致焉，乃為成章耳。」〔註51〕這種「始終關鍵」、「有開有闔」的「曲折」章法，便是其詩歌技法中相當重要的一環。

范溫說：「山谷言文章必謹布置；每見後學，多告以〈原道〉命意曲折。」〔註52〕這種精研章法的表現，古今學者亦有所論述。方東樹對此有以下體悟，他說：

> 山谷之妙，起無端，接無端，大筆如椽，轉折如龍虎，掃棄一切，獨提精要之語。每每承接處，中互萬里，不相聯屬，非尋常意計所及。〔註53〕

> 山谷學杜、韓，一字一步不敢滑，而於中又具參差章法變化之妙。以此類推，可悟詩家取法之意。〔註54〕

方東樹所說「起無端，接無端」、「每每承接處，中互萬里」、「參差章法變化之妙」，便是黃庭堅所主張「始終關鍵」、「命意曲折」的嚴謹章法。今人陳永正也說：

〔註50〕劉琳、李勇先、王蓉貴點校：《黃庭堅全集》正集卷 18，〈答洪駒父書〉，頁 474。

〔註51〕劉琳、李勇先、王蓉貴點校：《黃庭堅全集》別集卷 11，〈論作詩文〉，頁 1684。

〔註52〕郭紹虞輯：《宋詩話輯佚》（臺北：華正書局，1981 年），頁 323。引范溫《潛溪詩眼》。

〔註53〕方東樹：《昭昧詹言》（臺北：漢京文化，2004 年），卷 12，頁 314

〔註54〕方東樹：《昭昧詹言》（臺北：漢京文化，2004 年），卷 1，頁 26。

> 山谷也把韓愈寫文章的法度用於作詩中，要求一篇上下，
> 都有線索可尋，每句每段，都要安排得法，使之曲折變化。
> 但山谷主張的「佈置」並不是試帖詩那種僵化的規格，村
> 學究式的「起、承、轉、合」。而是要「奇正相生」，寓有
> 法於無法之中，最後達到「無意於文」的渾成之境。〔註55〕

黃庭堅學習韓愈「以文爲詩」的方法，不僅在字法、句法表現出這種
特色，同時也將古文章法運用於詩歌的結構安排，因此每句每段都充
滿了匠心獨運的安排，這又是黃庭堅學古變古的創新。

唐人古體多以參差式布局爲主體，其近體則多以起承轉合式結構
爲定型。但無論長篇短章，黃庭堅往往有意突破一般唐詩定型化的結構
模式，時以古文法度作詩。即使近體，也多不拘唐詩「起承轉合」程式，
力求布局結構的新異。〔註56〕今人吳晟將黃庭堅詩歌章法歸納爲平分
式、交叉式、多層次式、跨躍式、反差式五種。本文試以這五種章法來
分析黃庭堅的讀書詩。

一、布局勻稱的平分式結構

方東樹評論七言律詩時，曾說：「七古以才氣爲主，而馳驟疾徐，
短長高下，任我之意以爲起訖。七律束於八句之中，以短篇而須具縱
橫奇恣開闔陰陽之勢，而又必起結轉折章法規矩井然。」〔註57〕他以
爲唐人古體多「任我之意爲起訖」，因此其布局多爲參差式結構；唐
人近體則具有「起結轉折」之章法規矩，絕句每句一轉意，律詩每二
句一轉意，故爲「起承轉合」的定型結構。黃庭堅一變唐人章法，將
古體變爲布局勻稱的平分式結構，而其近體則依「爲情造文」的原則，
獨創一種平分兩層的新異結構。〔註58〕

採用布局勻稱的平分式的讀書詩，有平分爲兩層、三層、四層者。
首先，平分爲兩層者，如〈次韻子瞻書黃庭經尾付蹇道士〉：

〔註55〕陳永正：《黃庭堅詩選》（臺北：遠流出版社，2000 年），〈前言〉，頁 6。
〔註56〕吳晟：《黃庭堅詩歌創作論》（江西：南昌，1998 年），頁 60。
〔註57〕方東樹：《昭昧詹言》（臺北：漢京文化，2004 年），卷 14，頁 375。
〔註58〕吳晟：《黃庭堅詩歌創作論》（江西：南昌，1998 年），頁 60。

琅函絳簡蘂珠篇，寸田尺宅可斲仙。高眞接手玉宸前，女
丁來謁槃六妍。金鑰閉欲形完堅，萬物蕩盡正秋天。使形
如是何塵緣？蘇李筆墨妙自然，萬靈拱手書已傳。傳非其
人恐飛鶱，當付驪龍藏九淵。寒侯奉告請周旋，緯蕭探手
我不眠。（《山谷詩集注》，頁 1035）

此詩前七句爲第一層，後六句爲第二層。第一層檃括《黃庭內景經》
內容，說明書中的修行方法。若能依照經文修煉，便可達到使形自然、
超脫塵俗的境界。第二層讚嘆蘇軾墨寶和李公麟畫作高妙自然、珍貴
無比，增添了黃庭經卷的神妙法力。如此珍貴的經卷理當交付潛藏的
驪龍看管，倘若道士願「奉告」藏經之地，黃庭堅願深入九淵不眠不
休地探尋經卷。這首七言古詩共十三句，平分爲兩層，前後兩層均就
題目作闡發，句句押韻，一韻到底。

　　其次，全詩平分爲三層的平分式結構者，如〈幾復讀莊子戲贈〉：
蜩化槍楡枋，鵬化摶扶搖。大椿萬歲壽，蕣英不重朝。有
待於無待，定非各逍遙。譬如宿舂糧，所詣豈得遼？漆園
槁項翁，聞風獨參寥。物情本不齊，顯者桀與堯。烈風號
萬竅，雜然吹籟簫。聲隨器形異，安可一律調？何嘗用吾
私，總領使同條。惜哉向郭誤，斯文晚未昭。胡不棄影事，
直以神理超。木資不才生，雁得不才死。投身死生中，未
可優劣比。深藏無所用，一寓不得已。逍遙同我誰？歲莫
於吾子。（《山谷詩集注》，頁 1198～1199）

此詩爲五言古體，共三十句，平分爲三個層次，前十句爲第一層，檃
括《莊子》書中「齊物」與「逍遙」的思想。從十一句至二十句爲第
二層，詩人以支道林「桀、跖以殘害爲性」的論點，反駁向秀、郭象
「順應萬物之性」即爲逍遙的說法，並提出萬物本不齊的論點。後十
句爲第三層，詩人以爲唯有重視神理，齊一生死，才能獲得眞正的逍
遙。全詩結構勻稱，每個層次各有所闡述，而且層層相扣。

　　又如〈讀方言〉一詩，也是平分爲三層的結構，其詩曰：
八月梨棗紅，繞牆風自落。江南風雨餘，未覺衣衾薄。壁
蟲憂寒來，催婦織衣著。荒畦杞菊花，猶用充羹臛。連日

無酒飲，令人風味惡。頗似揚子雲，家貧官落魄。忽聞輶
軒書，澀讀勞輔齶。虛堂漏刻間，九土可領略。願多載酒
人，喜我識字博。設心更自笑，欲過屠門嚼。往時抱經綸，
待價一丘壑。卜師非熊羆，夢相解靡索。所欲吾未奢，儻
使耕可獲。今年美牟麥，廚饌豐餅拓。摩莎腹中書，安知
非糟粕？（《山谷詩集注》，頁 899～900）

全詩共有三十句，分爲三層，每十句爲一層。第一層描述作者秋來衣
衾單薄、以杞菊充當羹臛、連日無酒可飲的貧困生活。第二層描述自
己頗似家貧且仕途困頓的揚雄。讀揚雄《方言》，使人足不出戶而能
領略各地方言，願自己能像揚雄獲得他人賞識才學，時有「載酒問字」
之人上門請益，得以大嚼酒肉。第三層寫古時懷抱經綸者隱居丘壑釣
台，最終獲賞識而爲師爲相。但詩人只願能麥田豐湯餅足，效揚雄讀
書著書，表現出詩人澹泊名利的心志。

其三，全詩平分爲四層的結構者，如〈題劉法直詩卷〉，其詩曰：

往日劉隨州，作詩驚諸公。老兵眇前輩，欺詆阮嗣宗。才
卿望長卿，歲數未三百。豈其苗裔耶？詩句侵唐格。慨然
古人風，乃在逐客篇。朝廷重九鼎，政欲多此賢。虎豹九
關嚴，漂零落閒處。空餘三百篇，不隨夜臺去。（《山谷詩集
注》，頁 1104）

此詩共十六句，平分爲四層。前四句爲第一層，讚嘆唐代五言長城
劉長卿之詩歌成就極高，以致偷薄之後人以劉長卿爲「爭爲虛張以
相高自謾」的憑藉。〔註 59〕第五至八句爲第二層，此四句承接前四
句，以劉長卿之詩歌風格類比劉法直。劉長卿之詩歌反應社會離亂
及個人之失意，劉法直之詩句「侵唐格」，近似劉長卿關注社會之風
格。第九至十二句爲第三層，說明劉法直具備劉長卿之才識，應爲
朝廷所需之賢才。最後四句爲第四層，慨嘆朝廷雖重視賢才，可惜
劉法直遭排擠而投閒置散，僅能憑藉詩歌傳達關懷家國的心志。

〔註 59〕王定保：《唐摭言》（臺北：臺灣商務印書館，文淵閣《四庫全書》
1035 冊），卷 5，頁 734。

又如〈次蘇子瞻和李太白潯陽紫極宮感秋詩韻追懷太白子瞻〉：

> 不見兩謫仙，長懷倚修竹。行遶紫極宮，明珠得盈掬。平
> 生人欲殺，耿介受命獨。往者如可作，抱被來同宿。砥柱
> 閱頹波，不疑更何卜。但觀草木秋，葉落根自復。我病二
> 十年，大斗久不覆。因之酌蘇李，蟹肥社醅熟。（《山谷詩集
> 注》，頁 412～414）

建中靖國元年（1011）蘇軾病逝常州，次年黃庭堅過紫極宮讀李白
〈潯陽紫極宮感秋作〉和蘇軾〈和李太白〉兩詩，有感而發而作此
詩。此詩十六句，平分為四層，每層四句。詩歌第一層寫哲人已遠，
詩人僅能憑其詩作「常懷」其典型，第二層承接「常懷」二字發揮，
寫出詩人對李、蘇耿介人格的崇敬，第三層稱道李、蘇介特自信的
處世態度，第四層則以詩人破戒飲酒的舉動，表達對兩謫仙的追念。
這四個段落結構勻稱且層層相應。

二、層層轉換的多層次式結構

黃庭堅作詩為文最重布置，無論長篇或短章，常在前人體式之
外自有新變。其古體多採用層層轉換的多層次結構，一篇之內，或
二句一層，或三四句一層，或五六句一層……其中層層轉折，變化
多端。如〈書磨崖碑後〉，其詩曰：

> **春風**吹船著浯溪，扶藜上讀〈中興碑〉。平生半世看墨本，
> 摩挲石刻鬢成絲。**明皇**不作包桑計，顛倒四海由祿兒。九
> 廟不守乘輿西，萬官已作鳥擇栖。撫軍監國太子事，何乃
> 趣取大物為？事有至難天幸爾，上皇跼蹐還京師。內間張
> 后色可否，外間李父頤指揮。南內淒涼幾苟活，高將軍去
> 事尤危。臣結〈春陵〉二三策，臣甫〈杜鵑〉再拜詩。安
> 知忠臣痛至骨，世上但賞瓊琚詞。**同來**野僧六七輩，亦有
> 文士相追隨。斷崖蒼蘚對立久，涷雨為洗前朝悲。（《山谷詩
> 集注》，頁 478～480）

此詩二十四句，分為三層，前四句為第一層，寫春日遊浯溪，詩人
於鬢髮蒼蒼之時，一睹平生熟見墨本〈大唐中興頌〉之石刻。接著

十六句爲第二層，詩人就安史之亂，評論玄宗、肅宗兩朝政事，直言批判玄宗父子的昏庸和奪權。這一層每四句一段，共分四段，分述：玄宗昏庸誤國而致宗廟不保百官陷賊；肅宗汲汲於奪取大位，使得遜位的玄宗身處險境地位危急；玄宗晚景淒涼，受制於張后和太監李輔國；忠臣元結與杜甫，分別作頌寫詩，寄寓了隱微的褒貶。末四句爲第三層，寫詩人讀罷〈中興碑〉的悲涼心情，也在此寄託關懷家國之心志。這首詩首尾兩層各爲四句，句數整齊，中間十六句布置爲一層，屬於層層轉換的多層次結構。

又如〈奉答謝公靜與榮子邕論狄元規孫少述詩長韻〉：

> 謝公遂如此，宰木已三霜。無人知句法，秋月自澄江。二子學邁俗，窺杜見牖窗。試骴郢人鼻，未免傷手創。蟹胥與竹萌，乃不美羊腔。自往見謝公，論詩得濠梁。世方尊兩耳，未敢築受降。丹穴鳳凰羽，風林虎豹章。小謝有家法，聞此不聽冰。相思北風惡，歸雁落斜行。(《山谷詩集注》，頁107～108)

全詩二十句，分爲四層。前四句爲第一層，敘述謝師厚之詩歌顯現了磊落的人格修養，可惜世人不識其句法。第五至十句爲第二層，這六句說明狄、孫二人學杜有小成，但詩藝未臻妙境，仍有好奇之病。第十一至十四句爲第三層，此四句敘述二子受教於謝公靜得其句法，但卻受到貴古賤今思想的影響，缺少自信一味自卑。末六句爲第四層，以「鳳凰羽」和「虎豹章」比喻謝公靜深得父親謝師厚作詩之法，二子當以公靜爲師，以期精進詩藝。全詩各層句數爲「四六四六」式，屬於層層轉換的多層次結構。

三、上下勾連的交叉式結構

黃庭堅的詩歌結構複雜而細密，翁方綱指出這種特色「山谷詩譬如榕樹，自根生出千枝萬幹，又自枝幹上倒生出根來」。〔註60〕他的詩歌不僅有主幹和分枝，而且主次井然有序，它的章法雖是依照感情

〔註60〕翁方綱：《石洲詩話》（臺北：廣文書局，1971年），卷4，頁157。

表達來布置，但其內部卻又互相呼應連結，吳晟稱之爲「上下勾連的交叉式結構」。〔註61〕

這種「上下勾連」的結構有主有次，而且主次交錯，互相呼應，例如〈謝仲謀示新詩〉：

> 贈我新詩許指瑕，令人失喜更驚嗟。清於夷則初秋律，美似芙蓉八月花。采菲直須論下體，鍊金猶欲去寒沙。唐朝韓老誇張籍，定有雲孫作世家。（《山谷詩集注》，頁1302）

第一句敘述友人贈詩並請求「指瑕」，第二句則讚友人作品令人「驚嗟」。第二聯承第一句的「新詩」而來，以夷則之清音和芙蓉之清美，鑑賞其詩歌之美。第三聯承第一句的「指瑕」而來，詩人指點友人必須以治心養性爲學詩根本，用心於道德修養與句法鍛鍊。尾聯借用韓愈〈調張籍〉一詩的典故，將張仲謀比作張籍的「雲孫」，藉此讚美張仲謀的詩歌絕妙。詩歌第一句爲主旨，第二聯照應第一句「新詩」二字，第三聯照應第一句「指瑕」二字，呈現上下勾連且互相交叉的結構。

再看〈讀曹公傳〉，詩中論述曹操之功過，亦採上下勾連的交叉式結構：

> 南征北伐報功頻，劉氏親爲魏國賓。畢竟以丕成霸業，豈能於漢作純臣？兩都秋色皆喬木，二祖恩波在細民。駕馭英雄雖有術，力扶宗社可無人？（《山谷詩集注》，頁709～710）

此詩第一句敘述曹操南征北伐，穩定北方混亂的政局的功績。第二句敘述曹操挾天子令諸侯，殺戮後宮，逼迫獻帝之過。第二聯承接第二句續寫曹操的罪過，他集天下權勢於曹家，終使曹丕篡漢稱帝。第三聯承接第一句，寫曹操興修水利，獎勸農桑，功在細民。第四聯總述曹操不以正道得天下，縱有駕馭英雄之才能，也無法使國祚綿延。第一句和第三聯論其功，第二句和第二聯論其過，前後交錯論述曹操之功過，爲上下勾連的交叉式結構。

〔註61〕吳晟：《黃庭堅詩歌創作論》（南昌：江西人民出版社，1998年），頁63。

四、時空切合的跨躍式結構

黃庭堅詩歌章法的布局，往往力求突破唐人「起承轉合」的結構定式，方東樹曾對此提出論述：

> 凡短章，最要層次多。每一二句，即當一大段，相接有萬里之勢。山谷多如此。凡大家短章皆如此。必備敘、寫、議三法，而又須加以遠勢，又加以變化。(《昭昧詹言》卷11，頁239)

> 山谷之妙，起無端，接無端，大筆如椽，轉折如龍虎，掃棄一切，獨提精要之語。每每承接處，中互萬里，不相連屬，非尋常意計所及。(《昭昧詹言》卷12，頁314)

> 大抵山谷所能，在句法上遠：凡起一句，不知其所從何來，斷非尋常人胸臆中所有；尋常人胸臆口吻中當作爾語者，山谷則所不必然也。……如山谷，方能脫除凡近，每篇之中，每句逆接，無一是恆人意料所及，句句遠來。(《昭昧詹言》卷12，頁314)

這種「起無端，接無端」、「轉折如龍虎」、「中互萬里」的章法，使其詩意獨提精要、出人胸臆之外，而且也展現了「新奇」的美學特色。吳晟稱之爲空間切合的跨躍式結構。〔註62〕一般而言，以議論起的詩歌，易流於陳腐散漫輕滑，而以敘事起的詩歌，則須避免平鋪直衍冗絮迂緩之弊。黃庭堅打破「起承轉合」的形式，採用起結無端、句中逆接的章法，使詩歌突破時空次序，增大了詩歌的容量，以達到新奇效果。

黃庭堅有三首讀史之作，皆以議論爲起，開頭破空而來，承接突兀陡折，其章法布局生新奇巧。試看〈書睢陽事後〉一詩：

> 莫道睢陽覆我師，再興唐祚匡公誰？流離顛沛義不辱，去就死生心自知。政使賀蘭非長者，豈妨南八是男兒！乾坤震盪風塵晦，愁絕宗臣陷賊詩。(《山谷詩集注》，頁1262)

此詩首聯破空而來，總論睢陽戰役雖然死傷慘烈，但卻具有再興唐祚

〔註62〕吳晟又將空間切合的跨躍式結構分爲兩種：一爲起結無端，一爲逆接法。

的重大意義，其評論宛如史贊，其筆力萬鈞。二、三聯則表彰睢陽將
士義不受辱、置死生於度外的節操，其捨生取義的忠烈精神令人讚
佩。尾聯未以議論或抒情收束，反而採取以敘爲議的手法，描述宗臣
們陷賊時的愁苦，以烘托殉國將士「風雨如晦，雞鳴不已」的忠貞節
操。其結句可謂「脫除凡近」，「非尋常意計所及」。

　　再看〈次韻奉和仲謨夜話唐史〉一詩，其章法亦爲空間切合的跨
躍式結構：

　　　貞觀規摹誠遠大，開元宗社半存亡。才聞冠蓋遊西蜀，又
　　見干戈暗洛陽。哲婦乘時傾嫡后，大閹當國定儲皇。傷心
　　不忍前朝事，願作玄龜獻未央。（《山谷詩集注》，頁 1281）

此詩首聯以議論爲起，評論貞觀盛世爲唐代極盛時期，而開元盛世
卻是唐朝國勢日趨衰敗的關鍵。二、三聯承第二句，論述國勢極盛
而衰的情形：安史亂起，洛陽陷落，迫使玄宗幸蜀；玄宗昏聵，縱
容嬪妃及宦官干涉國政，以致內政混亂、天下不安。第七句以抒情
作結，表達詩人讀史感觸，第八句開出新境，表達詩人關心家國之
心志。此詩句句逆接，不以順承之勢承接，以達到「脫除凡近」之
新奇章法。

　　此外，〈夜觀蜀志〉一詩之結構亦與〈次韻奉和仲謨夜話唐史〉
章法相同：

　　　蓋世英雄不自知，暮年初志各參差。南陽隴底臥龍日，北
　　固樽前失箸時。霸主三分割天下，宗臣十倍勝曹丕。寒爐
　　夜發塵書讀，似覆輸籌一局棋。（《山谷詩集注》，頁 1331）

詩歌首聯以議論爲起，評述劉備與諸葛亮爲「蓋世英雄」。二、三
聯以敘爲議，第二聯承接第二句的「初志」，描寫劉備與諸葛亮之
寒微出身，第三聯承接第二句的「暮年」，寫兩人「暮年」之功業，
「初志」與「暮年」的處境形成極大反差，以呼應其「蓋世」功績。
尾聯夾敘夾議，呼應題目「夜觀蜀志」，抒發了讀史之感。全詩各
聯層層逆接，不使詩歌順勢承接，以達「無一是恆人意料所及，句
句遠來」之效果。

五、襯托對立的反差式結構

　　唐人的詩歌注重章法均衡和諧，但這種均衡和諧發展到極致，變得極爲精巧工穩，喪失了詩歌的新奇。宋人爲了改變因穩順章法而生熟爛，他們強調對立中的衝突，使詩歌在衝突中產生張力，因而獲得新奇性。〔註63〕這種對立中求衝突的章法，是將互爲襯托或互爲對立的兩種人事、兩種處境或兩種景物組合在一起，形成強烈反差，從而表達詩人內心激情或揭示某種生活哲理或事理，即所謂「襯托對立的反差式結構」，這種結構又分爲襯托式與對立式兩種。〔註64〕

　　黃庭堅的讀書詩也藉兩種不同的人事或處境的對立與襯托，揭示詩人對於經典之闡釋。如〈讀晉史〉：

> 天下放玄虛，誰知與道俱？唯餘范武子，乃是晉諸儒。(《山谷詩集注》，頁 1244)

此詩前兩句感嘆讀書人沈溺玄虛之學，摒棄正經禮教，名士顯宦均以虛浮相尚，以致誤國誤民。後兩句論述范甯在禮崩樂壞的時代，維護儒學正統，安定社會，顯現其識見高遠。前後形成強烈對比，凸顯范甯「世人皆醉我獨醒」的睿智角色。

　　又如〈和陳君儀讀楊太眞外傳五首〉其一、其三、其四亦採用對立式結構：

> 朝廷無事君臣樂，花柳多情殿閣春。不覺胡雛心暗動，綺羅翻作墜樓人。(其一)
> 梁州一曲當時事，記得曾拈玉笛吹。端正樓空春畫永，小桃猶學淡燕支。(其三)
> 高麗條脫琱紅玉，邐迤琵琶撚綠絲。蛛網屋煤昏故物，此生唯有夢來時。(其四)(《山谷詩集注》，頁 707～708)

其一，前兩句描寫安史亂前的歡樂宴飲、花柳多情等美好事物，後兩句寫安祿山起兵作亂，貴妃被迫縊死的悲慘事發，歡樂與悲戚形成強

〔註63〕周裕鍇：《宋代詩學通論》，〈結構的張力〉，頁 457～458。
〔註64〕吳晟：《黃庭堅詩歌創作論》，頁 70。

烈對立，使詩歌產生了極大的張力。其三，前兩句描寫亂前承平的歡樂宴飲，後兩句寫貴妃死後物是人非的淒涼，前後形成強烈的對立，烘托出玄宗晚年的悲涼。其四，前兩句寫貴妃生前獲得帝王賞賜的珍寶，後兩句寫人死後之珍稀「紅玉」、「琵琶」塵封於蛛網屋煤中，今昔景況產生強烈對比，凸顯美好愛情的破滅。

還有〈和答李子真讀陶庾詩〉亦採對立式結構：

樂易陶彭澤，憂思庾義城。風流掃地盡，詩句識餘情。往者不再作，前賢畏後生。君言得意處，此意少人明。（《山谷詩集注》，頁 569～570）

此詩首聯品評陶淵明具有安貧樂道、固窮守節的人格，故其作品始終樂易自適；庾信晚年家破國亡，羈旅北地，故其綺麗風格一變爲憂悽悲涼。陶、庾詩風的「樂易」與「憂思」，互爲襯托，形成強烈對比。此詩首聯運用對立式結構，以備受宋人推崇的陶淵明，凸顯了庾信任憑後人嗤笑卻無從辯解的際遇。

除了對立式結構，有時還兼採對立式與襯托式結構，如〈跋子瞻和陶詩〉：

子瞻謫嶺南，時宰欲殺之。飽吃惠州飯，細和淵明詩。彭澤千載人，東坡百世士。出處雖不同，風味乃相似。（《山谷詩集注》，頁 416）

此詩首聯描寫蘇軾貶謫嶺南，面臨「時宰欲殺之」的險惡處境。次聯描寫身陷殺身險境的蘇軾，不僅未曾心懷驚懼，反而以「飽吃惠州飯」、「細和淵明詩」的超曠灑脫面對艱險。一、二聯形成強烈的對立反差，烘托出蘇軾耿介的風骨節操。三、四聯以陶淵明之高潔人格烘托蘇軾耿介風骨，蘇軾與淵明一仕一隱，但其濟世胸懷和固窮守節之情操同爲千秋萬世之典範。這首詩一、二聯對立式的反差結構，三四聯則爲襯托式反差結構，一、二聯的對立結構凸顯了東坡的超曠耿介形象，使得三、四聯對蘇軾人格的評述，顯得更加公允令人信服。

以上所分析的詩歌均爲句數相當的襯托式或對立式結構，但黃

庭堅的〈演雅〉一詩則爲篇幅懸殊的對立式反差結構：

> 桑蠶作繭自纏裹，蛛蝥結網工遮邏。燕無居舍經始忙，蝶爲
> 風光勾引破。老鶴銜石宿水飲，稚蜂趨衙供蜜課。……江南
> 野水碧於天，中有白鷗閑似我。（《山谷詩集注》，頁21～23）

這首詩共有四十句，描寫四十一種蟲鳥的生活習性，作者透過主觀聯
想，將各種動物習性比擬爲人類的各種情態，顯現了世間的種種眾生
相。前三十八句鋪陳四十種蟲鳥的生活習性，藉此反映人類追逐名利的
各種醜態，例如：桑蠶吐絲結繭，作繭自縛；喜鵲爲人傳喜訊，自身卻
不得安閒；螞蟻勞勞碌碌不得悠閒，枉過一生；湯鼎前的蝨子不知險境
已至，還自顧自地吸食血液；白鷺一身潔白，卻容易沾染塵土……等等；
結尾兩句一反批判筆鋒，歌頌鷗鳥閒遠潔淨地遨翔於野水碧天之中，點
出作者清高自持、不慕榮利的人生理想。這首詩的對立章法極爲奇特，
詩歌前三十八句長篇鋪陳各種醜態，末兩句卻一反前文的嘲諷筆調，出
人意料地道出作者高潔的理想，這兩句雖篇幅單薄卻具有萬鈞筆力，一
舉扭轉了前文密密鋪排的種種人性醜態，顯見其運思與章篇布局尖巧出
奇，令人嘆賞。

黃庭堅學習古文意脈經營的章法，使詩歌的章法結構變化多端，
出人意料。其古體一變唐人古體「任我之意爲起訖」的參差布局，採
用了「長篇須曲折三致」的章法，自創了「平分式」與「多層次」兩
種結構；其近體打破唐人「起結轉折」之章法規矩，採用「起結無端」、
「轉折如龍虎」的章法，自創了「交叉式」與「跳躍式」結構；他不
追求唐人工穩和諧的藝術之美，反而追求對立衝突的新鮮美感，自創
「襯托對立的反差式結構」。從以上五種章法，便可見黃庭堅力求超
越前人、脫除凡近的刻厲經營。

黃庭堅精研古文的章法，並運用於詩歌的創作之中，他博通前人
的藝術成就，以提升自身的藝術素養，並在前人未到處開拓出新的章
法體式。這些新創的章法，顯現黃庭堅力求「新變」以達成「自成一
家」理想。簡單地說，這些章法是黃庭堅「出入眾作」，以求「自成
一家」的具體實踐。

第六章　結　論

　　唐人創造了詩歌高峰，宋人在「開闢眞爲難」的處境下，普遍有自成一家的覺悟，他們在注重興象的唐詩之外另闢蹊徑，創造了尙思理的宋調。其實，任何形式的創新都需要有所本。宋人承襲前人的學術思想、詩意原型及詩歌技法，加以「奪胎換骨」、「點鐵成金」。在以故爲新、學古變古的策略下，創造了詩意生新奇警、技巧純熟多變的宋詩特色。最能展現這種新變的開創歷程者，無疑就是黃庭堅了。

　　黃庭堅生活在宋代學術與文化興盛的時代，獲致了悠遊書海、盡閱典籍的機會。黃庭堅的家族曾創立書院，其書院藏書萬卷；黃氏家族文化氣息濃厚，培育了許多知識份子，曾有一門兄弟十人皆登甲第的佳話；黃庭堅少時與舅父李常遊學淮南，李常是第一位成立私人圖書館的藏書家。入仕後，黃庭堅曾任北京國子監教授七年，以教育學子、潛心著述爲生活重心；元豐八年以校書郎參與修史，前後八年過著修書、校書的館職生活；此外，黃庭堅結識多位藏書家並時相借閱傳抄。這些經歷使他在學古創新之路，更便於汲取前人智慧，觀摹古人詩法，獲致藝術的薰陶。

　　黃庭堅特重讀書學古，取法前人優長，所謂的「點鐵成金」、「奪胎換骨」，便是以前人成就作爲創變基礎。因此從他的讀書接受情形，便可瞭解他對前人的繼承與借鑑情形。本文梳理了黃庭堅的讀

書詩，探論他對原作的評論、鑑賞、品評、闡釋、塡補和仿作等接受情形，得到以下三個結論。

一、「文道合一」的詩學進路

黃庭堅主張「詩者，人之情性也」，詩歌展現的是詩人的情性，因此詩人的品德便是詩文的根基。他主張以經典治心養性，從黃卷中求師友，以追求道德與人品的提升；他主張從書中汲取無窮之意，作爲涵養詩人胸襟的養分；他主張研味前作，規摹古人詩法，以提升詩歌的傳達技巧與審美趣味。黃庭堅透過讀書提升道德修養、學識涵養、藝術素養，並將三者融合爲一，以期達到「文與道俱」的境界。

（一）以經典修養人品道德

黃庭堅認爲孝悌忠信是修養的根本，也是詩文的根本，因此，學者必須踐履書中聖哲的言行，事事反求諸己，才能增進德行。他以治心爲「學」，主張讀書與治心不可偏廢，龔鵬程認爲這是一種「尊德行而道問學」的修養進路。〔註1〕這種德行與學術並重的主張，普遍受到宋人認同。晁補之稱「魯直於治心養氣，能爲人所不爲，故用於讀書爲文字，致思高遠，亦似其爲人」。〔註2〕

研讀經典既是治心養性的途徑，那麼就不可一日離經典。〈奉答聖思講論語長句〉以「時從退食須臾頃，喜聽鄰家諷誦聲」，闡述了「道也者，不可以須臾離也」的思想，讀書人須時時以經典治心養性，事事反求諸己，才能提升自我的修養。〈次韻子瞻書黃庭經尾付蹇道士〉則顯示詩人借鑑道教虛靜恬淡的修煉方法，作爲「洗心」的修養方法。

黃庭堅又以書中聖哲爲師友，〈讀方言〉推崇寂寞著書的揚雄，表達了淡泊名利、深求經術的人生理想；〈和答李子眞讀陶庚詩〉推

〔註1〕 龔鵬程：《江西詩社宗派研究》（臺北：文史哲出版社，1983年），頁431。

〔註2〕 晁補之：《雞肋集》（臺北：臺灣商務印書館，文淵閣《四庫全書》1118冊），卷33，〈書魯直題高求父揚清亭詩後〉，頁649。

崇陶淵明固窮守節與安貧樂道的人生態度；〈次韻伯氏寄贈蓋郎中喜
學老杜詩〉推崇杜甫的忠義；〈漫尉〉竊比元結，追慕元結耿介自持
的節操；〈跋子瞻和陶詩〉讚揚蘇軾與淵明的耿介持節與曠達超脫；〈次
蘇子瞻和李太白潯陽紫極宮感秋詩韻追懷太白子瞻〉，揄揚蘇軾與李
白耿介的人格及拯濟天下的胸懷。此外，大節大義的歷史人物也是他
效法的對象，他推崇淵明「袖中政有南風手」的濟世大志，以及「甲
子不數義熙前」的忠貞節操；在〈書睢陽事後〉歌詠殉城戰士「流離
顛沛義不辱」之忠義節操。這些人都是黃庭堅所謂「臨大節而不可奪」
的不俗人，也都是黃庭堅修養品德的最佳典範。

　　黃庭堅認為「文章者，道之器也；言者，行之枝葉也」，因此，
他論詩非常重視作者的人品。他曾多次論述這種主張，如：〈謝仲謀
示新詩〉以「采菲直須論下體」將人品比擬為根柢，將詩歌比擬為花
朵；又如〈還深父同年兄詩卷〉以「清切如其人」，說明「清切」風
格來自詩人的人品；再如〈奉答謝公靜與榮子邕論狄元規孫少述詩長
韻〉以「無人知句法，秋月自澄江」兩句，說明絕妙的句法來自高潔
的人品。因此，創作不僅是字句的鍛鍊，更是心性的修持，唯有生命
圓成，才能使其作品展現不俗風貌。這種重視品德修養的詩學主張，
實際上是一種「技進於道」的思想。

（二）以經典涵養學術思想

　　黃庭堅有「點鐵成金」的理論，〔註3〕是指汲取前人的語言或詩
意加以點化創新，重新賦予新意。學習前人的思想與智慧，以充實學
問與識見，是一種積學窮理的工夫。這種工夫雖然只是「見聞之知」，
但經過詩人心靈的轉化與活化，便提升為「德行之知」，〔註4〕這種改

〔註3〕劉琳、李勇先、王蓉貴校點：《黃庭堅全集》正集卷 18，〈答洪駒父
　　　　書〉，頁 475。惠洪《冷齋夜話》卷一也提到奪胎換骨之說：「詩意無
　　　　窮，而人之才有限，以有限之才，追無窮之意，雖淵明、少陵不得
　　　　工也。然不易其意而造其語，謂之換骨法；窺入其意而形容之，謂
　　　　之奪胎法。」
〔註4〕龔鵬程：《江西詩社宗派研究》（臺北：文史哲出版社，1983 年），頁

造和超越便是所謂的「妙悟」或「換骨」。

其實，所有閱讀接受行為都是一種學習與繼承。黃庭堅的讀書詩顯現了他對前人的學習與繼承，同時也呈現了他對前人的借鑑與創新。他認為觀史「易知人之賢不肖，遇事得失易明矣」，其實，藉著讀史洞悉事理卓越識見，也是一種學術的積儲與心靈的活化。以讀史部詩為例，〈夜觀蜀志〉考察劉備與諸葛亮的離和，闡述明主與賢才遇合的重要；〈讀晉史〉論述范甯提振儒學安定國家秩序的貢獻，獨識其「眾醉獨醒」的智慧；〈次韻奉和仲謨夜話唐史〉、〈和陳君儀讀《楊太眞外傳》五首〉和〈書磨崖碑後〉等詩，議論玄宗晚年昏聵導致國勢轉衰；〈次韻謝子高讀《淵明傳》〉推翻前人「隱逸」與「中品」的批評，重新對陶淵明的忠義節操與詩歌成就給予評價；〈書睢陽事後〉表彰睢陽將士保全江淮、再興唐祚的偉大功績；〈讀曹公傳〉批判曹氏自恃功績謀篡天下的過失；〈讀謝安傳〉推翻前人對謝安的評價，另作矯情與僥倖的論述。這些詩歌都展現了黃庭堅以讀史拓展識見、積儲學識的成果，而且其議論史事「不隨世許可」，可見其活化與妙悟。

又如讀集部詩，不僅鑑賞前人詩歌成就，還有承他人名篇而點化創新的作品。例如：〈薄薄酒二章〉對蘇軾知足常樂、隨遇而安的曠達，另作富貴潛藏災禍之解會，因有「知足不辱」之闡釋。又如：〈戲效禪月作遠公詠〉對原作翻案，世人視「過溪」、「買酒」為破戒之舉，但他卻以為慧遠自律嚴謹、涵納九流，展現了自由出入人間萬事的智慧。再如：〈三月壬申，同堯民希孝觀淨名寺經藏，得《弘明集》中沈炯〈同庾肩吾諸人遊明慶寺〉詩，次韻奉呈二公〉效法沈炯以佛典入詩，運用諸多佛典來闡釋讀詩感受。再看讀經部詩〈演雅〉，擷取辭書中數十種蟲鳥為題材，翻疊《埤雅》對物性的人倫比擬，反以蟲鳥習性比擬冥頑不靈的癡愚人性。由此可見黃

435。

庭堅對前人作品的學習，不僅止於繼承與摹仿，他還要借鑑創變，以期「擅場前輩」。

值得注意的是閱讀辭書而作的作品〈演雅〉。這首詩擷取辭書中的詞彙作爲新的詩歌語言及創作材料，其創舉不僅使後人爭相仿效，其新鮮語言能避免熟爛，使讀者產生新奇的審美感受。另一首閱讀辭書的作品〈讀方言〉雖未如〈演雅〉使用辭書中的詞彙，但《方言》也可能是詩人開拓詩歌語言的對象，不過這有待深入研究。

黃庭堅從經史中累積學問智識，進而活化爲自身血肉，這便是「學詩如學道」的積漸悟入過程。〔註 5〕他繼承與借鑒經史蘊涵的思想，或就前人思想闡釋論述，或對前人思想翻案反駁，均可見黃庭堅盡心於遺妍開發，並就前人未到處開拓。對於這種「以故爲新」的實踐，張耒給予「不踐前人舊行迹，獨驚斯世擅風流」的評價。〔註 6〕

（三）以經典薰陶藝術素養

黃庭堅對歷代詩歌體制及各家優長「用工尤爲深刻」，他創建了可供依循的理論和技法，提供後學一條明確的門徑。這種「薈萃百家句律之長，究極歷代體制之變」的特質，就是學古變古的成果。

首先，黃庭堅從前人典範中借鑑了注重命意的主張。韓愈在〈調張籍〉詩中，推崇李、杜注重詩歌命意的精神，他認爲注重命意才能避免陷入摘章抉句的窠臼中。黃庭堅繼承其主張，在〈謝仲謀示新詩〉詩中以「唐朝韓老誇張籍」論述了詩歌命意的重要性。《奉答謝公靜與榮子邕論狄元規孫少述詩長韻》又有「蟹胥與竹萌，乃不美羊腔」一句，將「羊腔」比喻爲詩歌命意，「理得辭順」的詩文猶如美味的羊腔，可使心靈飽足，因此，詩文當以思想義理爲主體，才能避免好奇之病。

〔註 5〕黃庭堅〈贈陳師道〉，《山谷詩集注》，頁 986～987。
〔註 6〕李逸安點校：《張耒集》（北京：中華書局，2000 年），卷 23，〈讀黃魯直詩〉，頁 407。

其次，黃庭堅還重視《詩經》以來的言志傳統。〈次韻伯氏寄贈蓋郎中喜學老杜詩〉有「國風純正不欹斜」、「千古是非存史筆」，推崇杜甫的教化與寫實精神；在〈題劉法直詩卷〉以「慨然古人風」、「空餘三百篇」，稱揚劉法直的詩歌具有言志的傳統；在〈還深甫同年兄詩卷〉中，以「雍容比興體」稱揚友人以「比興」手法，表現了溫柔敦厚的詩教。這些都說明了他對於詩教傳統的重視。

再者，黃庭堅繼承杜甫的論詩意見，主張品評詩人作品必須全面而客觀。例如：〈和答李子真讀陶庾詩〉以杜甫的論詩意見，對陶淵明、庾信提出「樂易」與「憂思」的評論。庾信早年作品多「綺麗淫靡」，晚年一變爲蒼勁悲涼；陶淵明早年有濟世拯民、奮發積極之作，晚年安貧樂道而有樂易的風格。世人僅以「綺麗」評庾信，但黃庭堅識其憂思；世人以淡泊樂易評淵明，但黃庭堅見其「袖中政有南風手」的積極用世。可見黃庭堅繼承杜甫論詩意見，獲得鑑賞詩歌的素養。

最後，黃庭堅常以「清」作爲審美標準，他評陶淵明詩作爲「磊落清壯」，評嵇康詩作「豪壯清麗」，這是他鑑賞前人作品所獲得的審美趣味。他也以這種標準來評論友人詩作，如：〈謝仲謀示新詩〉評論友人詩歌「清於夷則初秋律」；〈還深父同年兄詩卷〉評論友人詩歌「清切如其人，石齒漱潺湲」。這種「清」美來自詩人「持心豈弟」的持養，因此可以跨越塵俗，達到「不俗」的境界。

上述四點是黃庭堅繼承自前人的藝術素養，這些藝術陶養不僅提升了詩人的鑑賞與品評能力，更增進了詩歌的創作技巧。

總之，黃庭堅主張詩歌的本質是詩人情性的展現，唯有作者生命圓成，才能使詩歌展現不俗的情致。爲了豐厚生命，他致力於修養道德、涵養學術及薰陶藝術素養。他以經典治心養性，以聖哲爲師爲友，藉此追求道德的涵養與人品的提升；他從書卷中汲取前人思想與詩意，以積學儲寶、開拓識見，藉此作爲點化創新的基礎；他研味前人作品，學習古人的藝術素養與審美趣味，用功於句法鍛

錬，以求精確傳達其思想與義理。由於詩人道德、學術與藝術素養
的提升，使詩文展現清雅不俗的藝術之美；意高韻勝的詩文，顯現
了作者不俗的人格與胸襟。這種詩學主張將人品、學養、詩藝融合
爲一體，達成了「文與道俱」的境界。

圖6-1　黃庭堅讀書學古的詩歌創作進路

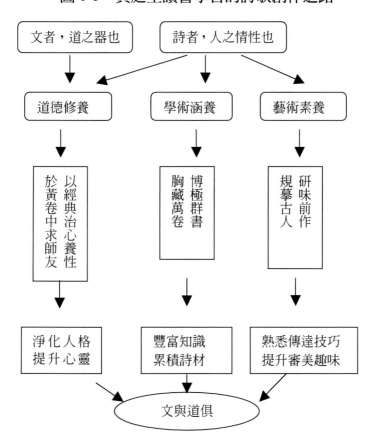

二、博通新變的藝術技巧

黃庭堅主張初學詩者須熟悉前人詩法，以作爲詩歌創作的規矩；
一旦詩藝成熟，必須拋開規矩與束縛，使詩歌自然從其胸臆流出，這

樣才能臻於「無意於文」的自然天成。這種歷程便是他所說的「領略古法生新奇」的學詩過程。〔註7〕

　　黃庭堅的讀書詩運用了「檃括」、「援引」、「翻案」、「象喻」等藝術手法,前兩種是以前人的成就為基礎加以點化鎔裁,後兩種則是推翻前人議論、創造奇特比喻,就前人未到處、不足處加以開拓新創。另外,他的讀書詩章法脫除凡近,其古體讀書詩一變唐人「任我之意為起訖」的參差布局,其近體一變唐人「起結轉折」之章法規矩。這些藝術手法顯現了黃庭堅對前人的繼承與借鑑:一方面是博通前人創作,擷取其優長加以創新;另一方面是精研前人詩法,開拓前人未到或不足處。這些技法可說是出入眾作,以求自成一家的具體實踐。

(一)檃括前人書卷,賦予新貌

　　檃括是指運用既有作品之內容或情節,經過剪裁改造,而推陳出新之作品者。這是文類間的「破體」效應,以尊重典範為前提,又以挑戰典範為手段,其要領在追求新變,其目的在自成一家。〔註8〕以〈幾復讀莊子戲贈〉為例,詩人先檃括〈逍遙遊〉、〈齊物論〉、〈山木〉各篇中的數個寓言,再提出自我見解來闡述原作。又如〈和陳君儀讀《楊太眞外傳》五首〉均擷取小說情節,以敘為議,今昔對比,烘托玄宗的荒淫與凄涼晚景。再如〈書磨崖碑後〉,檃括玄宗父子兩朝政事,以敘為議,直言批判玄宗之昏瞶荒淫與肅宗之奪權不孝。黃庭堅善用檃括法,將經、史、子、集改造為詩歌,他精選題材,善加鎔裁,將原作改造為更加精鍊的詩句,賦予作品全新的面貌,這正是藉著挑戰前人典範,以達到創新的手法。

(二)援引前人思想,融通經典

　　黃庭堅積學豐厚,底蘊精深,他的讀書詩也顯現了這種優長。他

〔註7〕　黃庭堅〈次韻子瞻和子由觀韓幹馬因論伯時畫天馬〉,《山谷詩集注》,頁166~167。
〔註8〕　張高評:《會通化成與宋代詩學》(臺南:成功大學出版組,2000年),頁279。

援引前人思想，作爲闡釋經典的論證，如〈和答李子眞讀陶庚詩〉引杜甫「庚信文章老更成」之論詩意見，評論庚信「憂思」的風格；〈幾復讀莊子戲贈〉引支道林「夫桀、紂以殘害爲性」的看法，反駁向秀、郭象「順應萬物之性即爲逍遙」的論點；〈謝仲謀示新詩〉引用《詩經》「采葑采菲，無以下體」，說明道德修養與學術涵養乃爲創作的根柢，並引劉禹錫「吹盡狂沙始到金」之詩意，說明創作歷程必須注重品德修持。

援引前人思想是一種對前人的繼承，顯示了詩人積學過程中的揀擇與接受。這種藝術技巧以泛觀博覽、融通經史爲基礎，是宋人「以學問爲詩」的實踐。

（三）推翻前人論述，獨出新意

翻案是指推翻原作內容，就原作不足處提出塡補和創見，這種方法可使作品推陳出新、變通濟窮、反常合道。這是黃庭堅遍閱經典之後，對於前人未到處、不足處加以開拓的創新方法。以〈演雅〉爲例，前三十八句將《埤雅》中具有君子特質的動物，翻疊爲殘缺醜陋的人格特質，顯現其構思新穎；〈幾復讀莊子戲贈〉則引用支道林的論述，翻疊向秀、郭象「順應萬物之性即爲逍遙」的觀點；〈讀謝安傳〉推翻前人的意見，批判謝安的矯情與僥倖；〈次韻謝子高讀淵明傳〉推翻鍾嶸對陶淵明「隱逸」及「中品」的評價，另予「甲子不數義熙前」與「風流豈落正始後」的評價；〈戲效禪月作遠公詠〉推翻世人對慧遠過溪買酒皆破戒的論述，另作「胸次九流清似鏡」的闡釋；〈次蘇子瞻和太白潯陽紫極宮感秋詩韻追懷太白子瞻〉推翻李白「懶從唐生決，羞訪季主卜」的澹泊名利，另作「砥柱閱頹波，不疑更何卜」的耿介自持闡釋。這些都是對前人句意的推翻，以凸顯自身特出識見的技巧。

翻案必須以博學爲基礎，將熟典新用以避免熟爛陳腐，而達到妙脫蹊徑的境界。黃庭堅以「翻案法」闡釋典籍，展現了巧妙構思與新奇的創意，這種創意著重於發掘古人未到處，也是追求自成一

家的具體實踐。

（四）拋棄慣用意象，妙想出奇

黃庭堅鑑賞詩作，多擷取生動意象，藉比喻和象徵的手法，委婉含蓄地傳達出審美感受。以〈謝仲謀示新詩〉為例，詩人以「初秋律」和「八月花」喻示讀詩的審美感受；〈還深父同年兄詩卷〉則精選「石齒漱潺湲」、「園林秋郊靜」、「桃李春晝妍」等優美意境，喻示讀詩能消減痛苦解除煩憂；〈奉答謝公靜與榮子邕論狄元規孫少述詩長韻〉以「秋月自澄江」之意境，喻示謝師厚人品高潔與句法清新。〈次韻伯氏寄贈蓋郎中喜學老杜詩〉以「帝閽幽渺開關鍵」和「虎穴深沈探爪牙」等意象，喻示杜甫披露時政、反應社會的寫實精神；〈題劉法直詩卷〉以劉長卿類比劉法直，喻示劉法直的美刺精神；〈三月壬申，同堯民希孝觀淨名寺經藏，得《弘明集》中沈炯同、庾肩吾諸人遊明慶寺詩，次韻奉呈二公〉以「天花」、「多寶塔」、「淨名床」等佛經意象，喻示讀經的審美感受；〈奉答謝公靜與榮子邕論狄元規孫少述詩長韻〉以「蟹胥」與「竹萌」等飲食意象，喻示學詩者的好奇之病；〈還深父同年兄詩卷〉以「肺渴減」、「頭風痊」喻示讀詩能消減病痛解除煩憂；〈學許氏說文贈諸弟〉以「雙陸棋」遊戲喻示讀《說文》的樂趣。這些意象使人產生絕妙新奇的感受，顯現了詩人獨出心裁的出奇聯想。

在這些詩歌中，黃庭堅精心選擇各種意象和意境作為比喻與象徵，使詩歌出現絕妙的想像，這種訴諸直覺的感悟方式，充滿了含蓄蘊藉、韻味無窮的藝術特色。這就是黃庭堅「求與人遠」的創新出奇手法。

（五）脫除凡近章法，力求與人遠

黃庭堅借鑑古文注重命意與章法的特質，一變前人古體的參差布局，再變唐人近體「起結轉折」的規矩，形成了獨特的意脈經營手法。

　　首先，他的古體讀書詩多採用「曲折三致」的章法，將詩歌分為數個層次，層層緊密連結。這種章法又有「平分式」與「多層次式」兩種。以「平分式」為例，如〈次韻子瞻書黃庭經尾付蹇道士〉平分為兩個層次，〈讀方言〉平分為三個層次，〈次蘇子瞻和李太白潯陽紫極宮感秋詩韻追懷太白子瞻〉則是平分為四個層次。再以「多層次式」為例，詩歌全篇分為數個層次，且各層的句數參差中又見謹飭，如〈奉答謝公靜與榮子邕論狄元規孫少述詩長韻〉為四層的「四六四六」式，〈書磨崖碑後〉為三層的「四、十六、四」式。黃庭堅將古文注重意脈經營的章法，運用於詩歌之中，一變前人古體的「任我之意為起訖」參差章法，這是「以文為詩」的新開拓。

　　其次，他的近體詩一變唐人工穩的「起承轉合」章法，每每「起無端，接無端」，「轉折如龍虎」，「每句逆接」，「句句遠來」。這種章法又多採「交叉式」和「跨躍式」結構。「交叉式」結構有主有次，上下勾連，以〈謝仲謀示新詩〉為例，第一句和第三聯為友人詩歌「指瑕」，第二句和第二聯為友人詩作「驚嗟」，「指瑕」為主，「驚嗟」為次，主次之間既交錯又呼應。又如〈讀曹公傳〉第一句和第三聯論曹操造福細民的功績，第二句和第二聯論曹操謀篡天下的罪過，尾聯總述曹氏不以正道得天下，故國祚無法綿延。一、二句與二、三聯又前後交錯且上下勾連。另外，「跨躍式」結構則是打破「起承轉合」的形式，使詩歌突破時空次序，以增加詩歌的容量。如〈書睢陽事後〉，首聯破空而來，總論睢陽戰役的歷史意義，二、三聯歌詠將士的忠義節操，尾聯以敘為議，以陷賊宗臣的愁絕烘托將士義無反顧的忠義節操，其結尾可謂「脫除凡近」，「非尋常意計所及」。又如〈次韻奉和仲謀夜話唐史〉，首聯以議為起，評論唐朝由盛轉衰之關鍵。次聯逆接安史亂起，皇帝避難西蜀，第三聯論斷戰亂起因，尾聯以抒情作結，表達讀史感觸。詩歌前三聯層層逆接，顯現出「脫除凡近」的新奇章法。再看〈夜觀蜀志〉，首聯以議為起，評述劉備君臣之歷史評價，

二、三兩聯以敘為議，論述二人「初志」與「暮年」功績的落差，尾聯抒發讀史感觸。全詩各聯層層逆接，呈現「無一是恆人意料所及，句句遠來」之效果。

　　此外，他一變唐詩「工穩精巧」之美，追求對立衝突的美感與新奇，獨創襯托對立的「反差式」結構。這種章法常藉兩種不同的人事或處境的對立與襯托，以烘托凸顯詩歌的思想與美感。以〈跋子瞻和陶詩〉為例，第一聯描述「子瞻謫嶺南，時宰欲殺之」的險惡處境，第二聯寫其「飽吃惠州飯，細和淵明詩」的超曠，前後兩聯對立衝突，凸顯蘇軾的耿介與豁達。又如〈演雅〉，前三十八句描寫四十種蟲鳥的愚頑醜態，結尾兩句一反批判筆鋒，以閒遠潔淨的鷗鳥點出作者不慕榮利的高潔，前後形成篇幅懸殊的對立反差。

　　黃庭堅不僅將前人優長引進詩歌創作中，而且又在前人不足之處極力開拓。他將古文注重意脈的經營章法引進古體之中，營造長篇古體為平分式與多層次式的章法；又刻意打破唐人近體工穩的章法，獨創交叉式、跳躍式與對立式的章法。這些新創的詩歌章法便是黃庭堅活化了前人的典範，力求新變以求「自成一家」的實踐。

　　綜觀這些藝術特色，不難發現黃庭堅精研前人作品，在繼承與借鑑的基礎上求新求變的努力。以「檃括法」為例，他以前人的書卷為材料，精心擷取、濃縮其意象，以「破體為文」的方式，賦予詩文全新的面貌；以「援引法」為例，他引用前人的思想，改換為凝煉的語句，使詩歌句意令人耳目一新；以「翻案法」為例，他推翻原作的內容，自出議論，使詩文產生新奇的理趣；以「象喻法」為例，他超越常見意象，使用生新奇警的比喻，使詩歌產生陌生而新奇的風格；他打破唐人工穩的結構，將古文注重意脈經營的章法引進詩歌創作中，創造了脫除凡近的章法。這些藝術手法都是出於對前人的繼承與創新，是一種「領略古法出新奇」的藝術創變。黃庭堅對前人藝術成就的「博通」與「新變」，最終目的乃在於「自成一家」。

三、句法與山谷詩之「文與道俱」

　　黃庭堅從讀書學古當中建立了一個完整的詩學進路。他的詩學體系主要建構在兩個觀念之上：「文章者，道之器；言者，行之枝葉也」，以及「詩者，人之情性也」。他主張透過讀書的途徑來修養道德、涵養學術、提升藝術素養，藉此提升詩歌的藝術之美。治心養性、克己復禮的道德修養，需藉由研讀經典、實踐經典來完成；識見廣博、思想深刻的學術涵養，也需藉由博極群書來完成；鑑賞審美、精通詩法的藝術素養，也需經由研味前作來達成。研讀經典不僅陶塑了作者的道德品德，更提升了學術思想與藝術內涵。

　　值得注意的是，黃庭堅憑藉讀書學古的經驗，以繼承和挑戰前人的典範，開創了一條超越唐詩的途徑。不論是學術思想的累積，或是藝術素養的培養，都是積儲與創變的基礎：他一方面繼承前人成就，在其優長處加以創新改變；另一方面又精研前人詩歌，在其不足處、未到處全力開拓。這種「領略古法生新奇」的歷程，黃庭堅曾以「學詩如學道」來論述它，〔註9〕讀書積儲學術思想與藝術素養，只是學詩的基本工夫，作者還須融貫前人的思想，活化胸中的蓄積，在精熟前人詩法之後拋棄規矩，使詩歌從其胸臆自然流出，詩歌才能達到韻致不俗、自然渾成的境界，這種轉化與活化便是「妙悟」的工夫。曾季貍曾說：「後山論詩說換骨，東湖論詩說中的，東萊論詩說活法，子蒼論詩說飽參，入處雖不同，其實皆一關捩，要知非悟入不可。」〔註10〕不論是「換骨」、「中的」、「活法」或「飽參」，其著重處均在於詩人心靈的轉化與活化，這便是黃庭堅所謂「領略古法生新奇」的新變歷程。〔註11〕

〔註9〕黃庭堅〈贈陳師道〉，《山谷詩集注》，頁986～987。

〔註10〕曾季貍：《艇齋詩話》（臺北：藝文印書館，百部叢書集成本），頁16～17。

〔註11〕韓經太認為黃庭堅宗杜，他傳承的是杜甫「用事精巧、對偶親切」的詩法。他又認為蘇黃在詩美景象上均是誓脫常態、生新出奇，但蘇軾是「遇物而奇」和「體悟而奇」，是一種「天然之真」；黃庭堅

　　從以上的論述可知，黃庭堅所注重的「句法」，不僅是藝術形式的鍛鍊或雕琢，他更強調的是藝術的思想與內涵，亦即詩人人品德行的修持與心性中和的持養。所以在他的詩中，常從作者的人品來論述詩歌的藝術價值，例如他稱揚謝師厚「無人知句法，秋月自澄江」，說明詩歌句法的藝術之美，來自如同秋月澄江的磊落胸襟與人格；他又稱友人「李侯詩律嚴且清，諸生贗載筆縱橫。句中稍覺道戰勝，胸次不使俗塵生」，〔註12〕便說明了嚴清的詩律，來自不生俗塵的胸次；他勉勵後進高子勉「行要爭光日月，詩須皆可弦歌」，〔註13〕可見他主張詩人的修養必須兼具內外，而且又以詩人品行的修養與思想的涵融最為重要。因此黃庭堅所謂的「句法」，實質上是建立在詩人「道」與「文」兼修的基礎上，若是缺乏道德修養，那麼詩歌便成了「覓句真成小技」。〔註14〕

　　以上，我們試著從黃庭堅的讀書詩建構的他的詩學系統，並發掘他的詩學主張的具體實踐過程。從這些讀書詩的思想內蘊中，我們發現了黃庭堅「技進於道」的學詩進程以及「文道合一」的詩學主張，也從這些讀書詩的藝術技巧中，看見了詩人「領略古法生新奇」的開拓與實踐。黃庭堅透過讀書的途徑，致力於道德人格、學術思想、藝術素養的提升，最終達成了「人正詩奇」的藝術境界。〔註15〕

　　　　則是一種「自出新奇」，「物象由我裁」的主觀安排，是一種「人工之奇」。見韓經太：《宋代詩歌史論》（長春：吉林教育出版社，1995年），頁 194～240。
〔註12〕黃寶華點校：《山谷詩集注》，〈再次韻兼簡履中南玉三首〉其一，頁329。
〔註13〕黃寶華點校：《山谷詩集注》，〈再用前韻贈子勉四首〉其二，頁 397。
〔註14〕黃寶華點校：《山谷詩集注》，〈荊南簽判向和卿用予六言見惠次韻奉酬四首〉其四，頁 398～399。
〔註15〕劉揚忠：《崇文盛世》（北京：中華書局，1997 年），頁 89～93。

參考文獻

一、古今典籍

（一）四庫全書（依作者姓氏筆畫排列）

1. 王安石：《臨川文集》（臺北：臺灣商務印書館，文淵閣《四庫全書》1105 冊）。

2. 王安石：《王荊公詩注》（臺北：臺灣商務印書館，文淵閣《四庫全書》1106 冊）。

3. 王明清《玉照新志》（臺北：臺灣商務印書館，文淵閣《四庫全書》1038 冊）。

4. 王明清：《揮塵餘話》（臺北：台灣商務印書館，文淵閣《四庫全書》1038 冊）。

5. 王炎：《雙溪類稿》（臺北：台灣商務印書館，文淵閣《四庫全書》1155 冊）。

6. 王禹偁：《小畜集》（臺北：臺灣商務印書館，文淵閣《四庫全書》1086 冊）。

7. 王暐：《道山清話》（臺北：臺灣商務印書館，文淵閣《四庫全書》1037 冊）。

8. 王定保：《唐摭言》（臺北：臺灣商務印書館，文淵閣《四庫全書》1035 冊）。

9. 方回：《瀛奎律髓》（臺北：臺灣商務印書館，文淵閣《四庫全書》1366 冊）。

10. 石介：《徂徠集》（臺北：臺灣商務印書館，文淵閣《四庫全書》1090 冊）。

11. 白居易：《白氏長慶集》（臺北：臺北商務印書館，文淵閣《四庫全書》1080 冊）

12. 司馬光：《傳家集》（臺北：臺灣商務印書館，文淵閣《四庫全書》1094 冊）。

13. 江少虞：《事實類苑》（臺北：臺灣商務印書館，文淵閣《四庫全書》874 冊）。

14. 李燾：《續資治通鑑長編》（臺北：臺灣商務印書館，文淵閣《四庫全書》314 冊）。

15. 李覯：《盱江集》（臺北：臺灣商務印書館，文淵閣《四庫全書》1095 冊）。

16. 汪藻：《浮溪集》（臺北：臺灣商務印書館，文淵閣《四庫全書》1128 冊）。

17. 沈括：《夢溪筆談》（臺北：臺灣商務印書館，文淵閣《四庫全書》862 冊）。

18. 吳子良：《荊溪林下偶談》（臺北：臺灣商務印書館，文淵閣《四庫全書》1481 冊）。

19. 周密：《浩然齋雅談》（臺北：臺灣商務印書館，文淵閣《四庫全書》1481 冊）。

20. 胡仔：《漁隱叢話前集》（臺北：台灣商務印書館，文淵閣《四庫全書》1480 冊）。

21. 范純仁：《范忠宣集》（臺北：臺灣商務印書館，文淵閣《四庫全書》1104 冊）。

22. 洪邁：《容齋隨筆》（臺北：台灣商務印書館，文淵閣《四庫全書》851 冊）。

23. 秦觀：《淮海集》（臺北：臺灣商務印書館，文淵閣《四庫全書》1115 冊）。

24. 孫復：《孫明復小集》（臺北：臺灣商務印書館，文淵閣《四庫全書》1090 冊）。

25. 徐度：《卻掃編》（臺灣：臺灣商務印書館，文淵閣《四庫全書》863 冊）。

26. 祝穆：《方輿勝覽》（臺北：臺灣商務印書館，文淵閣《四庫全書》471 冊）。

27. 晁補之：《雞肋集》（臺北：臺灣商務印書館，文淵閣《四庫全書》

1118 冊）。

28. 袁文：《甕牖閒評》（臺北：臺灣商務印書館，文淵閣《四庫全書》852 冊）。

29. 曹勛：《松隱集》（臺北：臺灣商務印書館，文淵閣《四庫全書》1129 冊）。

30. 梅堯臣：《宛陵集》（臺灣：臺灣商務印書館，文淵閣《四庫全書》1099 冊）。

31. 陳師道：《後山詩話》（臺北：台灣商務印書館，文淵閣《四庫全書》1478 冊）。

32. 陳巖肖：《庚溪詩話》（臺北：臺灣商務印書館，文淵閣《四庫全書》1479 冊）。

33. 陸佃：《埤雅》（臺北：台灣商務印書館，文淵閣《四庫全書》222 冊）。

34. 陸游：《老學庵筆記》（臺灣：臺灣商務印書館，文淵閣《四庫全書》865 冊）。

35. 陸游：《渭南文集》（臺北：臺灣商務印書館，文淵閣《四庫全書》1163 冊）。

36. 陸友仁：《研北雜志》（臺北：臺灣商務印書館，文淵閣《四庫全書》866 冊）。

37. 張邦基：《墨莊漫錄》（臺北：臺灣商務印書館，文淵閣《四庫全書》864 冊）。

38. 葉夢得：《石林燕語》（臺北：臺灣商務印書館，文淵閣《四庫全書》863 冊）。

39. 葉夢得：《避暑錄話》（臺北：臺灣商務印書館，文淵閣《四庫全書》863 冊）。

40. 黃庶：《伐檀集》（臺北：台灣商務印書館，文淵閣《四庫全書》1092 冊）。

41. 程俱：《麟臺故事》（臺北：臺灣商務印書館，文淵閣《四庫全書》595 冊）。

42. 曾敏行：《獨醒雜誌》（臺北：臺灣商務印書館，文淵閣《四庫全書》1039 冊）。

43. 費袞：《梁谿漫志》（臺北：臺灣商務印書館，文淵閣《四庫全書》864 冊）。

44. 揚雄：《揚子法言》（臺北：臺灣商務印書館，文淵閣《四庫全書》696 冊）。

45. 楊慎：《升菴集》（臺北：臺灣商務印書館，文淵閣《四庫全書》1270
冊）。

46. 趙彥衛：《雲麓漫鈔》（臺北：臺灣商務印書館，文淵閣《四庫全書》
864 冊）。

47. 趙汝愚：《宋名臣奏議》（臺北：臺灣商務印書館，文淵閣《四庫全
書》431 冊）。

48. 趙希弁：《郡齋讀書後志》（臺北：臺灣商務印書館，文淵閣《四庫
全書》674 冊）。

49. 劉勰：《文心雕龍》（臺北：臺灣商務印書館，文淵閣《四庫全書》
1478 冊）。

50. 劉摯：《忠肅集》（臺北：台灣商務印書館，文淵閣《四庫全書》1099
冊）。

51. 劉敞：《公是集》（臺北：臺灣商務印書館，文淵閣《四庫全書》1095
冊）。

52. 劉攽：《中山詩話》（臺北：臺灣商務印書館，文淵閣《四庫全書》
1478 冊）。

53. 歐陽脩：《六一詩話》（臺北：台灣商務印書館，文淵閣《四庫全書》
1478 冊）。

54. 魏慶之：《詩人玉屑》（臺北：台灣商務印書館，文淵閣《四庫全書》
1481 冊）。

55. 嚴羽：《滄浪詩話》（臺北：台灣商務印書館，文淵閣《四庫全書》
1480 冊）。

56. 蘇軾：《東坡志林》（臺灣：臺灣商務印書館，文淵閣《四庫全書》
863 冊）。

57. 蘇頌：《蘇魏公文集》（臺北：台灣商務印書館，文淵閣《四庫全書》
1092 冊）。

58. 蘇轍：《欒城集》（臺北：臺灣商務印書館，文淵閣《四庫全書》1112
冊）。

59. 蘇轍：《欒城後集》（臺北：臺灣商務印書館，文淵閣《四庫全書》
1112 冊）。

60. 釋貫休：《禪月集》（臺北：臺灣商務印書館，文淵閣《四庫全書》
1084 冊）。

61. 釋契嵩：《鐔津集》（臺北：臺灣商務印書館，文淵閣《四庫全書》
1091 冊）。

62. 釋覺範：《石門文字禪》（臺北：臺灣商務印書館，文淵閣《四庫全

書》1116 冊）。

（二）古今著作（依作者姓氏筆畫排列）

1. 丁福保輯：《歷代詩話續編》（臺北：木鐸出版社，1988 年）。

2. 王運熙、顧易生主編：《中國文學批評史新編》（上海：復旦大學出版社，2001 年）。

3. 王晉光：《王安石論稿》（臺北：大安出版社，1993 年）。

4. 王青：《揚雄評傳》（南京：南京大學，2000 年）。

5. 王嵐：《宋人文集編刻流傳叢考》（南京市：江蘇古籍出版社，2003 年）。

6. 王琦珍：《黃庭堅詩與江西詩派》（江西：江西高校出版社，2006 年）。

7. 王麗斐等：《諮商與心理治療的理論與實施》（臺北：心理出版社，1991 年）。

8. 王水照：《蘇軾》（臺北：萬卷樓出版社，1993 年）。

9. 王水照：《王水照自選集》（上海：上海教育出版社，2000 年）。

10. 王琦輯注：《李太白全集》（臺北：華正書局，1979 年）。

11. 王夢鷗註譯：《禮記今註今譯》（臺北：臺灣商務印書館，2009）年）。

12. 王叔岷：《陶淵明詩箋證稿》（臺北：藝文出版社，1999 年）。

13. 王叔岷：《鍾嶸詩品箋證稿》（臺北：中央研究院中國文哲研究所，1992 年）。

14. 元結：《元次山文集》（臺北：上海商務印書館，四部叢刊初編本）。

15. 方笑一：《北宋新學與文學》（上海：上海古籍出版社，2008 年）。

16. 方東樹：《昭昧詹言》（臺北：漢京文化，2004 年）。

17. 史習江：《中國古代的教育》（臺北：文津出版社，2001 年）。

18. 內山精也：《傳媒與真相：蘇軾及其周圍士大夫的文學》（上海：上海古籍出版社，2005 年）。

19. 古遠清、孫光萱合著：《詩歌修辭學》（臺北：五南出版社，1997 年）。

20. 申迎麗：《理解與接受中意義的建構：文學翻譯中「誤讀」現象研究》（上海：上海譯文出版社，2008 年）。

21. 成明明：《北宋館閣與文學研究》（北京：中國社會科學出版社，2007 年）。

22. 米芾：《寶晉英光集·補遺》（北京：中華書局，1985 年）。

23. 朱熹注，林松、劉俊田、禹克坤譯注：《四書》（臺北：臺灣古籍，2005 年）。

24. 朱立文：《接受美學》（上海：上海人民出版社，1989 年）。

25. 朱迎平：《宋代刻書產業與文學》（上海：上海古籍出版社，2008 年）。

26. 朱祖延主編：《爾雅詁林敘錄》（武漢：湖北教育出版社，1995 年）。

27. 司馬光：《資治通鑑》（臺北：中華書局據鄱陽胡氏仿元本校刊，四部備要本）。

28. 司馬遷著，韓兆琦注譯：《新譯史記》（臺北：三民書局，2008 年）。

29. 何寄澎：《北宋的古文運動》（臺北：幼獅出版社，1992 年）。

30. 何忠禮：《科舉與宋代社會》（北京：商務印書館，2006 年）。

31. 李善：《六臣註文選》（臺北：上海商務印書館，四部叢刊初編本）。

32. 李浩：《唐詩的美學詮釋》（臺北：文津出版社，2000 年）。

33. 李更：《宋代館閣校勘研究》（南京：鳳凰出版社，2006 年）。

34. 李宏祺：《宋代官學教育與科舉》（臺北：聯經出版社，1993 年）。

35. 李明杰：《宋代版本學研究——中國版本學的發源及形成》（濟南：齊魯書社，2006 年）。

36. 李辰冬：《陶淵明評論》（臺北：東大圖書公司，1975 年）。

37. 李致忠：《古代版印通論》（北京：紫禁城出版社，1999 年）。

38. 李德宇：《中華詩學》（臺北市：文津出版社，1985 年）。

39. 李逸安點校：《張耒集》（北京：中華書局，2000 年）。

40. 沈括著，王雲五主編：《夢溪筆談》（臺北：臺灣商務印書館，1970 年）。

41. 沈謙：《修辭學》（臺北：國立空中大學，1995 年）。

42. 杜甫著，楊倫編輯：《杜詩鏡銓》（臺北：華正書局，1990 年）。

43. 佚名：《蓮社高賢傳》（臺北：藝文印書館，百部叢書集成本）。

44. 余明俠：《諸葛亮評傳》（南京：南京大學，1996 年）。

45. 吳戰壘：《中國詩學》（臺北：五南出版社，1993 年）。

46. 吳晟：《黃庭堅詩歌創作論》（南昌：江西人民出版社，1998 年）。

47. 周振甫：《詩文鑑賞方法二十講》（臺北：國文天地，1989 年）。

48. 周振甫：《詩詞例話》（臺北：長安出版社，1983 年）。

49. 周裕鍇：《文字禪與宋代詩學》（北京：高等教育，1998 年）。

50. 周裕鍇:《宋代詩學通論》(上海:上海古籍出版社,2007 年)。

51. 周愚文:《宋代的州縣學》(臺北:國立編譯館,1996 年)。

52. 金元浦:《接受反應文論》(濟南:山東教育出版社,2002 年)。

53. 易聞曉:《中國詩句法論》(濟南:齊魯出版社,2006 年)。

54. 林岩:《北宋科舉考試與文學》(上海:上海古籍出版社,2006 年)。

55. 孟軻:《孟子》(臺北:中華書局據永懷堂本校刊,四部備要本)。

56. 屈守元、常思春主編:《韓愈全集校注》(成都:四川大學出版社,1996 年)。

57. 姚瀛艇主編:《宋代文化史》(開封:河南大學出版社,1992 年)。

58. 祝尚書:《宋人別集敍錄》(北京:中華書局,1999 年)。

59. 泰瑞・伊果頓(Terry Eagleton)原著,吳新發譯:《文學理論導讀》(臺北:書林出版社,2005 年)。

60. 唐翼明:《魏晉清談》(臺北:東大圖書,1992 年)。

61. 孫望、常國武主編:《宋代文學史》(北京:人民出版社,2006 年)。

62. 徐寶余:《庾信研究》(上海:學林出版社,2003 年)。

63. 徐松:《宋會要輯稿》(北京:中華書局,1997 年)。

64. 徐復觀:《兩漢思想史》(臺北:臺灣學生書局,1979 年)。

65. 陶潛著,黃文煥析義:《陶元亮詩四卷》(臺南:莊嚴文化,1997 年;四庫全書存目叢書)。

66. 袁宏道:《袁中郎全集》(臺南:莊嚴文化,1997 年,《四庫全書》存目叢書集部 174)。

67. 翁方綱:《石洲詩話》(臺北:廣文書局,1971 年)。

68. 高津孝:《科舉與詩藝——宋代文學與士人社會》(上海:上海古籍出版社,2005 年)。

69. 班固撰,顏師古注:《新校漢書集注》(臺北:世界書局,1974 年)。

70. 唐翼明:《魏晉清談》(臺北:東大圖書,1992 年)。

71. 脫脫:《宋史》(臺北:藝文印書館,影印清乾隆武英殿刊本)。

72. 郭鵬:《詩心與文道——北宋詩學的以文爲詩問題研究》(北京:北京語言大學出版社,2003 年)。

73. 郭紹虞:《中國文學批評史》(臺北:文史哲出版社,1988 年)。

74. 郭紹虞:《宋詩話輯佚》(臺北:華正書局,1981 年)。

75. 郭家齊:《中國古代學校》(臺北:臺灣商務印書館,1995 年)。

76. 許東海:《庾信生平及其賦之研究》(臺北:文史哲出版社,1984

年）。

77. 許總：《唐宋詩體派論》（南昌：江西人民出版社，2008 年）。

78. 莊周著，郭象注：《南華真經》（臺北：上海商務印書館，四部叢刊初編本）。

79. 莫礪鋒：《杜甫評傳》（南京：南京大學出版社，1993 年）。

80. 崔成宗：《宋代詩話論詩研究》（臺北：臺灣學生書局，2007 年）。

81. 張健：《王士禎論詩絕句三十二首箋證》（臺北：文史哲出版社，1994 年）。

82. 張作耀：《曹操評傳》（南京：南京大學出版社，2001 年）。

83. 張圍東：《宋代崇文總目之研究》（臺北：花木蘭文化工作坊，2005 年）。

84. 張高評：《宋詩之傳承與開拓》（臺北：文史哲出版社，1990 年）。

85. 張高評編：《宋詩綜論叢編》（高雄市：麗文文化出版，1993 年）。

86. 張高評：《宋詩之新變與代雄》（臺北：洪葉文化公司，1995 年）。

87. 張高評：《會通化成與宋代詩學》（臺南：成大出版組，2000 年）。

88. 張高評：《自成一家與宋詩宗風》（臺北：萬卷樓圖書，2004 年）。

89. 張高評：《春秋書法與左傳學史》（上海：上海古籍出版社，2005 年）。

90. 張高評：《印刷傳媒與宋詩特色》（臺北：里仁書局，2008 年）。

91. 張高評：《創意造語與宋詩特色》（臺北：新文豐出版社，2008 年）。

92. 張紹勛：《中國印刷史話》（臺北：台灣商務印書館，1994 年）。

93. 張海鷗：《北宋詩學》（開封：河南大學出版社，2007 年）。

94. 張伯偉：《中國古代文學批評方法研究》（北京：中華書局，2002 年）。

95. 程杰：《北宋詩文革新研究》（臺北：文津出版社，1996 年）。

96. 陳奐：《詩毛氏傳疏》（臺北：臺灣學生書局，1986 年）。

97. 陳偉：《杜甫詩學探微》（臺北：文史哲出版社，1985 年）。

98. 陳永正：《黃庭堅詩選》（臺北：遠流出版社，2000 年）。

99. 陳寅恪：《金明館叢稿初編》（北京：三聯書店，2001 年）。

100. 陳寅恪：《陳寅恪先生論文集補編》（臺北：九思出版社，1977 年）。

101. 陳衍選編，沙靈娜、陳振寰注釋：《宋詩精華錄》（貴陽：貴州人民出版社，2000 年）。

102. 曹虹：《慧遠評傳》（南京：南京大學出版社，2002 年）。

103. 曹銘校編:《東坡詞編年校注及其研究》(臺北:華正書局,1980 年)。

104. 焦樹安:《中國藏書史話》(北京:商務印書館,1997 年)。

105. 黃庭堅:《豫章黃先生文集》(臺北:商務印書館,1975 年,四部叢刊初編本)。

106. 黃庭堅著,任淵、史容、史季溫注:《黃山谷詩集注》(臺北:世界書局,義寧陳三立本)。

107. 黃庭堅著,黃寶華點校:《山谷詩集注》(上海:上海古籍出版社,2008 年)。

108. 黃庭堅著,劉尚榮點校:《黃庭堅詩集注》(北京:中華書局,2003 年)。

109. 黃庭堅著,劉琳、李勇先、王蓉貴校點:《黃庭堅全集》(成都:四川大學出版社,2001 年)。

110. 黃𪷾:《黃山谷年譜》(臺北:學海出版社,1979 年)。

111. 黃永武:《中國詩學》(臺北:巨流出版社,1999 年)。

112. 黃永武、張高評編:《宋詩論文選輯》(臺北:復文出版社,1988 年)。

113. 黃錦鋐:《莊子及其文學》(臺北:東大出版社,1977 年)。

114. 黃錦鋐:《新譯莊子讀本》(臺北:三民書局,2007 年)。

115. 黃惠菁:《唐宋陶學研究》(臺北縣永和市:花木蘭文化,2007 年)。

116. 黃寶華:《黃庭堅評傳》(南京:南京大學出版社,1998 年)。

117. 黃寶華:《黃庭堅詩詞文評選》(上海:上海古籍出版社,2003 年)。

118. 黃啓方:《黃庭堅與江西詩派論集》(臺北:國家出版社,2006 年)。

119. 黃篤書:《黃山谷全傳》(臺北:五洲出版社,1998 年)。

120. 黃慶萱:《修辭學》(臺北:三民書局,1989 年)。

121. 黃慶萱、許家鸞:《中國文學鑑賞舉隅》(臺北:東大圖書公司,1979 年)。

122. 宿白:《唐宋時期的雕版印刷》(北京:文物出版社,1999 年)。

123. 曾鞏:《曾鞏集》(北京:中華書局,1998 年)。

124. 曾季貍:《艇齋詩話》(臺南:藝文印書館,百部叢書集成)。

125. 傅璇琮主編:《全宋詩》(北京:北京大學出版社,1995 年)。

126. 傅璇琮編:《黃庭堅和江西詩派卷》(高雄:麗文出版社,1993 年)。

127. 葉昌熾著,王欣夫補正:《藏書紀事詩》(上海:上海古籍出版社,1989 年)。

128. 葉德輝:《書林清話》(上海:上海古籍出版社,2008 年)。

129. 葉嘉瑩：《迦陵談詩》（臺北：東大圖書，2005 年）。

130. 葉嘉瑩：《迦陵論詩叢稿》（北京：中華書局，2005 年）。

131. 葉嘉瑩：《葉嘉瑩說詩講稿》（北京：中華書局，2008 年）。

132. 葉嘉瑩：《葉嘉瑩說杜甫詩》（北京：中華書局，2008 年）。

133. 葉嘉瑩：《葉嘉瑩說陶淵明飲酒及擬古詩》（北京：中華書局，2008 年）。

134. 楊雄著，王寶剛注：《方言簡注》（北京：中央文獻，2007 年）。

135. 逯欽立校注：《陶淵明集》（臺北：里仁書局，1981 年）。

136. 賈志揚：《宋代科舉》（臺北：東大圖書，1995 年）。

137. 喬衍琯、張錦郎：《圖書印刷發展史論文集》（臺北：文史哲出版社，1982 年）。

138. 萬曼：《唐集敘錄》（臺北：明文書局，1982 年）。

139. 董誥編：《全唐文》（北京：中華書局，1983 年）。

140. 楊文雄：《李白詩歌接受史》（臺北：五南出版社，2000 年）。

141. 楊希閔：《宋黃文節公庭堅年譜》（臺北：台灣商務印書館，1982 年）。

142. 楊慶存：《宋代文學論稿》（上海：復旦大學出版社，2007 年）。

143. 楊慶存：《黃庭堅與宋代文化》（開封：河南大學出版社，2002 年）。

144. 楊家駱主編：《新校本史記三家注并附編二種》（臺北：鼎文書局，1978 年）。

145. 楊家駱主編：《新校本後漢書并附編十三種》（臺北：鼎文書局，1978 年）。

146. 楊家駱主編：《新校本三國志注附索引》（臺北：鼎文書局，1978 年）。

147. 楊家駱主編：《新校本晉書并附編六種》（臺北：鼎文書局，1979 年）。

148. 楊家駱主編：《新校本宋書附索引》（臺北：鼎文書局，1979 年）。

149. 楊家駱主編：《新校本周書附索引》（臺北：鼎文書局，1978 年）。

150. 楊家駱主編：《新校本南史附索引》（臺北：鼎文書局，1979 年）。

151. 楊家駱主編：《新校本新唐書附索引》（臺北：鼎文書局，1979 年）。

152. 楊倫編輯：《杜詩鏡詮》（臺北：華正書局，1990 年）。

153. 楊承祖：《元結研究》（臺北：國立編譯館，2002 年）。

154. 雷蒙‧塞爾頓、彼得‧維德生、彼得‧布魯克合著，林志忠譯：《當代文學理論導讀》（臺北：巨流出版社，2005 年）。

155. 臺灣大學中文研究所：《宋代文學與思想》（臺北：臺灣學生書局，1989 年）。

156. 趙秦望、潘曉玲:《胡曾詠史詩研究》(北京:中國社會科學出版社,2008 年)。

157. 蔣士銓:《忠雅堂詩集》(上海:上海古籍出版社,1993 年)。

158. 劉方:《文化視域中的宋代文論》(上海:學林出版社,2006 年)。

159. 劉海峰:《中國科舉史》(上海市:東方出版社,2004 年)。

160. 劉連朋、顧寶田注譯:《新譯黃庭經陰符經》(臺北:三民書局,2008 年)。

161. 劉禹錫:《劉夢得文集》(臺北:上海商務印書館,四部叢刊初編本)。

162. 劉學鍇:《李商隱詩歌接受史》(合肥:安徽大學,2004 年)。

163. 劉揚忠:《崇文盛世》(北京:中華書局,1997 年)。

164. 樂史:《楊太眞外傳》(臺北:商務印書館,百部叢書集成本)。

165. 鄭永曉:《黃庭堅年譜新編》(北京:社會科學文獻出版社,1997 年)。

166. 潘美月:《宋代藏書家考》(臺北:學海,1980 年)。

167. 潘吉星:《中國造紙史話》(臺北:台灣商務印書館,1994 年)。

168. 鄧洪波:《中國書院史》(臺北:臺大出版中心,2005 年)。

169. 鄧新華:《中國古代詩學解釋學研究》(北京:中國社會科學出版社,2008 年)。

170. 鄧新華:《中國古代接受詩學》(武漢:武漢出版社,2000 年)。

171. 錢志熙:《黃庭堅詩學體系研究》(北京:北京大學出版社,2003 年)。

172. 錢鍾書:《談藝錄》(臺北:書林出版社,1988 年)。

173. 錢鍾書選注:《宋詩選注》(北京:人民出版社,2005 年)。

174. 歐陽脩著,李逸安點校:《歐陽脩全集》(臺北:世界出版社,1991 年)。

175. 謝思煒:《唐宋詩學論集》(北京:商務印書館出版,2003 年)。

176. 謝灼華:《中國圖書和圖書館史》(武漢:武漢大學出版社,1987 年)。

177. 龍協濤:《讀者反應理論》(臺北:揚智文化,1997 年)。

178. 龍協濤:《文學解讀與美的再創造》(臺北:時報出版社,1993 年)。

179. 韓兆琦注譯:《新譯史記》(臺北:三民書局,2008 年)。

180. 韓經太:《宋代詩歌史論》(長春:吉林教育出版社,1995 年)。

181. 嚴羽著,郭紹虞校釋:《滄浪詩話》(臺北:里仁書局,1983 年)。

182. 釋慧皎:《高僧傳》(臺北:廣文書局,1986 年)。

183. 釋道宣:《廣弘明集》(臺北:上海商務印書館,四部叢刊初編本)。

184. 蘇軾著，孔凡禮點校：《蘇軾詩集》（北京：中華書局，1996 年）。

185. 蘇軾著，孔凡禮點校：《蘇軾文集》（北京：中華書局，1996 年）。

186. 蘿勃 C・赫魯伯著，董之林譯：《接受美學理論》（臺北：駱駝出版社，1994 年）。

187. 龔鵬程等著：《宋詩論文選輯一》（高雄：復文書局，1988 年）。

188. 龔鵬程：《文學批評的視野》（臺北：大安出版社，1990 年）。

189. 龔鵬程：《江西詩社宗派研究》（臺北：文史哲出版社，1983 年）。

190. 臺灣開明書店斷句：《斷句十三經經文》（臺北市：臺灣開明，1991 年）。

二、期刊論文（依出版時間順序）

1. 內藤湖南：〈概括的唐宋時代觀〉，《歷史與地理》，1922 年 5 月，第 9 卷第 5 號。

2. 內藤湖南：〈近代支那的文化生活〉，《支那》，1928 年 10 月。

3. 莫道才：〈黃庭堅論杜甫〉，《杜甫研究學刊》，1997 年第 2 期。

4. 李曉峰：〈從少年豪華到文人困頓——李白蘇軾詩歌風格比較〉，《祁連學報》，1992 年第 1 期。。

5. 衣若芬：〈一椿歷史的公案——西園雅集〉，《中國文史哲期刊》，1993 年 3 月。

6. 王達津：〈黃庭堅的詩歌理論和詩〉，《河池師專學報》，1994 年第 2 期。

7. 曾力：〈以黃庭堅詩看宋詩「以才學為詩」特點〉，《成都大學學報》，1994 年第 3 期。

8. 吳晟：〈黃庭堅詩詞「以俗為雅」示證〉，《廣州師院學報》，1994 年第 4 期。

9. 朱靖華：〈略說宋詩議論化理趣化〉，《中國人民大學學報》，1994 年第 6 期。

10. 莫礪鋒：〈論黃庭堅詩歌創作的三個階段〉，《文學遺產》，1995 年第 3 期。

11. 聶言之、魯洪生：〈簡論春秋賦詩言志〉，《江西師範大學學報》，1995 年 11 月，第 28 卷第 4 期。

12. 何文禎：〈「賦詩言志」與讀者接受意識〉，《天津外國語學院學報》，1996 年第 2 期。

13. 曹之：〈宋代整理唐集考略〉，《古籍整理研究學刊》，1997 年第 1

期。

14. 鄧洪波：〈宋代書院的藏書事業〉，《中國典籍與文化》，1997 年第 3 期。

15. 梅大聖：〈論陶淵明「固窮節」對蘇軾晚年「處窮」生活的影響〉，《樂山師專學報》，1997 年第 4 期。

16. 王定璋：〈飄逸不群與空妙自然——李白與蘇軾的文化意義〉，《九江師專學報》，1998 年第 2 期。

17. 錢時霖：〈茶詩趣談——漫談雷字韻茶詩〉，《茶葉機械雜誌》，1998 年第 3 期。

18. 趙誠、康素娟：〈陸佃與《埤雅》〉，《陝西教育學院學報》，1999 年第 4 期。

19. 葛景春：〈不是幡動，是心動——試用接受美學的觀點重新闡釋李杜優劣論〉，《河南社會科學》，2000 年第 1 期。

20. 蕭慶偉：〈論蘇軾的和陶詩〉，《中國韻文學刊》，2000 年第 2 期。

21. 陳忻：〈從「閒適」走向「自適」——論江州時期與忠州時期白居易思想的發展與變化〉，《重慶師院學報哲學版》，2000 年第 4 期。

22. 羅山鴻：〈淺論宋詩「以學問為詩」的形成過程〉，《上海師範大學學報》，2001 年 5 月，第 30 卷第 3 期。

23. 李劍鋒：〈蘇軾和陶詩深層意蘊探論〉，《九江師專學報》，2002 年 3 第期。

24. 龍延：〈山谷詩內詮〉，《南華大學學報》，2002 年 3 月，第 3 卷第 1 期。

25. 鄭澤黎：〈黃庭堅黔州詩論稿〉，《重慶社會科學》，2002 年第 5 期。

26. 陳利娟：〈黃庭堅的佛經閱讀與習禪心態〉，《九江師專學報》，2003 年第 1 期。

27. 闕道隆：〈文化視角，學人情懷——《出版文化史論》讀後〉，《出版科學》2003 年第 1 期。。

28. 王紅麗：〈試論東坡「和陶詩」的生命意識〉，《廣西民族學院學報》，2003 年 6 月。

29. 張再林：〈「淵明吾所師」與「出處依稀似樂天」——論蘇軾對陶淵明和白居易的接受〉，《貴州文史叢刊》，2004 年第 4 期。

30. 馬將偉：〈「點鐵成金」、「奪胎換骨」辨〉，《廣播電視大學學報》，2004 年第 4 期。

31. 張麗華：〈隨人作計終後人，自成一家始逼真——評錢志熙《黃庭

堅詩學體系研究〉〉,《北京大學學報》,2004 年 5 月,第 41 卷年第 3 期。

32. 周裕鍇:〈宋代〈演雅〉詩研究〉,《文學遺產》,2005 年 3 期。

33. 范春媛:〈陸佃《埤雅》評述〉,《寧夏大學學報》,2005 年第 3 期。

34. 趙紗紗:〈試論白居易江州、忠州時期詩歌特點〉,《玉溪師範學院學報》,2005 年第 4 期。

35. 何念龍:〈真放與曠達──李白蘇軾人生態度和詩風比較〉,《樂山師範學院學報》,2005 年第 8 期。。

36. 羅家坤:〈黃庭堅、陶淵明詩歌傳承關係淺談〉,《雁北師範學院學報》,2005 年 8 月,第 21 卷第 4 期。

37. 李歡喜、亞琴:〈論蘇軾「和陶詩」之安貧固窮與飲酒主題〉,《內蒙古大學藝術學院學報》,2005 年 12 月,第 2 卷第 4 期。

38. 張高評:〈陸游讀詩詩與唐宋讀書詩之嬗變──從資書爲詩到比興寄託〉,國科會中文學門 90～94 研究成果發表論文,2006 年。

39. 張再林:〈白居易是「宋型文化」的第一個代表性人物〉,《中州學刊》,2006 年第 1 期。

40. 吳國富:〈黃庭堅對杜甫的繼承與創新〉,《九江學院學報》,2006 年第 1 期。

41. 邱美瓊:〈黃庭堅詩歌在金元的傳播〉,《九江學院學報》,2006 年第 1 期。

42. 陳海峰:〈逆境中的思索──從白居易江州所作詩文談起〉,《安康師專學報》,2006 年 2 月,第 18 卷第 1 期。

43. 梁貴萍、梁貴芳:〈杜甫與宋調的形成與變異〉,《昌吉學院學報》,2006 年第 2 期。

44. 楊岳華:〈陶淵明、蘇軾生活態度和人生追求比較〉,《科教文化》,2006 年第 2 期。

45. 林國滸:〈接受美學的期待之路〉,《萍鄉高等專科學校學報》,2006 年第 2 期。

46. 邱美瓊:〈黃庭堅詩歌傳播與接受的文本預結構〉,《江西教育學院學報》,2006 年 4 月,第 27 卷第 2 期。

47. 鄭永曉:〈論黃庭堅學陶詩〉,《文學遺產》,2006 年第 4 期。

48. 高慧:〈試論李白與蘇軾豪放個性及風格的異同〉,《延安大學學報》,2006 年第 5 期。

49. 張福勛、溫斌:〈父與子:文學風格未必傳承──以黃庶、黃庭堅

爲例〉,《內蒙古師範大學學報》,2006 年 5 月,第 35 卷第 3 期。

50. 鄭永曉:〈黃庭堅詩歌在宋代的傳播與刊刻〉,《南都學壇》,2006 年 5 月,第 26 卷第 3 期。

51. 鮮于煌:〈白居易三峽及忠州詩的藝術特色〉,《重慶教育學院學報》,2006 年 7 月,第 19 卷第 4 期。

52. 伍珺:〈試論「山谷體」的「押韻之工」〉,《科教文化》,2006 年第 10 期。

53. 孫友林:〈從著名隱士到第一流詩人——從接受美學角度解讀陶淵明詩歌之接受〉,《南方論刊》,2006 年第 12 期。

54. 邱美瓊:〈黃庭堅詩歌在清代的接受歷程〉,《青島大學師範學院學報》,2006 年 12 月,第 23 卷第 4 期。

55. 張高評:〈北宋讀詩詩與宋代詩學——從傳播與接受視角切入〉,《漢學研究》24 卷第 2 期,2006 年 12 月。

56. 張高評〈同題競作與宋詩之遺妍開發——以〈陽關圖〉、〈續麗人行〉爲例〉,《文與哲》第 9 期,2006 年 12 月。

57. 李彩雲:〈陶淵明蘇軾曠達之比較〉,《和田師範專科學校學報》,2007 年第 27 卷第 1 期。

58. 邱美瓊、胡建次:〈黃爵滋《讀山谷詩評》對黃庭堅詩歌的接受〉,《九江學院學報》,2007 年第 1 期。

59. 邱美瓊:〈黃庭堅詩歌在明代的傳播〉,《贛南師範學院學報》,2007 年第 1 期。

60. 車永強:〈意境的接受美學解析〉,《華南師範大學學報》,2007 年第 3 期。

61. 王世寧:〈接受主義美學語境下關於「詩無達詁」的辨釋〉,《遼寧師專學報》,2007 年第 3 期。

62. 楊金梅:〈接受史視野中的古典詩歌研究〉,《浙江學刊》,2007 年第 3 期。

63. 王友勝:〈方東樹《昭昧詹言》論黃庭堅詩述略〉,《中南大學學報》,2007 年 10 月,第 13 卷第 5 期。

64. 馬麗娜:〈黃庭堅的詩學主張〉,《重慶科技學院學報》,2007 年第 6 期。

65. 陳文忠:〈接受視野中的經典細讀〉,《江海學刊》,2007 年第 6 期。

66. 戴舒芩:〈讀者與文本——接受理論的兩極〉,《文學語言研究》,2007 年 7 月。

67. 孫木函：〈藝術審美解讀的意味空間〉，《長春師範學院學報》，2007年7月，第26卷第4期。

68. 祈琛雲：〈宋代私家藏書述略〉，《歷史教學》，2007年第7期。

69. 鄭先彬：〈歷代詩話對黃庭堅詩法理論的批評〉，《湖州師範學院學報》，2007年8月，第29卷第4期。

70. 石群山：〈論接受美學視野中的文學閱讀〉，《廣西大學學報》，2007年8月，第29卷第4期。

71. 邱美瓊：〈由求同到證異：翁方綱對黃庭堅詩歌的接受〉，《江西社會科學》，2007年第10期。

72. 王麗：〈試析宋代圖書編著事業繁榮的原因〉，《科教文化》，2007年10月。

73. 高月：〈焦慮的期待——白居易忠州詩詞及心態探析〉，《長江師範學院學報》，2007年11月，第23卷第6期。

74. 張樹萍、王翔敏：〈論沃夫爾岡‧伊瑟爾的「接受美學」〉，《長春師範學院學報》，2007年11月，第23卷第6期。

75. 李有光、張正明：〈以心會心——中國美學接受論整合研究〉，《青島農業大學學報》，2007年12月，第19卷第4期。

76. 趙繼穎、李殿文：〈蘇軾與黃庭堅詩歌創作的差異〉，《佳木斯大學社會科學學報》，2008年第3期。

77. 邵子華：〈超越與重構：論文學闡釋中的價值追求〉，《新疆大學學報》，2008年1月，第36卷第1期。

78. 陳靜：〈淺論宋代出版對宋詩的影響〉，《出版科學》，2008年第2期。

79. 劉秋彬：〈黃庭堅大名詩歌考述〉，《九江學院學報》，2008年第2期。

80. 吳功正：〈宋代的文化精神與美學意識〉，《福建論壇‧人文社會科學版》，2008年第5期。

81. 連文斌：〈「以意逆志」辨〉，《樂山師範學院學報》，2008年8月。

82. 李金榮：〈黃庭堅謫居黔州交游考述〉，《重慶社會科學》，2008年第9期。

83. 王紅麗：〈宋人對李白及其詩歌的接受研究〉，《茂名學院學報》，2008年10月，第18卷第5期。

84. 余群：〈「脫胎換骨」與「奪胎換骨」之辨說〉，《民族論壇》，2008年第11期。

85. 王春梅：〈「以文爲詩，以議論爲詩，以才學爲詩」乃宋代詩歌創新之一途〉，《華商》，2008 年第 15 期。

86. 祝尚書：〈論宋人的「詩人詩」、「文人詩」與「儒者詩」之辨〉，《北京大學學報》，2009 年第 2 期。

87. 張燕芳：〈山谷之「奪胎換骨」與「點鐵成金」〉，《聊城大學學報》，2009 年第 2 期。

88. 李金榮：〈黃庭堅謫居黔州行跡生活考述〉，《長江師範學院學報》，2009 年第 3 期。

89. 王培友：〈黃庭堅統攝心性存養與詩歌藝術的方法及其詩學價值〉，《中國文化研究》，2009 年第 4 期。

90. 李亮：〈論黃庭堅「點鐵成金」理論的內涵〉，《遼寧工程技術大學學報》，2009 年第 4 期。

91. 田小林：〈典範選擇對宋詩創作風格的影響〉，《湖南醫科大學學報》，2009 年第 6 期。

92. 張銀芝、袁月：〈論宋詩中的理趣〉，《安徽大學》，2009 年第 9 期。

93. 張旭：〈論宋詩對唐詩的繼承性〉，《太原大學教育學院學報》，2010 年第 1 期。

94. 王體槐：〈理性的宋詩──柳暗花明又一村〉，《科教文匯》，2010 年第 2 期。

三、學位論文（依出版時間順序）

1. 李元貞：《黃山谷的詩與詩論》（台灣大學中文研究所碩士論文，1970 年）。

2. 王源娥：《黃庭堅詩論探微》（東吳大學中文研究所碩士論文，1982 年）。

3. 杜卉仙：《蘇黃唱和詩研究》（東吳大學中文研究所碩士論文，1985 年）。

4. 徐裕源：《黃山谷詩研究》（政治大學中文研究所碩士論文，1985 年）。

5. 金基炳：《黃山谷詩與書法研究》（文化大學中文研究所博士論文，1987 年）。

6. 周益忠：《宋代論詩詩研究》（臺灣師範大學國文研究所博士論文，1988 年）。

7. 林錦婷：《蘇軾與黃庭堅詩論異同之比較》（中央大學中文研究所碩士論文，1993 年）。

8. 吳幸樺：《黃庭堅律詩的語言風格研究——以詞彙的運用現象爲例》（成功大學中文研究所碩士論文，1995 年）。

9. 蔡雅霓：《黃山谷贈物詩研究》（輔仁大學中文研究所碩士論文，1999 年）。

10. 劉雅芳：《蘇軾黃庭堅之交游及唱和詩研究》（台灣師範大學中文研究所碩士論文，2000 年）。

11. 鄭永曉：《黃庭堅的詩論與晚年詩歌創作研究》（中國社會科學院研究生院碩士論文，2000 年）。

12. 李英華：《黃庭堅詠物詩研究》（高雄師範大學中文研究所碩士論文，2001 年）。

13. 余純卿：《山谷詩論與詩的教學》（高雄師範大學國文研究所教學碩士班論文，2001 年）。

14. 陳利娟：《黃庭堅的佛教禪學接受和詩歌創作》（華南師範大學碩士論文，2003 年）。

15. 黃泓智：《山谷及其詩歌教學研究》（屏東師範學院國民教育研究所碩士論文，2003 年）。

16. 陳裕美：《宋代對黃庭堅詩法之接受研究》（南華大學中文研究所碩士論文，2003 年）。

17. 張輝誠：《黃庭堅詩美學研究》（台灣師範大學國文研究所碩士論文，2003 年）。

18. 廖鳳君：《蘇軾與黃庭堅詩論及其比較》（東海大學中文研究所碩士論文，2003 年）。

19. 鄭永曉：《江西詩派研究史》（中國社會科學院研究生院博士論文，2003 年）。

20. 伍曉蔓：《江西宗派研究》（四川大學博士論文，2004 年）。

21. 陳雋弘：《黃庭堅論詩意見之研究》（高雄師範大學國文研究所碩士論文，2004 年）。

22. 鍾美玲：《黃庭堅遷謫時期之生死智慧研究》（南華大學生死研究所碩士論文，2004 年）。

23. 陳撫耕：《宋詩對經典的闡釋與呈現——以《全宋詩》中讀書詩爲考察對象》（東海大學中文研究所碩士論文，2004 年）。

24. 劉雄：《黃庭堅七律研究三題》（西南師範大學碩士論文，2004 年）。

25. 林湘華：《江西詩派研究》（成功大學中國文學研究所博士論文，2005 年）。

26. 黃銘鈺:《黃庭堅晚期詩歌研究》(雲林科技大學漢學資料整理研究所碩士論文,2005 年)。

27. 梁桂芳:《杜甫與宋代文化》(山東大學博士學位論文,2005 年)。

28. 楊遇青:《心性與情性——從心性角度管窺黃庭堅哲學與詩學思想》(陝西師範大學碩士論文,2005 年)。

29. 王鮮平:《黃庭堅詩歌研究》(鄭州大學中國古代文學碩士論文,2005 年)。

30. 樊尹仙:《黃庭堅詩歌文本分析》(四川大學文學與新聞學院碩士論文,2005 年)。

31. 黎采綝:《黃庭堅七言律詩音韻風格研究》(政治大學國文教學碩士學位班碩士論文,2005 年)。

32. 汪金剛:《宋代崇陶現象與平淡美詩學理想的形成》(暨南大學碩士論文,2006 年)。

33. 廖羽屏:《黃山谷詠茶詩探析》(彰化師範大學國文研究所碩士論文,2006 年)。

34. 陳逸珊:《北宋讀書詩研究——以讀史詩為中心》(成功大學中文研究所碩士論文,2006 年)。

35. 陳金現:《宋詩與白居易的互文性研究》(高雄:中山大學中文研究所博士論文,2008 年)。